沙场秋点兵

刘跃清 著

江苏凤凰文艺出版社

图书在版编目（CIP）数据

沙场秋点兵 / 刘跃清著． -- 南京：江苏凤凰文艺出版社，2022.12（2023.6 重印）
ISBN 978-7-5594-7000-3

Ⅰ．①沙… Ⅱ．①刘… Ⅲ．①长篇小说－中国－当代 Ⅳ．① I247.5

中国版本图书馆 CIP 数据核字（2022）第 123850 号

沙场秋点兵

刘跃清　著

出 版 人	张在健
责任编辑	张恩东
装帧设计	凌富仁
责任印制	刘　巍
出版发行	江苏凤凰文艺出版社
	南京市中央路 165 号，邮编：210009
网　　址	http：//www.jswenyi.com
印　　刷	江苏图美云印刷科技有限公司
开　　本	700 毫米 ×1000 毫米　1/16
印　　张	17
字　　数	171 千字
版　　次	2022 年 12 月第 1 版
印　　次	2023 年 6 月第 2 次印刷
书　　号	ISBN 978-7-5594-7000-3
定　　价	59.00 元

江苏凤凰文艺版图书凡印刷、装订错误，可向出版社调换，联系电话 025-83280257

内容提要

　　一位大学生入伍，百炼成钢，成长为优秀连长的过程。武朝晖大学毕业后当兵，缘由是女同学李丽娟的父亲曾在军旅，她对军人很敬仰。他在按图索骥中寻找属于自己的英雄，习惯于边关冷月下在日记里倾诉，希望她能读懂他的内心独白，有一天牵手伊人。他历经通报批评、比武备战、在组织实弹投掷中受伤等磨砺后渐渐成熟。武朝晖在与李丽娟交往中完成了自我塑造与自我成长。他在一次回家探亲时认识了一位老兵和他当护士的女儿，在父女俩步步为营的攻势下，一边是他带领连队在激战中取得胜利，一边是他被他们父女俩俘虏，收获美满爱情婚姻。

目录

引子		001
第一章	与子同袍	013
第二章	舍我其谁	067
第三章	昔我往矣	123
第四章	君子于役	159
第五章	修我戈矛	191
第六章	踊跃用兵	231

引 子

雨后的夜空如一瓶打翻的墨汁，伸手不见五指，队伍如一条悄然游走的响尾蛇向前窜去。排长武朝晖看了看前面熊一样的黑影，心里嘀咕：刘勇这小子今天怎么啦，才跑几步就喘？突然，黑影晃了晃，紧接着传来枪支、水壶、手榴弹等物件的碰撞声，在寂静苍茫的夜色里很是刺耳。武朝晖真想上去踹他一脚。

队伍稍一犹豫，便提速通过雷区、铁蒺藜障碍、炮火封锁区，拐上一道田埂，青蛙依旧陶醉般欢唱。刘勇的脚步声今晚似乎格外响，刚才还如鼓的蛙声骤停，黑暗中传来阵阵扑通声和划水声。"轻抬腿，慢着地，收起爪子，用前掌。"夜里奔袭不打断蛙声甚至虫鸣声，大功连每个兵都掌握了那套技巧。据说是老前辈向猫科动物学的"三脚猫"功夫，你别说，与现代防"红外线"夜视器材结合起来使，还真管用。武朝晖转身打了个手势，下士李国中双手合在嘴边，学了几声青蛙叫，四周的蛙声又响了起来。

夜训结束，连长讲评时竟然朝队列排头敬礼，这时大家才看清楚，那个熊一样的高大黑影原来是旅司令部参谋长。参谋长站在原地就讲

了两句：早点休息，明早推迟半小时起床。参谋长如果对某件事不说好也不说坏就是最大的赞许。

每周一和周三晚上训练，如果超过十一点了，第二天早上就推迟半小时起床，不用出早操，兵们整理好内务，直接去食堂吃早饭。一阵噼里啪啦、稀里哗啦的洗漱声过后，排房里陆续响起呼噜声、磨牙声、梦呓声。睡在进门左边角落里的武朝晖好像没有睡意，辗转几次，干脆起身，摁亮手电在一个厚厚的本子上写了起来。

野战部队基层连队的生活是两眼一睁忙到熄灯，两眼一闭提高警惕。每天晚上，晚点名过后，熄灯号响前的轻音乐萦绕整个营盘，一天紧张的工作训练学习基本告一段落，节奏似乎缓了下来。这时，排长武朝晖端坐在排房里那唯一一张公用三抽屉书桌前，在一个厚厚的本子上写写画画。兵们进进出出，各自忙碌着，冬天铺床铺盖大衣，夏天撑蚊帐擦竹席，谁也不打扰他，谁也不知道他写的啥，那一刻他好像沉浸在自己的世界里，悠然自得。其实，武朝晖是在和一个叫李丽娟的女孩说话，或只是和自己对话。他把白天的所见所思所闻、行与悟、得与失写在本子上。"一日三省"，武朝晖感觉自己的反省是随时随地的，甚至是即时即刻的，但临睡之前的反省最深刻最彻底，最昭示心灵。做完这些，他觉得一天才算画上句号，睡得才安然踏实。

武朝晖写的应该是第五本日记了，如果说第一本日记纯粹是写给李丽娟的"秋日私语"，那么后来的就是"习惯养成"的内心独白。

就像部队搞思想政治教育一样，勤俭节约、团结友爱、拼搏进取等简单浅显做人做事的道理，听党指挥、服务人民，服从命令、严守纪律，英勇顽强、不怕牺牲，忠于军队、忠于祖国是军人的基本原则，指导员、教导员、政委各级领导反复讲，天天讲，大会小会讲，喇叭广播电视报纸讲，碎碎念，念碎碎，开始感觉不以为然，甚至有点反感；后来觉得正常、有道理，就是那么回事；再后来当耳朵听出老茧后，就把那些"教导"作为自己的行为规范了，不那样做反而不自然。所以，军装不仅仅意味着责任和义务，穿军装的人从骨子里要比地方上的同龄人成熟稳重，他们看地方上有的同龄人走路说话稀里马哈、吊儿郎当的，眼里像迷了沙子一样，不舒服。所以，人们说部队是一所大学校，不当兵后悔一辈子。

　　武朝晖没有"野心"，不想成为名人，也不想当英雄，他写日记不准备给大众看，也不准备给后人看。他最初只是想有一天双手捧给李丽娟，让她知道，她在他心里的位置和分量。李丽娟是他们班上的"班花"，也是"校花"，她往哪儿一站，都照得那一片闪闪发亮，她轻轻一笑仿佛阳光灿烂，有如含珠带露的鲜花盛开。她是各种晚会、各类比赛的主持人。如果有领导来学校做报告，或其他什么重要人物出席重要活动，需要献鲜花，那肯定是"巧笑倩兮，美目盼兮"的她。班上、学校偶尔有男生找五花八门的理由和她搭讪；有她在场，不时有人弄出一些幼稚可笑的响动，以引起她的注意。课余，她身边总游离着几个高大帅气、衣着鲜亮的男生，好像随时听候她的差遣，又像是隐藏在群众中的保镖。她有时和他们一起无拘无束地说说笑笑，一起讨论游戏、电影、歌曲、明星、网络小说，上体育课一起追逐奔跑、跳绳、打羽毛球等。武朝晖感觉自己一直躲在一个幽暗的角落，默默地打量着每一幕，每当看到她和别的男生在一起，就更加发奋学习。他告诉自己只有特别优秀，特别有出息，无限风光后，她才会正眼看他一眼，他们才有可能站在一起，凝神相视。所以，当他读到刘秀那句"做官当做执金吾，娶妻当娶阴丽华"时怦然心动，将光武帝引以为神交已久的知己。

小镇上的人都知道，李丽娟也曾在一篇被当作范文朗读的作文里提到过她老爸当过兵，是一名具有十多年兵龄的边防军人。李丽娟老爸转业回来后，先是一般工作人员，后来担任副镇长、镇长、书记。有同学悄悄笑，说她那篇作文和《我的区长父亲》异曲同工，她当时就气哭了。她爸是一个黑瘦古板的老头，人们传言只有他宝贝女儿搂着他脖子时他才有笑容。他夏天穿白衬衫，其他几个季节一身中山装，风纪扣从没解开过，看上去比班上很多同学的家长要老，乍一看像她爷爷。

武朝晖即使用世界上最轻最轻的声音，也不敢念出她的名字，他们的作业本偶然叠在一起，他都觉得幸福，她坐过的椅子，走过的地方，都好像有她的气息，让他痴迷……他对她如此，但人们即使发挥科幻般的想象也不会把他们联系在一起。武朝晖父母是乡下望天收的农民，一个哥哥初中毕业就外出打工挣钱盖房娶妻生子；一个姐姐初中没毕业就外出进厂打工，同厂邻村一小伙稍加关心，两人就走到一起，没到结婚年龄就奉子成事实婚姻。他家和乡下其他农民家庭没什么区别。他性情腼腆，身高直到大学毕业入伍也只是号称一米七，一双聚光、任何时候看起来像是在笑的小眼睛，皮肤黝黑粗糙得像水牛皮，他唯一让人惊羡且记住的除了学习成绩，还是学习成绩，他每门功课都很好，数学、物理有时候能考满分。老师们对他疼爱有加，视为掌上明珠，和他说话轻声细语，"一好遮百丑"，大事小事都护着他，很多同学也敬仰他，视他若英雄般，但也有一些不太买账，有几个调皮男生私下里称他为"小郎"。一次，武朝晖偶然听到了，尤其当时她在场，好像还微微一笑。武朝晖顿时血气上涌，和几个"纨绔"子弟扭打在一起，眼看事情闹大了，有人悄悄报告班主任。班主任"升堂"问话，折腾半天才明白怎么回事，戴深度近视眼镜的班主任似乎反应也深度近视，开始对这一绰号不以为然，直到武朝晖满脸通红声嘶力竭地控诉，那架势恨不得以死明志，捍卫尊严，班主任才明白是怎么回事，责令"肇事者"做出深刻书面检查。武朝晖赢得了胜利，但"小郎"名号也从此人人皆知。

中考，武朝晖毫无悬念地考上县一中，他们那最好的高中，省属重点。也许是身边眼花缭乱的打扰太多，李丽娟的成绩一直中等，有时甚至偏下。她上县一中，可能和她父亲很快调到县里当局长有关。

在县一中，班上就他俩来自那所小镇中学，他乡故人，武朝晖心里窃喜，恨不得就他俩漂流到一座荒无人烟的孤岛。这时，李丽娟好

像正眼看过他好几次，他感觉那目光如月亮照在水面，轻轻捧起闻一下都能醉。她向武朝晖借过数学试卷看，还请教过一次物理试题。武朝晖仿佛被幸福的大棒猛地击中头部，一看就会的题目，竟然结结巴巴连写带说都没有解释明白。他面红耳赤，额头鼻翼上汗津津的，她来时落落大方坦坦荡荡的，结果也像被传染一样，脸色绯红，手忙脚乱，差点落荒而逃。

没过多久，她又被一小撮"闲人"明里暗里地簇拥着，小镇中学的故事又一次上演。武朝晖还像以前一样"头悬梁锥刺股"般地刻苦学习，她和其他男生每一声说笑都刻印在耳里心里，像鞭子一样抽打着他，使他愈加发奋地学习。

武朝晖以优异成绩考上武汉大学，"小郎"的绰号又被同学们鬼使神差地叫了起来，不过这时他没有和同学打起来，只是羞涩地笑笑。那一年李丽娟落榜，复读一年后，考上他们市里的大学，就是以前培养中小学教师的师专，后来随着一股风升级成了某大学。

武朝晖的第一本日记是在武大校园写的，那些看似说给大地、小草、花朵、露珠、鸣虫、白云、月亮、星星等自然世界的话，有"郁郁黄花无非般若，青青翠竹尽是法身"的意境，他相信她能听懂，当她打开日记，哪怕铁石心肠也会感动。那个寒假，那个年关将近的雪后黄昏，远处依稀有炮仗声响起，他在她家楼下已徘徊了好一会，狭窄的小巷口半天才过去一辆小汽车，从他刚来到现在应该过去九辆了。车辆、行人过往的水泥路上这时候倒还干爽，路两旁被

扫把、铁锹堆积起来的雪微黑，有点厚。她家住最东边三楼，墙角边有株蜡梅正开着，有阵阵若有若无的芳香飘来。她家靠北边一扇窗户有灯光亮了一下，转眼又熄了。从众多电视声、锅碗瓢盆声、说笑声中，他能听出哪个声音是从她家传出来的，甚至能分辨出她的笑声。这时候听到她的笑声，不像在学校里看到她和那些男生一起说说笑笑那般让他刺痛。此前，他在她常走的街巷，她家附近的几个超市、店铺晃悠蹲守过多次，都没有"偶遇"到她。

那天，武朝晖像是着了魔，有点志在必得的意思。小区人影稀疏，行色匆匆，偶尔有人从旁边路过，只是瞥他一眼。八点多了，她家门口的灯光亮起，她好像出来了，是的，是她，没错！武朝晖只觉得头轰的一下血气上涌，开始是不知所措，想逃，又迈不动腿。他很快镇静下来，那情形就像他第一次喝酒，大半杯火辣辣的白酒猛地灌下去，刚开始头是蒙的，很快竟然有了感觉，说话不再笨嘴拙舌，好像更溜了。楼道里昏黄的感应灯光依次亮起，李丽娟和她妈妈一前一后走出单元门，出现在他面前。外面的风似乎有点大，她们站住跺了跺脚，朝雪地里看看，还望了望楼宇间窄小看不出什么颜色的天空。他站在暗处，如果他不叫，她们也会像别人一样，只是往那边不经意地瞄一眼就径直往前走。

"李丽娟！"武朝晖感觉自己的声音很陌生，像是砂纸在水泥地上蹭。他来到她面前，不敢正眼看她妈妈，但说了声："阿姨好！"

李丽娟兴奋得像刚牵出来放遛的小狗一下子见到了同伴，又跳又叫起来。"妈，这就是我跟你提过的武朝晖同学。"她妈妈穿一件黑色呢子大衣，左手握着一双手套，右手提着一白一黑两个垃圾袋。李丽娟穿着白色短款羽绒服、蓝色牛仔裤、白色运动鞋，这打扮他太熟悉印象太深刻了。看她们的样子估计是准备出门逛超市或商场。她妈妈笑吟吟地说："我知道，小武同学学习成绩好，考上武大啦！"他认识她妈妈，但不知道她妈妈是否认识他。她妈妈是小镇上土生土长的一个美丽传说，年轻时很漂亮，在邻村一所小学当老师，后来据说嫁给了一名军官，随军去了部队，再后来转了一圈又回来了。

"你来多久了，怎么不上我们家坐坐？"李丽娟拍打一下武朝晖的肩。"才来一小会儿。"他感觉有股电流传遍全身，酥麻酥麻的。她妈妈在一旁咳嗽。"妈，怎么啦，从初中到高中，武朝晖是我这辈子同学时间最长的同学。"李丽娟摇着她妈妈的胳膊。"我知道，我知道！"

武朝晖从怀里摸出那个牛皮纸大信封递给李丽娟："阿姨，这是李丽娟同学托我买的书，我今天恰好从这里路过，就送过来了。"李丽娟看了她妈妈一眼，迟疑了下接过。

武朝晖迷迷糊糊像醉酒又像发烧一样，在哪以及如何和她们道别的，他说了什么，又是如何回到家的，似乎都不记得了。

日记本送出去后，武朝晖每天生活在幻想中。他整个寒假哪儿都没去，还有几天就要开学了，正月初九他舅舅儿子结婚，他娘打发他去喝喜酒。自从那件事情后，几十年来，他娘再也没回过娘家。这几年，他娘好像想通了一些，自己不回去，但坚持让他们兄妹每年去看看舅舅，尤其是红白喜事。

那件事武朝晖在小时候听母亲提过一次，仅一次就像刀子刻在心上，永远忘不了。武朝晖的外公去世早，外婆拉扯母亲和舅舅长大，吃尽了苦头。20世纪70年代中期，外婆去世时，大家的日子都过得紧巴。外婆人缘好，病重期间，不时有亲友和邻居拎把挂面、揣几个鸡蛋、提包红糖过来看望。外婆斜躺在那张"土改"时从地主家分来的、挂着麻布帐子的老式雕花床上，穿着那件出远门才上身的衣服。那件衣服是天蓝色，灯芯绒面料，圆领，微微束腰，穿在干净利索的外婆身上很好看。为了添置那件衣服，外婆辛苦养猪。那年月只有完成国家"预交猪"后，自家才能杀过年猪。加上卖鸡蛋，采"半夏子""五倍子"等中草药卖，卖旧胶鞋底，卖鸭毛鹅毛，鸡毛村代销店是不收购的。三张嘴吃饭，就母亲大半个劳动力，省吃俭用，精打细算，攒了好几年才攒够做那件衣服的钱和布票。那时候全家人一年的布票合在一起，勉强够一个人做身衣服。据说，最后做衣服的布票还差个零头，是外婆帮别人纳鞋底换来的。做那件衣服时，外婆光裁缝店就跑了五趟，量身、比画、描绘样式，察看进展，那慎重和期待的样子，吓得那个眼镜搭在鼻尖上、从眼镜上边看人的老裁缝师傅几乎不敢下剪刀。母亲出嫁时，外婆穿着那件天蓝色灯芯绒。舅舅结婚时，她穿着天蓝色灯芯绒。武朝晖没见过外婆，只见过外婆的一张黑白照片，正是穿的那件衣服。母亲说，那天傍晚她急匆匆赶回去时，外婆已几天水米未进了。气若游丝的外婆见女儿回来了，儿子和儿媳都在旁边，干瘦青灰的脸突然泛起红晕，她枯枝般的手颤抖着摸了下衣襟，眼睑耷下，嘴角蠕动，微弱地说："要不……把身上的衣服脱下吧……"眼看外婆的呼吸越来越急促……母亲的眼泪扑簌簌地往下掉，知母莫若女，她知道外婆很想穿着那件天蓝色衣服上路，但又心疼儿子儿媳。外婆知道舅母很喜欢那件衣服，母亲也知道。舅母回娘家时向外婆借过，那件衣服穿在她身上像风拂柳条，一摇一摆的，很合身。时间像凝固又像在飞逝。屋外有小鸡崽将要入笼时唧唧唧的叫唤声，一阵风灌进，煤油灯摇晃，几欲熄灭。母亲抹了一把眼泪鼻涕，赶紧用双手捂住油灯……这时，舅母上前脱外婆身上的衣服，母亲一把推开舅母。舅舅拉住母亲，母亲和舅舅扭打在一起，母亲像疯了一样，披头散发号哭着抓着踢着咬着舅舅，舅舅像个木头人，一言不发地死死抱着母亲。那件天蓝色灯芯绒衣服终于趁外婆身子还温热的时候脱了下来。外婆走的时候眼睛是睁着的，两行冰晶一样的泪滴挂在眼角。外婆走后，母亲再也没有回过娘家，几十年来也从不提她娘家，好像她娘家早没人了一样。

小村庄的夜晚就七八盏灯火，三五声犬吠，零星欢声笑语，这还是过年的时候，平常日子更为冷清。那天武朝晖到家时已经很晚，父亲已经睡了，母亲歪坐在电视机前昏昏欲睡，见他回来了，神情如油灯拨了拨地一亮。母亲起身，似乎等着他说点什么。

武朝晖进进出出几趟，什么也没说。母亲才想起似的，朝堂屋的方桌上指了指说，是李丽娟妈妈开车送来的，说这学习资料她女儿暂时还用不着，等她上大学以后再说。武朝晖这时才注意到方桌上有一大袋薯条、巧克力、饼干、果冻等吃的东西，下面压着那个熟悉的牛皮信封。他问母亲："就她一个人？""就她一个人。""还说了什么吗？""没说，我们留她吃过饭再走，她说吃过了。没坐，水都没喝一口就走了。"

武朝晖默然拿起那个大牛皮纸信封转身进了自己房间。眼前的一切，黑黢黢的板凳桌椅、柴火灶台、农用器具、鸡鸭欢唱、牛羊奔走、污泥污水等，把眼前这些和李丽娟联想在一起，就如月亮照在臭水沟里。她是属于另一个世界的。

武朝晖养成了写日记的习惯，最初是想每天和心里的她说说话。他大学毕业后当兵，除了从小有"上马击狂胡，下马草军书"的英雄情结，也好像和她丝丝缕缕的关联。他是一个理想主义者，认为自己只有创造或走进她向往的世界，他这只青蛙才会变成王子，才有可能牵手童话里的公主。他下连队后很长一段时间，官兵说他有的做法有点那个，具体是什么说不上来，就是不太对味。在一个周五下午以"批评和自我批评"为主题的民主生活会上，轮到大家帮扶武朝晖时，刘勇说，排长有时候不太合群，和大家玩不到一块儿。

武朝晖在那本日记的扉页写道：我只想陪这些草木坐一会儿／草木摇曳，入我之心／我只想陪这些暮色坐一会儿／暮色点染，涂抹我衣／我只想陪这些石头坐一会儿／石头谈心，印入我身／我只想陪这些流水坐一会儿／流水如洗，涤我俗尘／我只想陪这些鸟儿坐一会儿／鸟儿突飞，赠我空无／我只想陪李白的诗歌坐一会儿／词语渊默，遗我巨雷／我只想陪心底的你坐一会儿／孤寂如我，相看两忘。

第一章
与子同袍

星期天下午，阳光从门窗懒洋洋照进来，大功连四班刚从家属区打扫完卫生回来，兵们坐在各自床铺边玩游戏、看书、发愣，气氛不像周六下午那么活跃。这时连部通信员进来对四班长刘勇说，连长让他们班去两个人到旅政治部干部科把新来的排长接回来。

刘勇端坐在桌前，眼睛望着窗外说，毛勇和刘长河去一下。说完起身收拾床铺。一年多前，老排长"黄老邪"调到机关后，排长位置很长时间空缺，刘勇担任代理排长，主持全排工作，现在该挪窝了。

刘勇的床铺在一进门的左拐角。这个位置如同酒席的上席，对全排人员的动态一目了然，起床号响了谁还在磨蹭，熄灯号落音了谁还没上床，全都一清二楚。

刘勇开始收拾床铺，睡在右拐角下铺的列兵王天乐条件反射似的，也起身开始收拾。刘勇止住他望了一眼空着的上铺说，我来睡上铺吧，好长时间没睡上铺了，睡上铺可以练单杠卷身向上，还容易保持卫生整洁。王天乐僵在那儿，不自然地咧了咧嘴。排房右拐角下铺相当于酒席上的左首，如果编制有"副排长"，那儿应该是"副排长"下榻处。目前我军编制中没有"副排长"一职，于是那儿顺理成章成了排里威信最高、资格最老的班长的铺位，这些都是规矩。就像开会时领导排名一样，各行有各行的潜规则。现在刘勇打破了这个潜规则。

刘勇小心翼翼如托嫩豆腐般把整洁得像豆腐状的被子放在邻铺，然后细致地整理小包裹。小包裹里除了装有换洗衣服，还有信纸、信封、针头线脑等一类战备物资。打起仗来，将小包裹麻利地往背包里一塞，三横压两竖，几分钟内就可以整装待发。收拾好小包裹，然后将棉垫连同床单轻轻卷起……当兵的家当都很简单，哪怕当兵十几年，所有的物什一只手就可以拎着走。可就是这点不起眼的东西摆放起来还很有讲究，不但白天要整齐划一，成线成块，就连晚上睡觉都有讲究。尤其是冬天夜里，脱下的衣服必须从上到下、从里到外依次摆放，鞋子下铺脚尖朝外，上铺脚尖朝里，看起来很烦琐，可关键时刻管用。黑灯瞎火的夜晚紧急集合，大伙儿忙而不乱，紧张有序，习惯成自然，也就不觉得烦了。

刘勇将几件"大件"安顿好后，仔细拾掇边边角角的一些"小件"。所谓"小件"就是嵌在床沿的外腰带，还有别在床板下的迷彩鞋、布鞋等。

对于左拐角这个床铺，刘勇太熟悉了。铸铁床架和其他扣式（床架有扣式和螺铆式）床架别无二致，外表呈银灰色，冬天冰冷，夏天温热，是热的良导体。"吨位"再重的身躯躺在上面无论怎么辗转反侧都不会吱呀作响，提出抗议。床板似乎很有个性，枞树板，做工粗糙，三下五去二地拼凑在一起，共有六块木板，第三块与第四块之间有树脂渗出，细亮的晶体呈一路纵队。整个床板上有五个树疤，疤结处细滑得像油亮的猪肝，又像一只只眨巴的眼睛。一个大的树疤已经空洞，里面结结实实地塞有一团报纸，其实不塞报纸也不碍事。床头有用圆珠笔写的两行字，一行是"再见了战友，再见了军营"；另一行是"丽，我想你"。刘勇躺在上面心思像白云一样漫无边际地飘荡时，就想象这两行字的作者。第一行写得工整有力，入木三分，可能是哪个退伍老兵在临离队的前夜，夜深人静睡不着时饱蘸深情写的；第二行字估计是一个不老不新的兵在思念老家的女友时写的，他女朋友的名字里有个丽，他写的时候可能没有光亮，不然不会歪歪斜斜，那么难看。他女朋友是胖，是瘦？是他的同学，还是别的什么场合认识的？笑起来好看吗？刘勇想，有一天他也要在上面留一行没头没脑的文字，让后面的兵像考古一样，陷入胡思乱想。

可眼下他什么也没留就搬走了。

刘勇睡这个床铺"三起三落"，时间长短不等，这一次最长，一年多。第一次睡这个床铺，他特别警醒，动作麻利，早晨起床号的余音还在回响，他就穿戴整齐，手握腰带，像监工一样看着大家紧张有序地忙着穿衣戴帽。日子久了，没了那种身板紧绷的感觉，但添了几分从容和稳重。

刘勇刚把床铺好，随着一阵粗重的脚步声，门口暗了一下，毛勇和刘长河像两个进城务工人员一样肩扛手提着些鼓鼓囊囊的行李走了进来。毛勇向身后一个长得有点"那个"的黑瘦中尉介绍说："这就是我们的老排长，刘勇。""我是四班长，排长是临时代理的。"刘勇挥了一下粗大的手。"我叫武朝晖，文武的武，朝阳，三春晖。听说四班长很了不得，往后还望多支持帮助。"显然在回连队的路上，毛勇和刘长河已将刘勇的大致情况说了。

排房里的兵朝这边看过来,武朝晖的形象不是那种"泯然于众",个子瘦小单薄,再配上小鼻子小眼睛厚嘴唇,黝黑皮肤,看起来甚至有点猥琐,是人群里那种让人过目不忘,且容易引发"栽赃"联想的人。干部科好像怕大功连以貌取人,通知时还特地强调,人家可是名牌大学里的优等生。

几个兵热情地张罗着,帮武朝晖整理床铺。看着武朝晖和一个兵拉住床单四角,床单轻轻展开,像一片迎风舒展的羽毛铺展在雪白的棉垫上。刘勇又想起前几个地方大学生排长,武朝晖没有像他们那样,一放下背包就问他们的办公室在哪,单人公寓在哪,电话号码多少,电脑宽带接口,WiFi 密码是什么……很长一段时间这些都被当作笑话在兵中间传,很有可能也传到那些大学生入伍集训队,教官们已对他们有过提醒,基层连队是怎么回事。

武朝晖下连队头几天像新过门的媳妇,啥活动只是带双眼睛带对耳朵跟上趟。轮到二排担任连值班,刘勇左臂套着个红箍箍,咋呼着。

刘勇有时和武朝晖聊一些连队的情况,连长、指导员的工作方法,排里每个兵的军政素质、性格特点、兴趣爱好、家庭情况等,乃至几个炊事员的籍贯和他们炒菜的口味。

晚上,连长事先没有通知武朝晖,直到晚点名号响起,兵们扎着腰带三三两两从排房走出,连长才示意刘勇把连值班袖章交给武朝晖,由他整队报告。武朝晖显然没有思想准备，固定袖标的别针扣了几次都没扣好。向连长陈述报告词时，队伍应该是立正的，结果还在稍息，报告词也软绵绵磕磕巴巴的，前一句抖抖霍霍试探性地从嘴里爬出，后一句隔好一会儿才跟上，让人听得干着急。

武朝晖第一次正式公开亮相让好多兵不以为然。

别小看这报告词，它是一位指挥员必须具备的素质。一段简洁明了洪亮有力的报告词，至少可以"管窥"指挥员三个方面的素质。一是军人形象，一位优秀指挥员立如松，跑步、敬礼、向左向右转等队列动作干净利索，虎虎生风，一步到位，绝不拖泥带水。二是心理素质，即使面对再大的首长，再大的场面，也绝不怯场，向队伍下达口令时声音像枪声一样尖脆。这时"我"就是现场最高指挥员，目光如炬，腰板挺直，喊声裂绵，胸中有百万雄兵奔腾。三是组织指挥能力，这其中又包含两个方面，一方面是语言组织能力，即用简明果断的军语将情况向现场最高首长报告，向直接首长、间接首长及没有隶属关系的首长报告词各不相同，只能靠指挥员根据条令条例规定临场见机行事；另一方面就是对队伍的组织指挥，这更为复杂，如队伍在室外怎么组织，在室内又该怎样，在凛冽的寒风中是让队伍背向风，还是让首长背向风，怎样进场快速，如何退场有序，首长还没到怎样组织拉歌，烘托气氛，制造高潮，提振士气等。一位合格的指挥员当他金属断裂般铮然的口令下达，全场顿时鸦雀无声，为之一振，昂首挺胸，秩序井然。否则，如果指挥员的口令磕巴无力，漏洞百出，令人无所适从，那么所属人员顿时气泄了一大半，腰杆仿佛变塌变软了似的，明明是虎狼之师却被带成了羊羔之兵。

这些是刘勇当兵五年细心的总结和揣摩。中学毕业没有考上理想的大学，他怀着当将军的梦想来到部队这所大学校。在火热而平淡的生活中他时时处处以当一个指挥千军万马的将军来激励、要求自己，可忙到头才是带领十来个人的"军中之母"——班长。

武朝晖带操，队列里不合拍的脚步声像针尖一样刺耳。他下了几次调整口令，才调整过来。武朝晖站在队列前时常像他在乡间小路上迎面走来一头犄角大牯牛，进退两难，流露出一丝慌乱。全连官兵似乎很配合他，表情严肃，听令行事。

很多场合刘勇似乎"隐居"二线了，由武朝晖取而代之。但集会拉歌时，连长还是朝刘勇勾勾下巴，只见刘勇很沉着地往大功连所在区域前一站，断喝一声，双手握拳，缓缓舒展拳头的同时，抬起双手，全连官兵纷纷调整坐姿，昂首挺胸。有的干咳几声清清嗓子，随着刘勇的起调，歌声顿时雷霆万钧般地炸响，扑滚开来。两个连队拉歌，拼的就是士气勇气豪气，要有礼有节，有进有退，有张有弛，指挥员不但要有火山爆发般的激情，还要有高超的指挥艺术，当对方的歌声惊涛骇浪时，你要像礁盘一样坚持住，待对方的浪头越过，水平岸阔趋于平缓，这时要抓住间隙，掀起滔天巨浪，以压倒一切的气势，奔腾开去。

武朝晖踢球回来，满头满脸汗津津的，端起茶杯灌凉白开时无意间发现桌上有一则泛黄的剪报，上面说冯玉祥将军在保定练军之初也喊过操，当时完全是迫于生计，因为喊操多点儿饷养家糊口。将军喊操，面对数千人声如洪钟，气势夺人。没想到这一喊，若干年后喊出个举足轻重，气壮山河。武朝晖肩搭着毛巾上洗漱间的脚步似乎若有所思。

武朝晖不动声色，默不作声地观察连队干部、班长骨干组织指挥列队，有时候走路都不由自主地摇着拍子，只是手势有点儿像弹棉花。有几个兵晚上跑步时在营区的小松树林边遇到武朝晖，他正面对一排排整齐的小松树严肃认真地下达口令。后来那几个兵不往那边跑了，担心排长遇见他们不好意思。

武朝晖仿佛一条别的水域的鱼，投放到连队这个池塘里，渐渐缓过神来，准备"泼刺"一番。他向连队建议成立"大功"足球队，他毛遂自荐任队长。其实他踢球并不咋地，只是灵活得像月下沙地里从闰土胯下逃走的那匹猹。

每天晚上熄灯号响过，武朝晖就着走廊上昏暗的灯光，目光温柔地拂过每个床铺。然后上床轻轻摁亮手电筒，一本笔记本垫在膝上开始写写画画，嘴角上扬，满脸被幸福陶醉的样子。

星期三晚上是唱歌时间。大功连官兵整齐地坐在连队门口前的空地上引吭高歌，突然黑黢黢的二楼传出一阵打斗声和压低嗓音的争吵声，紧接着是一阵追赶的脚步声。惊愕中，只见武朝晖咚咚咚地疾步下楼，后面毛勇举着一个由军需部门统一配发的黄色塑料脸盆，三步并作两步追了下来。眼看快追上了，刘勇一跃而起，堵在毛勇面前，毛勇手中的塑料脸盆闷的一声砸在刘勇肩上。

毛勇和武朝晖如两头喘息的斗牛被带进指导员房间。事情很快弄清楚了，原来唱歌开始不久，武朝晖发现"本部"人马少了毛勇，他不动声色地上楼，发现毛勇躲在角落里聚精会神地用手机打游戏，幽蓝的显示屏光映着他的脸影影绰绰的，像鬼魅一样。武朝晖蹑手蹑脚来到他身边，轻拍一下他的肩，毛勇一个激灵，迅速把手机塞进军裤口袋，连退两步。武朝晖伸出手勾了勾，示意毛勇把手机给他。毛勇说，不是他的，是他晚饭后刚从别的连队老乡那儿借来的，用会儿马上还。武朝晖不听解释，执意让他马上把手机交出来。上级有规定，未经批准官兵不能使用手机，特别是189号段以外的智能手机，周末使用189手机，也需要经过批准。平常训练日使用智能手机，如果被机关督察或集团军检查组查到了，那可是"重罪"，轻则通报批评，作出深刻检查；重则处分，士官取消年底奖励工资等。一方坚持要，一方坚持不给，坚持要的一方似乎急于树立威信，不给的一方打心眼里对对方的权威并不认可，甚至有点儿轻蔑。拉扯中，武朝晖不小心碰到了毛勇的鼻子，他那敏感的鼻子顿时"委屈"得鲜血直流。干部打兵，军阀作风，这还得了！现代兵的"维权"意识特强，一触即跳起来。

在大功连毛勇是"无欲则刚"的那种兵，好像对什么都满不在乎。新兵中队时，上级对新兵情况进行问卷调查，他在入伍动机一栏里写道：尽义务，走一遭。他在家开过车，入伍时怀里揣着汽车驾驶C照，部队为建立"人才直通车"，对新兵入伍前的职业、爱好进行摸底，强调以前是驾驶员的，经过相关培训，仍然可以干老本行，但必须转一期士官。

尽管开军车风驰电掣很威风，但对于后面坠着个"小尾巴"，他犹豫了，最终还是把驾驶证悄悄藏了起来。他本职工作干得还可以，但从没在起床号响之前，用竹扫把划破清晨的宁静，也没有三更灯火五更鸡的刻苦训练。当别人做这些事时，他不攀不比，一副泰然自若的样子。他不抽烟，也就没有给抽烟的干部、骨干们发过烟点过火。也没有给班长、排长们洗过衣服，刷过碗，更别提其他私事了。他爱看球，也爱踢球。周末，兵们偶尔在草坪上脱两件衣服当球门，野马般狂奔一番。他踢球时眼里似乎只有"球"，没有"人"，决不会不合时宜地传球给领导，或故露破绽，给领导一个创造"辉煌"的机会。

但他并不是凡事事不关己，高高挂起，很多时候他的"参政"意识还很强。对连队一些不尽合理、不尽如人意的地方，他常"指点江山，激扬文字"一番，如对连队每天晚上满满当当的活动安排他就颇有"微词"。他说连队的管理方法是，操课时间训练教育管理，业余时间活动管理。从星期天晚上到星期六晚上每晚都有集体活动，星期天班务会，星期一理论学习，星期二"两防"形势分析，星期三唱歌，星期四看电影，星期五军事或政治教育，星期六兴趣活动，有意义的无意义的，有必要的没必要的，兵像羊群一样被紧紧地围在一块草坪上，一点自由支配的时间和空间都没有。好像唯恐他们一旦无事就会生非。毛勇尤其对星期三晚上的唱歌活动很恼火，大多数时候并没教新歌，只是把大家集合在一块儿温习那些老掉牙的歌，让他难以忍受。

毛勇像个"刺头"一样固执地站在队列里。刘勇似乎很欣赏他这种性格，很多时候他俩"泡"在一起，训练在同一个小组，学习用同一张桌，施工抬一根扁担。刘勇对毛勇身上需"显微镜"放大才看得清的每一个优点、每一点进步，都大张旗鼓，大造舆论，有时候说得毛勇很不好意思。

连队对武朝晖和毛勇之间的"肢体语言"没有马上处理，"冷却"了几天。武朝晖悄悄找刘勇谈，武朝晖的意思是要求连队给毛勇处分，杀杀他的嚣张气焰。言外之意毛勇走到今天很大原因是刘勇惯的。

刘勇沉吟一会儿，认为处分不妥当，不能达到治病救人的目的，毛勇从本质上来讲是个好兵，是个想好的兵。

连务会上讨论起这件事，有几个骨干赞同给毛勇处分。刘勇作为毛勇的班长，坚决反对。他列举了毛勇的一贯表现和所具备的良好素质，据理力争，说处分等于把他往坏的一面推。双方理论得差不多了时，连长宣布暂时"休庭"，由党支部"合议"。最后结果是毛勇在全连军人大会上作出深刻检查。那个手机是毛勇利用请假上街的机会悄悄用自己身份证办理的，是189号段，经保密员检查没有涉密，也没浏览过不健康网站。连队的处理决定是手机上交统一保管，待他退伍离队时归还。

营区道路两旁白杨树浓稠的树叶在落日余晖中沉思般宁静，小河水面上一片波光粼粼。一队队兵端着脸盆朝菜地走去，从远处的小山头上看起来像一行行大雁在无声移动。一个多星期没下雨了，晚饭后兵们的主要活动就是浇菜地。浇菜很少以连为单位组织，大多数时候连值班员在门口吹一声哨，喊一声浇菜地啰，各班自行组织。

刘勇在楼下喊，四班集合啦。最先出来的是毛勇，毛勇上次在军人大会上作检查后，情绪好像没啥波动，仍旧该干啥干啥。全班人都在等着了，刘长河才出来，手里拎着个淡红色的脸盆，在一排黄色的脸盆中很醒目。去菜地的路上，刘勇朝刘长河手上的脸盆多看了两眼，刘长河笑笑说，我的脸盆泡着衣服，暂时借用一下排长的。

兵们浇菜不是洒（洒水湿不到根），也不是泼（容易把菜扑倒），而是慷慨大方地一脸盆一脸盆地倒，反正兵的力气就像河水一样，绵延不绝。运水的方式有两种，一种是各自为战，每人从小河边颤悠悠地端起一盆水，碎步跑到菜地边；另一种是互相配合连成一条"传送带"，一个递一个，将水从小河边传到菜地里。兵们用后一种方法多些，盛满水的脸盆在说笑声中传递，偶尔有兵脸盆没接好，洒了些水在身上，嘻嘻哈哈一笑而过，军衣不怕脏。不知不觉中一块地浇完了，很快转移"阵地"。武朝晖杂在兵群里，提一个废旧的涂料捅，和大家一起浇水。他那一桶水相当三四脸盆，走在狭窄的田埂上直摇晃。夕阳照在小河里，波光粼粼，荡漾得他有些走神。当年，延安大生产运动时革命先辈们也种菜也浇水，他们浇的是延河的水，不知道那是怎样一种或热闹或宁静的情景。

这其中最吸引眼球的是那边通信连的女兵浇地，女兵们俯身打水，端水的脚步、浇水的动作都是那么轻盈优美，她们那边的笑声总是最亮最脆。惹得好些男兵脖子探得像长颈鹿一样，有人摔倒，脸盆没接好的频率呈直线上升。这时候男兵们故意嘎嘎嘎地笑得很响，大有东风压倒西风之势，很多时候他们浇着浇着就觉得索然无味，默不作声了。

小河里的水远不能用"清亮"两字来形容，夕阳下看上去很美只是一种错觉。靠岸边的水面上浮着一层厚厚的"水花生"，扔几颗半大不小的石子在上面都不会漏沉下去。中央没有被"水花生"占领的水面，偶尔浮有死于非命的老鼠、野猫、野狗、小猪等，泡得白胀鼓鼓的，随着水面的波动一沉一浮。兵们就在河边扒开"水花生"舀水，舀上来的水除了有黑糊状的漂浮物，还有绿色头发状的藻丝，也有小螺蛳、细虾米被"殃及"。菜苗喝这种营养水长得壮呀。对于这种卫生状况男兵们早就习以为常了，那些有"铿锵玫瑰"之称的女兵们也花容平淡。浇完菜地，把脸盆在自来水龙头下洗洗，照样用来洗脸洗脚，一点儿也不碍事。

第一个有心理障碍的是大功连"一号夫人"，连长家属，上海一所重点小学的老师。据嫂子说他们那所学校的小孩家长都是"贵族"，连长补充说就是来自贵州的少数民族。那天晚饭后，她陪连长去菜地转转，本想体验一下浪漫黄昏，感受一番田园情调，但她一看那臭水河和兵们从容不迫浇水的神态，顿时花容失色，哇哇直吐。从那后，她来队二十多天里，再也不吃连队菜地种的菜。至于她和不和连长 kiss，谁也不得而知，因为连长也吃这种菜呀。

开始兵们认为只有"小资"女人才有"洁癖"，现在看起来还远不止于此。那天浇完地回来，刘长河像往常对待自己的脸盆一样将武朝晖的脸盆洗干净后，放在他床下。武朝晖看到了，黑沉着脸，操起脸盆走向洗漱间，足足半个多小时才出来。那一刻，兵们才察觉到排长从没用过自己的脸盆浇水。那晚，排房里的气氛很沉闷。

连队召开军人大会民主评议党员、干部。散会后，武朝晖去了趟卫生间，回来时排房里乱成了一锅粥。他一进门房里马上如釜底抽薪噤了声，几个兵头一低，眼睑一耷拉向屋外走去，没有开溜的开始看书、叠衣服、整理包裹等，摆摆弄弄，空气好像变了味。

课间休息，有几个兵在玩摔跤、掰手劲、单腿跳，阵阵起哄喝彩声中，武朝晖落寞地站在一边看热闹。

武朝晖对排里三十来个兵的籍贯、出生年月、文化程度等花名册上登记的内容掌握得一清二楚，如果进行排点名，让他背朝队伍也能一口气报出全排兵的名字。他找兵谈心，试图掏出他们的心里话，每次郑重其事地开始，雨过地皮还没湿就草草结束。武朝晖费心准备了好些问题，酝酿氛围，满脸真诚地想走进兵的内心世界，无奈他们太拘谨了，怎么轻叩他们的心扉，就是不开门。对于武朝晖所提的问题，他们一问一答，就那么简短蹦跳出几个字。如问家里几口人，他回答三口就完了，不会由此涸开，家里有父母和他，父母是干什么营生的，身体怎样，对他在部队有什么期待，等等。兵们的很多情况，他是通过平常悄悄观察、从偶尔露出的只言片语了解的。他发现农村入伍的大多曾经是留守儿童，和年迈的爷爷奶奶长大，行为习惯多有毛病，需要部队铁的纪律严格规范；城镇入伍的家境普通，有的甚至有点困难，父母文化程度不高，只有父亲或母亲一方在体制内有固定收入。有的还是单亲家庭，他们的学

习成绩和能力一般，说是大学生，其实只是大专，本科生凤毛麟角。他们普遍的优点就是思想活跃，动手能力强，接受新事物快。

兵们对武朝晖很客气，尤其表现在周末请假这件事上。兵把签有班长意见的请假条恭敬地递给武朝晖，然后双手垂立，忐忑不安地盯着武朝晖手中的笔。武朝晖简单问问情况，叮嘱几句后，然后大笔一挥。请假，排长这一关很关键，没有排长的签字，连队就不可能批。

武朝晖发现刘勇和兵打得火热，最主要的原因就是常和他们一起打牌。好几次，刘勇边打牌，边看似无意地问一个兵，你家和邻居家的宅基地纠纷还有结果啦？被问的兵边抓牌，边"口无遮拦"地说开了。一会儿，他微微侧了侧头，问另一个兵，你妈妈该出院了吧，身体恢复得怎样？你女朋友好长时间没和你视频了吧？刘勇眼睛并不看对方，被问的兵也不看他，一切都在不经意中，有时还夹杂几句粗俗的"国骂""军骂"。

打牌是营盘里经久不衰的娱乐活动之一。纸制的扑克，流水的兵，那五十四张牌，两副牌合在一起一百单八张，如同一百零八将，被兵们组合变幻玩得乐此不疲，花样翻新。牌永远是同样的牌。赫拉克利特说，人不能两次踏进同一条河流。有兵总结出，人不能两次抓到同一手牌。打牌不拘条件设施，野外驻训，演习拉练，施工工地，只要宣布许可，几个兵相邀在帐篷里、草地上、树荫下席地而坐，兴趣盎然地玩一番，可当小憩，可以怡情。不像象棋、军棋、围棋之类，那么多棋子要小心保管好不说，还至少要场地平展一点，且只能两个人陶醉其中，其他人只能是观棋不语真君子；篮球、足球、乒乓球、羽毛球等对条件设施要求苛刻；电脑、电视、家庭影院之类带电的东西设备笨重不说，还需要随手可取的电源。打牌在各个时期、各个部队打法不尽一致，就像一个时期有一个时期的特点，一支部队有一支部队的作风一样。但只要会打，换一种打法，一看就会，就如开车，会驾驶一种型号的汽车，换别的型号，稍稍适应试驾一会儿，就能得心应手了。部队上打牌纯粹是玩，打输了，往脸上贴纸条，往脖子上挂腰带，在名下画乌龟，或干脆钻桌子，博大家一阵乐不可支的笑。"牌场"如"战场"，胜负无"官""兵"。各种处罚即使是领导也不能幸免。尽管只是玩，但都很在乎输赢，每个人都很注意选择"盟军"，配合好的对家彼此心有灵犀，攻防进退珠联璧合天衣无缝。紧盯上家，算计下家，谨慎自家，配合对家，已经出了哪些牌，估计谁手上还有什么牌，了然于心，稳扎稳打，纵然败北，也无关牌技，只怪实力悬殊。

　　武朝晖打牌只是初学者水平，自己手上的牌尚顾所不及，更别说算计别人的牌。观战几场后，他似乎摸到了其中的门道，周末和几个兵玩了两把，战绩互有输赢，气氛不温不火。看样子刘勇和他们打牌时那种闲适从容，话题枝枝蔓蔓的随意扯是一时学不来的。

　　星期天早上，一期士官李国中请假。武朝晖看了看他的假条，上午八点外出，中午十一点半午饭前赶回来，请一上午假，时间不长，但排里已批过三个人外出了，再批就要超比例了。武朝晖盯着请假条问，你们班昨天晚上怎么没有报你？李国中说他是临时有点事。武朝晖说排里外出名额已经满了，让他下星期再出去。李国中摆弄着手里的假条，小声嘀咕着，不挪步，说只要排长同意，连队那边他自己想办法。武朝晖知道李国中军事素质有点儿好，连长比较"宠"他。还有节假日请假外出连队有时候抠得不是很紧，只是把握一个总数，具体人员由各排掌握，这个班排少出去一两个，那个班排就能多出去一两个，总体在位率没下降，连队也不是很计较。李国中磨蹭了好一会儿，武朝晖好像他那"墨宝"一字值千金似的，最终没有批。李国中甩手而去时的动作很快，带起一股风。

整个上午李国中像只患病的公鸡，神情怏怏的。这时武朝晖突然灵感叩门似的，决定拉上他打牌，并且和他联手打对家。李国中平时喜欢玩两把，三缺一喊他，有请必到。他的牌技有点儿像他的训练，一出手就八九不离十，常常打得神采飞扬，眉飞色舞。

果然，几手牌下来李国中抛却了不快。武朝晖眼瞅着上家，顾不上自家，手忙脚乱中又出错了，他和李国中"挣"的为数不多的分，又被扣去十分。武朝晖尴尬地笑笑："我真是扣的没有挣的多。"

李国中的脸色多云转阴，比刚才没请到假还要难看。好像他是排长，武朝晖是个笨手笨脚完不成任务的兵。

武朝晖如履薄冰，愈发不自信，判断频频失误。知己知彼，百战不殆。牌桌上也是如此，武朝晖对彼如盲人摸象，对己（包括盟友）"不识庐山真面目"，已经出了哪些牌，还有哪些"杀手锏"没出，他全然无数。"盟友"出的什么牌，他也不太在意，他像是在孤军奋战，至于对手的招数他脑子里更没有空间去想。李国中好几次咳嗽提醒武朝晖注意看牌。这种做法是严重违规作弊行为，对手宽容地笑了笑。武朝晖却只当是他的喉咙干痒。

高手出牌如剑客亮剑，从出第一张牌引蛇出洞、投石问路，到最后一张牌收底，环环相扣，招招有数，步步制敌。退几步来说，虽然不能一出手就能统揽全局，但至少也要走一步看三步。

武朝晖又出错一张关键性的牌。

李国中脸色涨红，太阳穴处青筋毕露，此时他已完全沉迷牌局。每次出牌，将牌夹在拇指食指和中指间发狠似的用力甩在桌面上，伴随"啪"的一声，牌在光滑的桌面上打着转，有的一触桌面像蚱蜢一样弹跳得老远。李国中嘴里同时咬牙切齿地配着音：妈那个×，臭手！每甩一次嘴里蹦出一句。武朝晖腮帮上的肉像被针挑了一下，抽动着。

李国中又甩一次，刚张嘴，武朝晖将手里的牌猛一掼在桌上，腾地站起：你骂谁？

李国中如梦初醒，半张着嘴怔怔地站在那儿，左手举着一把呈扇面打开的牌。

武朝晖摔门而去。

天擦黑，武朝晖丢了魂似的在操场上转悠，发现不远处的小松树林里有人在烧纸。一张小小的纸片将烬，赶紧接上一张，橘黄色的火光映衬着那张脸，有点儿像李国中。

星期天，武朝晖上街买回两双拳击手套，发面大馒头似的。一双红色的，红得欲滴；一双蓝色的，蓝得诱人。

四只拳击手套躺在班柜顶上，像在开会，打牌，又像在示威。凡是到二排去的人都朝那两双拳击手套行"注目礼"，仿佛它们是二排的标志性物件。迎着疑惑的目光，武朝晖有时候解释一下，我们下一步准备利用体能训练时间开展拳击运动。排房里放两双拳击手套，明显影响内务卫生整齐统一，内务卫生大检查前让它们暂时"避难"，过几天又冒了出来。拳击手套落寞地躺在班柜顶上，很长时间没人动，上面蒙了一层细白的灰尘，像化了淡妆。

一天早上，可能是炉火不旺或是炊事班的闹钟坏了，或是他们的动作没往常麻利，到了开饭时间，迟迟等不到开饭的哨声。兵们洗漱整理完后等在连队门口，一时像一群百无聊赖的"泼皮"。这时，毛勇兴致勃发地从班柜顶上取下拳击手套，扑扑灰尘："排长，我们玩玩。"武朝晖点点头。

毛勇将蓝色的挑衅似的扔给李国中，自己戴上红色的。李国中人高马大，浑身肉疙瘩，平时打哈欠都冲人。毛勇虽然只是个上等兵，但很多时候不把士官当班长，不把排长当干部，一脸笑歪歪的。李国中有板有眼地系好鞋带，扎紧裤带，像只斗公鸡，围着毛勇跳跃着，跃跃欲试的拳头如锁定目标的眼镜蛇，那架势拉得和擂台上的职业拳击手差不多。与其相反，毛勇满不在乎的神情像街头晃荡的不良青年。突然，李国中右拳护胸，左拳如眼镜蛇吐信一闪而来，毛勇侧身躲过，顺势抡起双拳雨点般地砸李国中的头，如撒泼耍赖的泼妇，没有章法，没有招数，也全然不顾危险，不顾及体面与风度，一味攻击，攻击，再攻击。李国中躲闪之余还击过几次，且颇有力度，但终究不敌毛勇豁出命来般的勇猛，随着拳头密集地落在头上、脸上，李国中抱头便跑，毛勇紧追不舍。群情亢奋中，李国中的狼狈情形可以做"抱头鼠窜"的写照。

比赛结束，李国中怪毛勇不按规矩出招，毛勇说胜利之道就是不守规矩。

毛勇和李国中拉开了大功连业余拳击循环赛的序幕。从那以后，大家似乎找到一个好乐子，早饭前晚饭后课间休息自由活动时间，阵阵喝彩声中两个兵各戴一双拳击手套，像两只斗鸡，你来我往对打一番，全都不讲招式不讲策略，拼的是一鼓作气无所畏惧的牛劲。包括李国中，挨过几次揍后，也变得像泼妇一样直扑腾。

拳击赛成了大功连最风靡最有趣最令人亢奋的业余活动。每有赛事，门口走廊窗台上围满了观众，看"现场直播"，比看电视上的拳击赛火爆多了。比赛双方谁都不会，无知者无畏，也就不拘法则，自由发挥扭打在一起。看谁出手快、准且狠，一方挨过一阵拳头后，吃不消了，转身就跑，另一方拔腿直追，"优待俘虏""缴枪不杀"在这儿都不管用，败者已经像鸵鸟一样把头藏住了，胜者还要在其后脑勺上捣两拳。整个比赛时间不长，胜负一目了然，连裁判都不需要。胜者情急之中捶打搞抓扯各种招数使尽，只差像曾经风光一时的"拳王"泰森一样扑上去咬耳朵，败者除了和胜者一样姿势难看外，还抱头鼠窜落荒而逃，让观众笑得浑身颤抖，直喊肚子疼。

在这场席卷大功连的群众性运动中，有两个人似乎置身局外。一个是刘勇，始终像一个持重长者，目光平淡而温暖地看着大家乐此不倦，看到精彩处，也含蓄浅浅地笑笑，对于这些大家习以为常，好像刘勇就应该是这个样子。另一个就是"始作俑"者，拳击套的主人武朝晖，一副高深莫测的样子，偶尔未置可否地笑笑。

一个很平常的早晨，不知谁使了什么法子，让刘勇、武朝晖各戴一双拳击套，决一胜负。两人像电视剧《西游记》中的"大王"出场一样，在大伙儿的簇拥下来到连队门前的空地上，摆开阵势。场面没有往日的喧嚣热闹，但平添一种大战在即的庄严和凝重。

两人目光激烈碰撞几乎摩擦出火花，刘勇跳跃起来首先出拳，刹那间如鹰隼扑食，猛虎夺路，气势挟风带电，接连几招被武朝晖轻巧挡住、躲过、闪过。刘勇虽然同样不谙拳击，但凭他的军事素质在连队不言自威，不必说五千米跑步、五千米泅渡成绩优秀且气息平常似闲庭信步；不必说两百米外对移动隐现目标速射，枪响靶落，弹无虚发；也不必说攀登高墙，身轻如燕，敏似猿猴，单就挥舞起那一套虎虎生风的捕俘拳，那干脆利索的"锁喉"动作就让人心里直发怵，下意识地摸摸自己的喉结。

大家见武朝晖在刘勇凌厉的攻势下如武林高手应付浑小子，收放自如，张弛有度，一时全愣住了。很明显，捕俘拳和拳击是两种不同"门派"的功夫，打捕俘拳戴上拳击手套如同把老虎的爪子包住或剪掉让它捕食。只见武朝晖跳跃躲过刘勇一记带有捕俘拳痕迹的"混合拳"，瞅准一个破绽,趁刘勇收拳之际,他左拳一晃,刘勇中途转道去挡,一道蓝光闪过,左胸结结实实挨了一闷拳。上当了,武朝晖的左掌只是虚招,右拳才是精确垂直打击。

刘勇不再像个莽汉一样锋芒毕露地一味进攻,他及时调整战术,攻防交错。这下武朝晖频频出击,愈战愈勇,令刘勇几次判断失误,胸、肩又挨了几拳,他被动防御中仍不忘奋起还击。但不是慌乱之中打偏了,就是力度不够,勉强招架的样子让观众捏紧拳头直跺脚。叹息声中,大家如同看到"英雄迟暮"般凄然。

突然,武朝晖右拳一晃,直奔刘勇胸前,刘勇一闪念认为对方又在玩声东击西的把戏,就在他走神的一刹那,前胸和右脸同时中拳,一个趔趄,险些跌倒。刘勇终于做出"约定成俗"的投降姿势,双手抱头,但没有"鼠窜"。武朝晖高举拳头,又颓然放下。人群里响起稀稀拉拉的掌声,大家无趣地散去。

武朝晖研习过拳击由此浮出水面。他在大学里没有学弹吉他,也没溜冰,几款人气火爆的游戏也玩得少,几样号称"撩妹"秘籍的技能他一样都不会,一有空就戴上拳击手套冲几个沙袋拳打脚踢。他拜访过多位"隐士"拳师,受到指点,得其真传。他练拳击和他萌发当兵的念头有关,他原以为凭拳头说话,能在部队里打出一片天地,还有打拳击和拼刺刀有异曲同工之妙,同样考验的是快狠准。穿上军装后他才发现拳击在这儿似乎毫无用武之地,唯一的优势就是身体结实一点,比别的大学生干部抗摔打一点,别的好处暂时还看不出来。

武朝晖打败刘勇，赢得的"战利品"就是他的腰杆好像挺直了些，说话有底气了些，还有在他身边聚拢了一脉"人气"。好几个拳击迷热情地请他指点，他也毫不谦虚，一招一式领着他们比画起来。

　　那场比赛后，大功连的拳击运动由此步入正轨，但正儿八经的拳击比赛反而少有看客了。

　　秋虫在草丛里鸣唱，夜晚有些凉意了。

　　连队安排列兵王天乐向刘勇学习新装备维护保养技术。刘勇是大功连唯一参加过新装备维护保养集训队的骨干。新装备操作起来简便，教两遍就会，但维护保养比较复杂，没有经过相关专业培训不行。当时连队挑人去学习，很多人不以为然，刘勇主动要求去，并且学得很认真，他能转上一期士官有它的大"功劳"。

　　一进入秋天，那些一门心思想着退伍的兵开始在日历上画圈圈进行倒计时。刘勇已是第五年兵了，眼看一期将满。那天连长叫住他，让他重点教王天乐技术，刘勇晴朗的脸上好像一朵云飘过，黯淡了一下，极不自然地答应了。

　　王天乐下到四班前是连部通信员，整天挂着一张娃娃般的笑脸。他对刘勇很尊重，早操回来马上给他打好洗脸水，挤好牙膏，晚上打好洗脚水；刘勇茶杯里的水刚下去一点，马上续水；刘勇在哪儿站一会儿，马上咚咚咚地搬来椅子。可惜刘勇不抽烟，他的殷勤也就缺少了一种表现形式。面对王天乐滚烫的热情，刘勇说你快把我惯成一个"军阀"了，你该干啥干啥去吧，不要把战友间的学习切磋搞得像江湖学艺似的。王天乐像个知错的孩子直点头，但过后仍然"故伎重演"。

新装备的日常维护保养技术手册上有，刘勇也讲过，并且专门组织训练过。只有那些难得一遇的复杂情况处理和刘勇自己领悟总结出来的经验，他有些躲躲闪闪、闪烁其词。

一天，值班员报告说，新装备闹"情绪"了，运转不正常。刘勇抓起工具箱招呼上王天乐救火般赶去。刘勇围着新装备团团转，忙上忙下，折腾得浑身油污，"十字起""梅花起""8—12号扳手"，刘勇叫一声，王天乐递上相应的工具，两人配合默契，像紧张手术的医生和护士。突然刘勇趴在下面好一会儿没吭声，一昂头，见王天乐凑得很近，正出神地盯着他排查故障，他眉头一皱，王天乐马上"识趣"地挪了挪，让出一道光亮。就在王天乐讪讪地让开，没来得及提问时，刘勇如接骨神医三下五去二地把故障摆平了。

刘勇把相关的理论书籍扔给王天乐，让他看不懂的就问。王天乐囫囵吞枣看了几章，不懂的地方太多了，懂的地方也似懂非懂，想提一个得体的问题都难。

后来又有过几次检修，似乎到了节骨眼上刘勇就有事，不是缺一样工具，就是有啥紧要事需王天乐跑一趟。在王天乐眼里新装备的检修过程就像电影艺术中的蒙太奇。

星期天上午，刘勇请假外出。走出连队老远快到营房大门口了，又想起忘了带什么东西，临时折回来，看到武朝晖和王天乐两个脑袋凑在一起边在纸上画边说着什么。王天乐一见刘勇，如刘勇撞见了他的隐私，脸色极不自然。武朝晖呢，像是在示威，声音反而提高了八度，把书页翻得哗哗作响。刘勇一听就知道武朝晖在给他讲解新装备的内容。

刘勇没理会王天乐不时偷瞥的目光，只是看了看武朝晖睡的那张床。刘勇以前睡那张床铺时特自信，现在觉得心里空荡荡的，越小心谨慎越不踏实。

连队每天下午最后一小时进行体能训练，可打篮球网球乒乓球、踢足球，或去文化活动中心健身房去"小资"一把。这些活动组织起来不太方便，百十号人容易流于"放羊"。只有五千米跑步好组织，人人能参与，且只燃烧脂肪，不消耗器材。于是五千米跑步成了连队体能训练的固定主打节目，就像伙食一样，以米饭馒头为主，隔三岔五做顿面条包子水饺调调味。

五千米跑步也像电信部门的"套餐"服务一样，是多项选择，有好几种跑法，有绕着"一环"，绕着"二环"，绕着"三环"三种不同的跑法。一环是大操场上的塑胶跑道，二环是绕营区包括家属区在内的水泥公路，三环是绕整个营盘于围墙外的沙石小路。一环二环三环是兵们受城市规划的启发自定义的，没有经有关部门的备案批准。这其中只有一环有精确长度，一圈四百米。二环三环都是大概数，凭连长的步伐估算。几任连长的步伐也无统一标准，如二环，上一任连长认为四圈就够五千米了，可这一任连长硬说得跑四圈半才够。

每天下午在落日的脉脉余晖中，一双双轻快有力的迷彩鞋踩着营区广播传出的轻快乐曲跳跃奔跑。像风一样卷过的兵群让人想起神采飞扬、青春蓬勃这些字眼。两圈跑下来，每个兵头发像浇过水，汗津津一绺一绺的，脸蛋红扑扑的，汗衫紧贴背脊形成一道道褶皱，随着奔跑的脚步呈波浪状扭动。路边偶尔漫步一年轻异性，他们像示威似的，骤然提速，脚步变得像刚健的马蹄，裹挟一股汗酸温热的风掠过。毛勇还是新兵时，有过几次跑五千米的体验后在家信中感慨：太阳落山时，我们像一群刚放出笼抢食的饿狗，一拨一拨的，一只紧咬一只奔向前。这句话被刘长河瞥见，传开来，成为笑话，弄得他俩差点动武。那时尽管手机几乎普及，人们交往主要靠QQ、微信，连队指导员还是提倡大家少打电话多写信，说写信多古典、多优美，我们寄信不用花钱，既锻炼语言表达能力、逻辑能力、思维能力，还能缓解精神压力等，尽管如此兵们"言而有信"的还是很少，和家人朋友联系绝大部分是打电话。毛勇说刘长河不该偷看他的信，妨碍他作为公民的通信自由，侵犯了他的隐私权。刘长河说他是无意中看到的，也是无意中说漏嘴的。闹到刘勇那，刘勇说毛勇你小子也太作践自己了，事情像那么回事，为什么不把我们形容得有美感一点，比方说像一群飞鸟，像一群悍马，再不然比喻成一窝马蜂也比狗强。

绕着一环二环三环跑了好些日子，在训练形势分析会上刘勇提出，老是这样驴拉磨似的绕圈圈容易产生视觉疲劳，从军事训练的角度来讲熟悉的地形练不出精兵，能不能把大伙儿拉到营区外面去遛遛。在选择路线时，七嘴八舌，最后大家一致认为离营区不远的那片茶林是个好去

处。茶林随着丘陵的走势连绵起伏，一条丝带般的水泥路飘然其间，那儿负离子含量高，令人心旷神怡，在嫩绿和茶香中正好撒开脚丫跑。连长挠了挠后脑勺说，是个好主意，让大家名正言顺地到外面去呼吸呼吸"新鲜"空气，饱览第二故乡的秀美景色，增强训练热情，但得向营里汇报后再做行动。

营里爽快答复，形式很好，但要组织有序，注意安全。连队决定结合这次转场，举行一次全副武装的五千米赛，班与班比，排与排比。一是对前一阶段体能训练的效果做个总结和检验；二是对下一个阶段的训练举行隆重仪式，拉开又一道幕布。

赛事由团支部组织。刘勇表现得很热情，提出一些可行性建议，如何记分，如何设立鼓动监督兼保障点，如何总结评比，对前几名建议连队司务处买几件白背心作为奖励，上面印大功连全副武装五千米赛第几名字样。武朝晖平常很热心党团活动，这次却淡然处之，大伙儿猜测可能与他跑不动有关。武朝晖看起来离"弱不禁风"这个词相去甚远，可就是跑不动。在营区绕环跑时，两圈下来，喘得像拉破风箱。毛勇私下里给他取了个绰号：古道西风瘦马。以前跑步都是瘦瘦的王天乐"断后""掩护"，现在武朝晖接替他的"岗位"，让他长舒一口气。

为组织这次活动，刘勇和几名骨干还在晚饭后名曰散步实为考察，走了一趟。武朝晖也去了，回来时兴致颇高，一副成竹在胸的样子。

星期五下午，骄阳似火，"秋老虎"发威的天气，大功连热闹得像城市全民健身运动会一样，官兵都行动了起来。每个人的行头作训服扎腰带，八颗教练手榴弹，挎包里一斤米，外加一壶白开水。连长站在队列前底气十足地吆喝几句，随着一声哨响，大家伙儿如拉开栅门的马群，迅速扑腾开了。这次，毛勇认真打量了一下前后左右，觉得用"饿狗"比喻确实有点儿不妥也不雅，大伙儿优美矫健的步伐更像马。

奇怪！一大截跑下来，武朝晖没有"断后"。他一直裹挟在人群中随大流，脚步还算从容，喘息还算匀称。途经紧邻路边的一爿小店时，他的"秘密"不攻自破，只见他突然提速冲出队伍，奔向小店，扔下揉成石子一样的纸币，从敞开的柜台上抓起一瓶矿泉水，转身折回队伍。一串动作，一气呵成，周密细致，尤其是丢钱和拿水的动作干脆利索，几乎同时进行。待店里的老大爷颤抖着展开汗津津的五块钱，叫喊着出来找零时，他已经跑出老远了。往回跑，这一幕又重演。他还即兴增加几个动作，把没喝完的矿泉水边跑边往头上浇。

比赛的结果已变得不重要。大家的注意力完全被武朝晖的"作弊"行为吸引，武朝晖对此也直言不讳，他的水壶里是没有装水，到路边店买水，全程少负重约两斤，他凭自己的智慧没有拖全排的后腿，赢得这次比赛，他很高兴。至于他为什么不带水，要到路边店买水，他提出一个"大联勤"保障，说现代军营，现代化战争要充分利用社会资源，实现打赢最大化。武朝晖的理论一抛出，举众哗然，后面那些话已被喧闹声淹没。激动的人群中，王天乐涨红着脸急于表达自己的观点，他的声音尖细得像女声：这怎么行呢？和平时期"大联勤"保障还差不多。打起仗来老百姓可不会冒死做生意，火线上买不到矿泉水，也买不到盒饭，上甘岭战役中那些坑道里即使堆满金子,水也送不上去。武朝晖好像明白他们要说啥,大声叫喊现代战争没有前方和后方之分,没有军用和民用之别,一切为我所用,为我所取……

大功连由此引发一场沸沸扬扬的争论,好长时间没个结果。

武朝晖带领李国中、王天乐参加旅里组织的"外军知识竞赛",已进入四强。

大功连似乎很看重这事,平时各兄弟单位工作大差不差,大家都铆着劲儿干,谁也没出什么纰漏,难分高下,一年的成绩很大部分靠这些弄出个响动。指导员亲自担任保障组长,上图书馆上全军政工网(后改为"强军网")掘地三尺地给他们搜罗资料,还模拟现场进行考核。

开饭时,连长把在政治部帮助工作的上等兵常立峰叫到连部桌上,边吃边扯一些听似是闲话、其实暗示他刺探关于知识竞赛的情报的话,说是为了连队的荣誉。指导员在一旁若有若无地微笑着。武朝晖对连队这一套嘴上没说什么,脸上明显写着不屑,鼻孔像患感冒似的哼了哼,草草扒了碗饭就撤了,从始至终没有看常立峰一眼。常立峰像打入首脑机关的间谍,利用工作之便鬼鬼祟祟忙活了好几天,直到知识竞赛开锣也没刺探到有价值的东西。

以前发生过这样的事,参谋干事伤了很多脑细胞拟定的比赛试题,在机关帮助工作的兵由于参与打印、布置赛场等幕后工作,他们把接触到的"核心机密"有意无意地透露给自己所在的连队,比赛结果一出来,明眼人马上看出了端倪。那些借调机关帮助工作的兵"身在曹营心在汉",心里颇为复杂,在希望自己连队获胜的同时,还盘算着个人的"小九九",自己干活在机关,但编制实际在连队,吃住在连队,从根本上说还是连队的人,立功评奖入党学技术都要经过连队这级组织,不能不有所顾忌。现在各级机关隔上一段时间像大扫除一样,清理机关超占的兵员,提高了部队的战斗力,无意间也防止了"家贼"。

决赛在星期六下午举行,全旅官兵除了值班执勤的都参加了,旅长、政委也参加了。旅长、政委挨坐在最前排,面前各放一个嫩芽舒展的玻璃茶杯。气氛骤然庄重紧张起来。以前这类赛事,一般由政治部一名副主任牵头组织,旅里至多一名主官亮亮相。有时候恰逢周末或晚上,旅首长们常不请自到。如"攻坚杯"篮球赛,好几场安排在晚上灯光球场进行,旅里两位主官有时不约而同地出现在记分席前,看球员们在场上奔跑厮杀,无论谁输谁赢,一脸平静地微笑,完了还即兴讲几句。今天他们坐在最前排,后排的官兵看不见他们的表情,只是从政委不时凑近旅长的背影看得出,他们可能就某个话题在交流。

台上四个连队十二名选手,坐四张桌子呈弧形展开。每个连队三名选手,一名干部,一名士官,一名义务兵,各个层面兼顾,且美其名曰具有广泛的代表性。四张茶色的玻璃桌和绿色的椅子是从文化活动中心搬来的,为筹备这次比赛,常立峰和电影队的几个兵忙得颠颠的,连午休都放弃了。武朝晖、李国中和王天乐坐在最左边,位置不太理想,但他们目光炯炯,一副胸有成竹、胜券在握的样子。果然,比赛还没过半,武朝晖就将观众的目光拽了过来，把左侧变成舞台的焦点和中心。第一轮抢答，试题较为容易，四个组你追我赶比分没拉开多少，随着试题难度加深，分数加重，愈富有挑战性，武朝晖他们仨像服了违禁药品一样亢奋，落落大方，侃侃而谈，准确详尽，妙语连珠。这时，刘勇率领的掌声啦啦队充分发挥了火借风势、火上浇油的作用。其实从武朝晖他们一出场，大功连的掌声就憋足了劲，令他们腰杆挺直。以后他们每答对一道题，哪怕不是那么完美，随着最后一个字落音，随着刘勇不易觉察的肢体语言，挺胸仰头，掌声骤起，气势夺人。那掌声分明是在向全场宣告，我们是最牛的！如果说力量和勇敢的展示需要士气，那么知识和智慧的表现也需要士气。士气是士兵的营养液，是一种无处不在的状态。在武朝晖他们咄咄逼人的气势下，相对而言其他几个组就有些逊色了。武朝晖又抢到一道"重磅"题，回答得有理有据，条理清楚，思维缜密。那天武朝晖穿一套熨帖的夏常服，平时不戴眼镜的他鼻梁上架着一副纤细的银丝眼镜，又黑又瘦的样子看起来像个农业科学家。每个人在自己熟知的领域里劳动的身影是最美丽的，挤奶工挤奶时最美丽，驾驶员开车时最美丽，工人操作机床时最美丽，科学家在专注实验时最美丽，战士持枪站哨的剪影最美丽。武朝晖的一番发挥让自己都感到惊讶，没想到自己还蕴藏这能耐。

　　大功连代表队以领先亚军四十分的"绝对优势"夺冠。其他连队还在广场上稀里哗啦地整队，大功连已跑步带回了。一回到连队，连长就让文书把"响器"拿出来。当武朝晖他们抱着奖状出现在连队门口，猛

然一响的锣鼓声吓他们一大跳,兵们夸张得像迎接凯旋的英雄一样,簇拥着他们。有兵把会议室桌上那几束塑料花也搬了出来,一把塞在他们怀里。

前天下午演习出发时,兵们脚步轻快,有说有笑的像郊游一样。经过近两天的折腾,很多兵陷入了沉默,一路上时快时慢时紧时松地走来,途中不时穿插一些训练科目,防空袭、防化学武器、穿越炮火封锁区、穿越雷区、穿越障碍区、穿越电磁干扰区等,再加上没休息好,好些兵这时才明白为什么他们的父辈劳累了一天后话那么少。宣传鼓劲队恨不得挠每个兵的胳肢窝,逗大家笑。只有那几个不老不新的兵"皮实",精神好,一听到原地休息十分钟的命令,撸下背包就跑到路边摘山枣。层林尽染,秋色如醉,山道边灌木丛里泛红的山枣坠满枝头。这个季节山枣水分充足,糖分丰富,脆甜脆甜的,是真正意义上的绿色食品,连水洗这道最基本的消毒工序都免了。几个兵口袋鼓鼓囊囊地回来,蜿蜒前进的队伍里很快蔓延起一片咀嚼声。

宿营时天已擦黑,兵们借助天边最后一丝光亮搭起过夜的"窝",书面的说法就是个人帐篷。大致搭法就是用背包带在两棵邻近的树之间拉一根绳,然后在绳子上呈人字形搭一块厚厚的塑料薄膜。塑料薄膜是司令部机关为单兵作战统一配发的。人字篷搭好后,快速用工兵锹在两边挖两条排水沟,同时用挖出来的土石压住人字篷两边的"屋脚",这样既防风又防雨,最后将两侧的"门"一侧封好,另一侧整理作为出入口。

弓身爬进去，将雨衣铺在最下面防潮，然后铺上棉垫、床单，摆上被子，如此就可以对付一夜了。单兵简易帐篷，熟练的老兵三到五分钟即可完成。这种帐篷一般以班为单位组织，排、连相对比较集中。地点选择很有讲究，需易于隐蔽，便于疏散，能防洪防火的林地。所以，有时候天黑了很久，队伍已走得很疲倦，前面还没有传来宿营的意思，那是打"前站"的同志将宿营地"号"得很远。有兵在悄悄议论，据说"漂亮国"军都有单兵帐篷，我们还是和抗美援朝时期差不多，用一块雨布搭帐篷。武朝晖插话说，我们的国强大了，也应该换装备了。

刘勇刚把被褥整理好，值班员影影绰绰地在帐篷间穿梭，通报今晚有中到大雨，让大家把帐篷搭牢靠点。刘勇俯身又检查了一遍一些易疏忽的边边角角，找来几个大石块压住帐篷脚。住这种帐篷怕晴又怕雨，太阳一露脸，里面的温度噌地往上蹿，热得像洗桑拿；雨天，小雨淅沥或大雨滂沱，到处雾霭迷漫，潮得拧得出水，地是潮的，树是潮的，空气是潮的，被子是潮的，人也是潮的，外衣雨潮衬衣汗潮。大汗淋漓后的身子钻进潮乎乎的被子，刚躺下去那种滋味无可名状，好在人实在太困了，浑身鸡皮疙瘩适应一会儿，就进入了黑甜的梦乡。第二天一大早不是被起床哨唤醒，而是被鸟鸣吵醒，迟疑间，发现自己一夜的呼吸使薄膜蒙上一层水雾。有一次还发现一条大花"美女蛇"不知何时钻了进来，盘蜷在枕边陪了自己一夜。不惊扰"美女蛇"的好梦，小心翼翼钻出帐篷，眯着眼睛望望清晨第一缕阳光，贪婪深呼吸清新的空气，草木葱绿，露珠晶莹，迎来的是一个大晴天，心情似乎格外舒展美好。

第一章 与子同袍

开饭了。刘勇招呼武朝晖一声，他俩的帐篷紧挨着。空旷的草坪是偌大的露天餐厅，连队炊事班热腾腾的饭菜锅旁立一盏马灯，每个班一只小铝盆盛菜，围着马灯散开。连部、炊事班的"盆"离马灯最近，离马灯远的地方啥也看不清，筷子伸进盆里夹到啥吃啥。在一片碗筷声、咀嚼声、稀里呼噜喝汤声的伴奏下，连长大致讲评一天的演练，布置明天的任务，强调帐篷要注意防雨，吃完饭回去再检查检查，最后宣布饭后班长以上骨干留下来。

饭菜的口味还凑合，就是有沙子硌牙。刘勇正风卷残云狼吞虎咽着，突然下颌蠕动的速度放慢，转为小心翼翼的试探，抿嘴不动，眉头一蹙，喉结一骨碌，嘴里含沙子的饭被他硬吞了下去。也有兵将"沙拌饭"吐出来，说炊事班把他们当作鸡了，需要沙子帮助消化。有兵接腔，我们是来保卫祖国领土的，不是来吃领土的。一两声说笑，周围仍旧是一片急行军般的进食声。谁都知道出门在外，炊事班比战斗班更辛苦。宿营地有时候设在远离水源的山腰，仅抬回那点烧熟饭的水就把人折腾得够呛。炊事班黑大个班长杨大厨和刘勇是老乡，刘勇曾见他一时找不到大锅铲，顺手操起挖野炊灶的大铁锹，拍一下上面的土，就用那把大铁锹在锅里搅和，发挥起锅铲的功能。那些沙子很可能是通过这种方式混进来的。这些都是在没有带炊事车的情况下发生的。

刘勇回来时一片寂静，大多数帐篷口敞着，天气闷热。转了一圈，他也钻进帐篷。半夜，帐篷顶响起一片泼豆子般的雨声，一股冷风灌进，刘勇醒了。隐约间周围传来起身关帐篷的响动，还有哨兵的奔走敦促声。

雨哗哗的，感觉就像在巨大的莲花喷头下，风刮过树梢，拖着长长的呼啸声。一道闪电划过，只见风掀起浓密的树冠如群魔狂舞，帐篷不时如被一双巨手捏握，时扁时长，天地间一片水的世界，林子里密密匝匝乳白色的帐篷像大海里漂荡的小舢板。刘勇渐渐感觉到一股湿漉漉的潮气和丝丝寒意。借着闪电光亮，可以看到帐篷外的排水沟水流湍急，卷起片片黄叶，有一两处快漫上岸了，好在还有最后一道防线——垫在棉垫下的雨衣。

　　裹着风，盖着雨，地当床，森林是妙曼的青纱帐。与大自然如此亲密接触，这种体验不是每个人都有机会享有。想着这些，依稀"夜阑卧听风吹雨，铁马冰河入梦来"。就在刘勇迷迷糊糊准备再次进入梦乡时，帐篷被猛地一掀，武朝晖像只落汤鸡抱着被子钻了进来，"我的帐篷进水了，到你这儿挤挤。"原来武朝晖的帐篷只压了一边，另一边只是用沙土压的。那么多人涌进林子，里面的石头一时成了紧缺战备物资，很不好找。还有他的排水沟也没开好，倾盆大雨中支撑一会，很快就水漫被窝。狭小的单兵帐篷一个人躺还勉强，两个人挤，顿时翻身都困难，空气也好像变稀薄了些。刘勇一时没了睡意，想起班里那顶班用帐篷。那顶班用帐篷他几乎每年要住一次，每次七天，情形有点儿像那些有钱又有闲的"驴友"，可他们从内容到形式要比"驴友"们沉重认真得多。当新兵时，每次宿营班长都占据靠窗口那个位置，就这么个细节，班长的形象在他心目中咯噔了一下。靠窗口那个位置好呀，空气流动，视野开阔。直到一个雨夜，靠窗口那儿漏雨，班长从容不迫地拿出饭盒接雨，他才知道那儿的防水层被蹭破了，平时看不出来。那滴答滴答的滴漏声，还有班长顶着饭盒努力保持一个姿势睡觉的样子，令他太难忘了。后来他当上了班长，也先把被子撂在那儿，开始时也有些兵不解。

混沌中刘勇感觉武朝晖烫得像块燃烧的木炭。第二天早上雨变小了，但还是没有停。大家在雨中边整理背包，边随意扯几句昨夜的风雨，谁的帐篷被风雨破门，以至夜不闭户；谁的被掉下来的枯枝戳了个洞，半夜在抗洪。刘勇盯着武朝晖通红的脸问，是不是感冒了，要不要上收容车？演习队伍后面跟有收容车，已有好几个人蔫在上面了，大功连还没有。武朝晖摇摇头说，没有，只是没有休息好，头有点晕。武朝晖的棉垫透湿了，雨衣的衬布也湿了一大片。还好是演习的最后一天了，中午与"敌"接战，估计晚上可以回营。

队伍路过一个小村庄，路泥泞，走得很慢，好多老百姓倚在门口扒在窗户上看稀奇。从乡亲们的眼神里兵们读懂自己现在的模样：几天没洗脸刷牙，有也是草草敷衍了事，迷彩服裤管上的泥巴如角质层，整个身子连同背包裹在宽大的灰黑雨衣下，像一只只步履蹒跚的企鹅。围观的人群中不时有人啧啧惊叹，没想到当兵这么苦。队伍在村边休息了二十分钟，有老百姓用篮子提着香烟、火腿肠、面包、饼干等东西兜售，很快被抢购一空。刘勇买了半斤茶叶，放在鼻子下陶醉般地闻了闻，连夸好茶。

战斗远没有想象中的那么激烈。兵们先是甩开膀子挖掩体，然后就是一阵紧一阵地奔跑，从这座山头冲到那个谷底，又从这个谷底冲到另一片开阔地。没有枪声，也没有炮声，更没有炸点纷飞，懵懵懂懂中上级宣布演习结束，我们胜利了。

回营路上，武朝晖终于撑不住了，上了收容车。一回营，就住进了医院。医生怪他不该逞强，再迟一步就麻烦了。

武朝晖在医院住了几天，回来后精神劲好像扎了个针眼的篮球，看起来鼓鼓囊囊的，拍在地上声音也很响，就是蹦跳不高，没多少弹性。

又轮到武朝晖值班，他这个新排长好像比干了四年没挪窝的老排长还没劲，散漫地把值班袖标扔给刘勇。然后老干部似的跟在队伍后面晃悠。生活也"小资"了起来，每次上街不忘带回本精美时尚的杂志，对上面琳琅满目的商品一研究就是半天。他刚下连队时就像个大家闺秀，十天半月不迈出营门，现在几天不外出就如一条缺氧窒息的鱼，一定要浮到水面上去透透气。武朝晖外出，有时因公去别的营区，偶尔出公差跑跑腿，最主要的是送病号转院就诊。连队隔三岔五有这儿痒那儿痛的兵，旅医院那些医生唯一拿手的工作就是开转院介绍信，哪怕只是个感冒，也一股脑儿往体系内大医院推，然后他们几个男男女女坐在一堆漫不经心地聊天打发时光。根据长期的经验教训得出来的做法，连队的兵去体系医院就诊，得派一名素质好威信高的骨干陪同，职务至少是班长，当然干部陪同更好。这样既体现组织上对病号的关心，又防止病号一出营门就如取下"紧箍咒"的猴子乱翻筋斗，擅自改变行动路线，进入不该进入的场所，做不该做的事。武朝晖做这项工作似乎物尽其用，连队干部也很放心，没想到他对兵这么有感情。为此，指导员还在军人大会上专门表扬过。武朝晖头低脸红的，好像被别人窥破了心思，他可以在那个时间段多和李丽娟说说话。

天空飘着小雨，晚点名散了，兵们松松散散地开始洗漱，准备就寝。这时，昏黄的路灯下两个机关督查干部模样的人行色匆匆地走进连部。片刻，连值日跑来请武朝晖去连部会议室，说是有人找。

武朝晖走进会议室，里面的气氛凝重得令人呼吸不畅。指导员介绍说，这两位是旅政治部保卫科的王科长和李干事，找他了解一点事，让他有什么说什么，别藏着掖着。说完掩门出去了。王科长和李干事他有些面熟，没打过交道。太平日子里和保卫科你来我往的也不是好事。营盘里有句老得上了年纪的俗语：天不怕，地不怕，就怕保卫科找谈话。

少校王科长面无表情地让他坐下，一旁的中尉李干事翻开笔记本准备记录。问话没有拐弯抹角、旁敲侧击，而是单刀直入地问他，有没有经常上网，访问过哪些网站，上过哪些论坛，和哪些人交往过，聊些什么话题？……武朝晖额头渗出一层细密的汗珠。

武朝晖从会议室出来，雨已经停了，一弯新月清冷地挂在西天。营区万籁俱寂，只有哨兵如树叶飘落般的脚步声触摸着夜的神经。

武朝晖在互联网上好几次和不明身份人员聊天，无意中透露出他的军人身份，这些情况已经被上级保卫部门掌握，通报到旅。经过深入了解，发现他是网络"老江湖"，邮箱、QQ、博客、微信，一应俱全，甚至还开有个人"公号"，只不过是经营得半死不活，最近更新的一次是四个多月前。在虚拟世界里，他像个独行侠浪迹许多网站和论坛。他看待事物的角度较为独特，虽无"爆料"吸引眼球，但常有不失幽默之语，所以他的公号一度人丁兴旺。他庞大的"粉丝"群"阶级成分"较为复杂，有金领精英，有走卒贩夫，有持重老者，有雌黄愤青，有纤秀美眉，有厚膀爷们，大都为国内同胞，甚至还有国际友人。保卫部门在查询他与国外网民的聊天记录时，搬来一本厚厚的英汉辞典，费了点劲才弄清楚。

部队三令五申不准官兵在互联网上开设"微博"，不能开"公众号"，就像不准进入涉嫌不健康的娱乐场所一样。确实因为工作需要，不准涉及军事机密，不准透露军人身份，更不准将涉密电子媒介连接互联网。营盘里每隔一段时间就翻箱倒柜掘地三尺地查找泄密隐患，各级都成立了保密组织，层层签订责任状。保卫部门印制了许多警示帖，上面白纸红字写道："保密就是保战斗力，保密就是保胜利，保密就是保生命，保密就是保家庭。"这些警示帖像"吸烟有害健康"的卫生帖一样深入人心，贴在兵舍、走廊、路口、要道、食堂等醒目处。还有人颇有创意地贴在公共厕所的蹲坑前，让人看了哑然一笑，联想起保密就像保隐私。

武朝晖在保密氛围如乌云摧城的情况下，竟然顶风作案。经查，虽然所言都是些司空见惯的流行元素，没有涉及军事内容，但他的军人身份一泄露很可能已招来潜伏在网上的"苍蝇"，说不定已被人设下了套，单等他往里钻了。

这次，对武朝晖的处理不像上次他和毛勇闹冲突那样只是小范围内

"调停",而是大张旗鼓,大造舆论,一人生病大家吃药,相互查找隐患,人人对照检查,个个洗澡过关。首先是班排组织讨论,然后是连队帮助教育,营里拿出处理意见,上报旅政治部。我军的优良传统就是力争把已经发生的坏事变成"好事",让大家都从中吸取经验教训,从而提高免疫力,吃亏也不能白吃。

最后对武朝晖的处理是,全营军人大会上做检查,全旅通报批评,扣发奖励工资。部队到年底多发一个月的基本工资,美其名曰奖励工资。这还是有关领导反复权衡考虑,秉着对他的关心爱护做出的决定。尽管如此,对才迈开军旅第一步的武朝晖来说,这一跤跌得几乎让他的膝盖蹭破皮,渗出血来。

四楼顶楼梯处有间小屋,有三四平方米,靠里边有一排垂直上下的铁梯连接天花板,整个小屋只有一扇打开杂志大小的窗户,且有一人多高,关上小门,小屋昏暗逼仄得像间禁闭室。小屋被当作杂物间,里面堆满了床板、床架,还有一些废弃不常用的生产、训练器具,落满灰尘的门常虚掩着,门上挂着一把大铁锁,那只是摆设。

就在这个不易觉察几乎被人遗忘的像蜘蛛藏身处的一个角落,刘勇腾出一点仅能容身的空间,用断砖支起一张跛腿的板凳当桌子,一把破旧的马扎当椅子。周末下雨没有安排集体活动,或其他自由支配时间,他躲进小屋成一统,把一块电子手表放在"桌子"左角,掌握时间,然后平心静气地看书、做笔记。倦了,累了,站起身扭扭腰,或愣坐着任

思绪神游。周围的热闹与喧嚣仿佛信号屏蔽似的从他身边消失。当他神清气爽地再次出现在兵群中时,有点儿短梦初回的感觉。

连队本来安排有大家看书学习的地方,地点是三楼课堂,二楼会议室也可以,自由活动时间到文书那拿钥匙开门,晚上能延长半小时熄灯。这两处条件都不错,宽敞明亮,桌椅整齐,空气清新。但每次刘勇从文书那儿要来钥匙,或请文书"亲自"上楼开门,坐不到一会儿刚进入状态,一些兵就像看到光亮的飞蛾,陆陆续续进来,咳嗽声、走路声、挪椅子声、小声说话声、摆弄书本声,声声入耳。人是群居动物,但有时候希望独处一会儿,哪怕只是一个"容膝"之所,发一会儿呆,傻想一会儿,写点属于自己心灵的文字。刘勇就是这样,如果隔些日子不让心沉淀沉淀,就会连自己都不认识。当然有的人不需要,如同一个气体分子永远在做无规则运动。

这几天,武朝晖形影相吊,像只受了伤的小动物,不时在各个角角落落转悠,摸摸看看,似乎在寻找"疗伤"之所。武朝晖推门而入时,刘勇正在埋头看书。"半天没见你,原来躲在这。""这儿安静,我有时候在这儿看看书。"刘勇站起,小屋顿时局促得转不动身。武朝晖饶有兴趣地打量起大半屋子杂物,抬头皱眉望了望那盏吊在半空中昏黄催人欲睡的灯,"不错,是个好地方,只可惜灯太暗了。"他随手拿起桌上的书,一看是埃尔温·隆美尔的《步兵攻击》,很是惊讶:"你看这书?"刘勇说:"上次请假上街逛书店看到了,买回来翻翻玩。"因为这本书,武朝晖感觉和刘勇拉近了距离,他还向刘勇推荐了《战争论》《揭开战争迷雾》《美军大改革》《战争2.0》等书。

武朝晖甚至没有征求刘勇的意见，星期天带领两个兵将小屋整理了出来。地板细致地拖过，门和那个高不可攀的窗户擦得干干净净，墙角的蜘蛛网被扫帚打尽，只差墙面粉刷了。那些杂物搬到一楼，一楼楼梯处也有一间同样大小格局的小屋，里面摆放一些常用的生产、训练器具，诸如铁锹、粪桶、喷雾器、教练手榴弹、胸环靶之类的东西。四楼那些东西放进来后，由于整理有序，摆放整齐，所以较以前并没有显得更拥挤。

武朝晖带着两个兵像手脚毛糙的搬家公司上上下下、砰砰嘭嘭地搬弄时，谁也没太在意。刘勇也没在意，直到武朝晖将一把钥匙递给他说，小屋收拾出来了，以后我们一起用。刘勇心里隐隐有些不安。当了几年兵，部队上的事情也悟出一些门道，有些不该你得到的东西，如果你得到了就意味着失去，如得到不该得到的荣誉、待遇，失去的是战友们的敬重。

刘勇将钥匙夹在笔记本里，再也没进去过小屋。

武朝晖像只搭窝的花喜鹊兴致勃勃地布置起自己的"书斋"。隔几天，不知从哪儿谋来一张桌子，又过几天，弄来一把椅子，将一张带日历的风景画贴在桌子上方的墙上，桌子左上角整齐码放几本常读的书，右边放一个洁净的玻璃杯，灯泡换成大功率的了，照得小屋亮堂堂的。一旁角落里还摆放一盆绿萝，像只绿汪汪的小动物，煞是可爱。

武朝晖拐弯抹角地向干部部门打听报考研究生的事宜，同时悄悄向一些已经研究生毕业的和报考过以及正准备报考的同学、战友了解相关细枝末节。充分掌握信息后，他立刻付诸行动，买回一大摞考研的书，以百米冲刺的状态投入紧张的考研学习。武朝晖似乎找到了努力的目标，不再为当下生活中的一些"藤蔓"牵绊，生活层面上平静了下来。平时该干啥时干啥，操课前扎好腰带等待哨声，开会、点名、看电影、听报告等集体活动一次不落，该咋呼时咋呼，该整队时整队，但是只要有一丁点可以自由支配的时间，他就见缝插针，不声不响地提着个开水瓶，无言独上小屋。当然，一有风吹草动刘勇马上让人通风报信，如上级机关突击点名检查人员在位情况、临时有任务等。

武朝晖经常神秘"失踪"，连队干部似乎听到了什么风声。一天晚上新闻联播后，连长在各个排房转悠一圈，径直来到四楼，直奔小屋。门缝里透出的一缕灯光，叩开门，连长一言不发，目光呈机枪扫射状打量小屋里的陈设，半天冒出一句话："这样可不行，你这是擅自脱离兵，脱离你的岗位，脱离你的责任！"

第二天，文书用例行公事的口吻向武朝晖讨要小屋的钥匙，说，连长、指导员交代了，小屋得用来摆放床板和床架，床架放得高不会生锈。尽管说的理由有些勉强，武朝晖还是将钥匙交了出去。

武朝晖的"书斋"梦前后不到一个月就夭折了。

连队门口一排法国梧桐树，瑟瑟秋风中叶子落个不停，才扫过，一阵风来，又落了一地，下雨天，湿漉漉的叶子紧贴湿漉漉的地面，扫也不好扫。几个兵一合计，猴一样爬上树，站在枝丫上晃荡，顿时落英缤纷，还有些顽固地坚守最后的"阵地"，怎么也抖不落，干脆找来长竹竿，打枣似的,"一劳永逸"解决问题。这种违背自然规律的做法似乎成了大功连每年进入冬季的一种仪式。

傍晚接到通知,明天早上出操统一换冬装。明天上午点验。

换装,尤其是换内衣,要洗过澡后才觉得舒服清爽。刘勇和几个兵在洗漱间说着笑着哼着歌冲凉水澡。服务中心洗澡堂每星期开放两天,星期六和星期天。这样的安排很不科学,不说别的,兵们每天早晚跑几圈下来浑身像刚出笼的包子,热气腾腾的,更何况白天训练强度那么大,几天汗捂下来,人都馊了。可不合理归不合理,不合理长期存在人们也就习以为常了。连队洗漱间几乎每晚临睡前都有哗哗的水声、唱歌声和号叫声,每当一盆冰凉的水哗的一声浇下去,总伴随着一声欢快的嚎叫。屋外路过的人们和站在走廊上的人听到那水声和号叫声,马上条件反射似的浑身起鸡皮疙瘩,但身处其中并不觉得很冷。也许当兵的日子就是这样,没有经历过的总觉得那是难以忍受的苦、难以承受的累,其实当兵就像寒冬里冲凉水澡,透彻肌肤地快乐着。火热的青春是浇不凉的。

这些日子常有军需干部领着几个穿便装的人,在营盘一些角落指点比画。据说正在想办法给各连厨房安装天然气管道,在连队屋顶安装太阳能热水器,也许过不了多久,大家就随时能洗上热水澡了。

晚点名后,值班员吹哨,储藏室开放半小时。兵们进进出出准备各自的战备物资,以应对明天的点验。点验一般在新兵下连、老兵退伍或面临重大任务前举行,有时候也借点验之名检查违禁违规物品。经历多次点验,刘勇的战备物资早就像停泊轮船的铁锚,固定到位了。

随着一串悠扬的熄灯号,刘勇抖抖瑟瑟地钻进被窝。屋子里一片昏暗,耳边一片窸窸窣窣的就寝声和小声说话声,屋外的脚步声变得清晰起来。刘勇微闭着眼,想象起明天的点验:兵们整齐得像蚂蚁搬家似的,肩背手提着战备物资,在偌大的操场上展开,指挥员高喊一件物什,兵们将相应物什高高举在手上。纵队间有干部来回巡视,看兵所举的东西是否相符。也有的兵丢了一两件战备物资,情急之下举别的东西"滥竽充数",如有的雨衣丢了,把一件旧军衣举在手上,不细心还真看不出来。

点验不仅是当兵的人物质上的检藏,更应该是精神上的检藏。刘勇难得一次失眠。

哨声响过好一会儿,武朝晖还没出来。刘勇探身望了望,武朝晖转了个身,继续蒙头大睡。连长在门口看了看,没吭声。一阵沙沙的脚步声,队伍走了,紧接着吼起一串番号。武朝晖赖床,仅仅是躲避早操而已,早饭时起床吃饭了。

武朝晖要求作为义务兵退伍。

报告送到指导员那儿,指导员免不了从大道理到小道理苦口婆心地做一番思想工作。在这场不同价值观念的论战中指导员并没有占优势,更何况武朝晖是进行预有准备的"防御",指导员却只能仓促组织"进攻"。武朝晖的思想已构筑坚硬的"堡垒",一时难以突破他的"防线"。

情况反映到营里,教导员慢条斯理、和蔼可亲地找他散过几次步,作用不大,但基本把住了他思想情绪的脉搏。他住院那几天和大学同学、老家朋友各种联系最频繁，看他们的生活丰富多彩，他们的工作风生水起，最主要的是李丽娟现在对他来当兵突然变得态度"暧昧"，既不赞成，也不反对。再加上连串看似沙粒一样的小挫折，在路边不起眼，但在鞋子里却硌脚，影响赶远路。教导员宽慰他，处理他上网的事，连处分都算不上，更不会载入档案。让他放下思想包袱，甩开膀子干。教导员甚至还问他有女朋友了没有，如果愿意，给介绍一个。教导员这一说，让武朝晖一个激灵，语无伦次地说没有，接着又说有了。其实，到底有还是没有，他自己也说不清楚。

教导员是营里的副教导员提起来的，再早是大功连指导员，据说当连队干部时咋咋呼呼的，脾气性子急，上级下达任务或碰到一丁点情况，就恨不得有杆驳壳枪，手持枪一挥："同志们，跟我上！"教导员上任比武朝晖当排长早一年半载，他现在说话做事变得有板有眼，一副沉稳持重的样子，似乎在酝酿政工干部的风度与形象。他找武朝晖下过几次棋，试图将思想工作艺术化，把人生的一些道理寓于棋局之中。可惜教导员的棋艺太"稀松"了点，一开局武朝晖就毫不客气地连胜两盘，第三盘赢得都有点儿心慈手软。武朝晖也许不知道，教导员是在"一心二用"，为做他的思想工作分神呢。真是对牛弹琴，枉费一片苦心。

武朝晖要求作为义务兵退伍的事，营里本来不准备上报的，既不用爆火去炒，也不用文火去炖，"凉拌"着，先让他消消热冷静冷静再说。老兵退伍前夕，副政委下到大功连蹲点，发现新排长武朝晖的举动有点儿异常，别的排长像小老虎似的干劲嗷嗷叫，他却如浪荡公子游离于火热生活的边缘。侧面一了解，大致知道了他的情况。连队、营里见瞒不住，便主动做了详细汇报。

每年老兵退伍前夕，首长机关都要下基层蹲点，为老兵解困排忧，对困扰基层的事现场办公，实行特事特办，随到随办。每个兵，尤其是那些即将退伍的老兵随时可以向首长机关汇报，就连队的发展建设，就一些不良现象，乃至对某个干部的看法意见等，也可以谈谈当兵几年来的感想和退伍回乡后的打算。平时普通一兵难得上机关叩响那一扇扇发布命令和计划的门，即使有非办不可的事，有非去不可的理由，也是犹豫再三，鼓足莫大的勇气，整理好军姿，梳理好要表达的意思，颤抖手指的叩门声很轻，报告声很响。首长机关呢，平时除正常检查指导工作外，难得有整块的时间，抛开其他烦琐工作和兵们泡在一起。这时候如果兵试着想和他们接触，首长和机关干部会用一次性纸杯给他倒杯白开水，然后满脸真诚地倾听。

副政委在大功连蹲点好几天了，像个老农蹲守在苗圃边，睁大眼睛似乎没发现什么不和谐的苗头，意外察觉武朝晖这件事，马上投入地忙活起来。

这些年，从地方高校入伍的"学生官"很多，各级领导都很重视，如何用好他们，发挥他们最大的潜能，这对改变我军的知识结构，提高战斗力至关重要，堪称又一次军事变革。他们中的绝大多数积极肯干，吃苦耐劳，学以致用，朝气蓬勃，为部队发展建设充当起催化剂、酵母粉的作用。但有极少数对部队生活的预期过于理想，心理承受能力差，

经不住摔打，稍遇挫折就打退堂鼓。武朝晖的情况不是有点类似吗？副政委准备逮住武朝晖这个"麻雀"，剖析存在的某种现象。

副政委一有空就和武朝晖凑在一起。下午最后一小时体能活动，他俩在乒乓球桌上的厮杀常吸引很多眼球，武朝晖直杀得副政委东奔西突，左右招架，气喘吁吁，让旁边的观众不知如何叫"好"。武朝晖的球技平平，就是上中学课余时间和同学们瞎捣鼓的"野狐禅"，由此可见副政委的水平也很一般。放下球拍，副政委喟然长叹：这几年来，你是第一个打败我的，自从我当副政委后，球技就逐渐见长，不知道是他们真的很赖，还是故意让我。

副政委对武朝晖的很多想法颇为赞赏，他们甚至成了好朋友。武朝晖要求作为义务兵退伍的想法好像有所松动，乃至渐渐风化。

根据往年的规律，这个时候士官改选工作约莫开始了，兵们隐约有点儿兴奋躁动。其实谁的军事训练如何，谁的工作怎么样，大家心里都有一本明细账。连队干部办事公不公，有的兵民主意识特别强，马上跳出来直嚷嚷，有的兵嘴上一时不一定说，但心里明晃晃的。如果离尺竿相差太远了，不但连队干部的威信大打折扣，而且来年的工作开展都会不顺，甚至战斗任务都完成不了。

尽管刘勇是骨干班长，军事训练、思想素质都比较硬扎，大小工作也舍得出力，可临到这时，他没了信心，就像有些优秀的运动员面临大赛怯场一样。他在信上和电话里向家人有意无意地透露，年底可能退伍回家。听到这个弦外之音，他父亲急得嘴上起泡，又不敢给他施加太大的压力，孩子已经尽力了。他父亲认为朝中有人好做官，啥年头都一样，心里开始估摸着找够得着的人。小镇上另外还有四个当兵的，一个是去年才入伍的新兵，一个是和刘勇同年入伍的，在海军部队上，也是一期士官，据他家人放话说眼下转二期不成问题。刘勇父亲心里很不是滋味，那家祖上和刘勇上一辈有些恩怨，两家少有来往。两家孩子当兵后，双方不动声色地较着劲，年底谁家孩子寄个"优秀士兵"奖状回来都要弄出很大的响动。想到这儿，刘勇父亲咬了咬牙。另两个是军官，一个据说是在空军部队上当连长，刘勇父亲见过他穿军装的样子，肩上一条蓝杠三颗白亮的五星。职务好像低了点，又在空军部队上，刘勇父亲默默地将他的名字抹去。最后一个是团级干部，刘勇父亲也见到过他穿军装，肩上两条红杠两颗白亮五星，很威武也很和气的样子，而且和刘勇一样当的是陆军，说起来两家还是多年未走动的远房亲戚呢。刘勇父亲的心里像往台秤上搁重物似的，结结实实沉了沉。

　　想到就做，马上行动，这一点刘勇像他父亲，他父亲也像刘勇。一天下午，刘勇父亲特地提前吃过晚饭，提着十来斤自家种的野麦粉来到团级干部的老家。野麦粉是他考虑再三定下来的礼物，这东西以前不稀罕，现在可珍贵着呢，不但是纯天然绿色食品，而且据科学分析可以降血压血脂等，是食疗佳品，出口日本好几十块钱一斤呢。在团级干部老家的火塘边，刘勇父亲从国家现在的农村政策说到今年的收成、这段时间的天气，由团级干部挂在墙上的戎装照谈起他听来的部队上的一些事情，团级干部的家人自然地问起刘勇的情况，终于绕到刘勇转士官这件事上了。团级干部的家人热情地表示，可以打电话问问他，看能不能帮上忙。说完"正事"，刘勇父亲又东拉西扯地坐了一会儿，硬丢下野麦粉回家了。

没几天，团级干部的家人回话说，现在部队上转士官不但要看能力素质和工作表现，还要定岗定编，得有编制。刘勇父亲想细问，团级干部的家人也说不出个道道，只会传话。看样子走团级干部这扇门也不了了之。没想到部队上转士官还有这么多名堂。

一次，刘勇和他妈妈通电话，没唠几句，话筒里传来他父亲的声音，说想亲自来部队探探虚实。刘勇一听急了，坚决反对父亲这个时候来部队，这时候来不是把他五年来一点点树立起来的形象全毁了吗？刘勇说，二期士官转不上不打紧，但要留个好名声。

刘勇父亲没再坚持，但压低嗓音提醒，让刘勇看看银行卡，他已往里面打了一万块钱。三年前自从他拿到第一个月工资，就坚持每个月往他父亲的卡上打钱，他父亲晓得他的银行卡号。他父亲反复提起地方上的某些"潜规则"。刘勇没有过多解释，只是将银行卡保管得更加仔细。

营区广播一改平日高亢昂扬的队列歌曲，播放一些珍惜战友情谊的抒情歌曲。天气仿佛也加入煽情的行列，阴冷阴冷的，有时还飘起小雨，夹杂零星雪花，落地即化。这时空气里有一种离情别绪的雾霭在漫开。

老兵退伍和士官改选工作几乎同时进行。退伍教育第二年兵、第五年兵和第八年兵都参加，老兵班长和他们昔日带的兵又站在同一起跑线上。教育从盛赞祖国的辉煌成就，各自家乡的巨变开始，到组织老兵去驻地经济技术开发区参观，请地方有关部门介绍相关政策，请往年退伍事业有成的老兵回来谈"创业经"等，最后讲解乘车坐船的安全知识。连队司务处把老兵聚拢成几桌，每顿加几个小炒，慰劳慰劳他们这些年的辛苦。那些自认为有把握退伍的老兵开始酝酿着说一些惜别的话，甚至留赠言送照片，叮嘱常联系，到哪片地头吱一声。那些心里还思量着留队的老兵则比较低调，提及这个热门话题，只是谦和地笑笑。所有老兵像往常一样该忙啥忙啥。文书向连长建议晚上不排老兵的哨，有老兵笑着说，咱们还没脱军装就不信任咱们了，晚上站岗夜深人静，正好梳理梳理自己当兵几年的日子呢。

这是武朝晖穿上军装后第一次经历老兵退伍，他平静地打量着周围的一切。

上午，政治部组织满服役期的老兵参观驻地的一个科技园区。据说有的企业还摆开了桌子，准备现场招聘一批老兵，待他们退伍后马上可以入职。早餐后，操课号照常响起，一队队老兵整齐安静地排在机关大楼前空阔的操场上。几辆带敞篷的东风大卡车停在一侧，一个上尉捏着本花名册站在队列前，说话像点射一样，再一次重申（已明确通知过）日程安排、参观纪律、注意事项以及哪个连队上哪辆车。老兵们一个接一个，一个拉一个，开始鱼贯登车。这时，大功连的通信员急匆匆跑来，找到正要上车的一期士官刘勇，说了几句。刘勇朝上尉那边看看，犹豫了一下领着通信员走到上尉身边,说连队让他和刘长河等几个回去参加一个什么会议,参观就不要去了。看得出大功连的通信员是到连部的,碰到这种情况,一般直接向带队干部说明即可。上尉皱着眉头很不耐烦地手一挥,算是批准。早晨,阳光和煦,枯黄的草地上露珠晶莹。刘勇、刘长河他们几个呈一路纵队默默往回走,似乎有人往这边看,又似乎没有人注意。

在退伍名单公布前,连队主官对每个满服役期老兵都如此说,要听从组织安排,时刻做好走与留的准备。每个老兵心里都忐忑不安,那感觉就像抽签一样,不知道下一步的情形。也许连队需要的就是这种效果,这和平时的政治教育是一脉相承的,军人以服从命令为天职,一切行动听指挥。可大功连那次在参观活动前,把几个老兵临时喊下来,那一年的复退情况就已经透明了。

那天早饭后参加活动的老兵刚走,旅司令部就电话通知,上级已经换发的新装备业务,必须熟练掌握,早日形成战斗力,在这次退伍工作中要注意保留技术骨干和训练尖子。其实,每年退伍工作都是这样做的,但今年别有深意。

刘勇等几个老兵留队已成铁板钉钉的事实,几乎不需要连队干部再找谈话、做思想工作,他们也平静地接受了,依旧按部就班地忙碌着,仿佛铆在机器上的螺丝不由自主地运转着。很多时候,二楼会议室寂寞的灯光将他们几个的剪影熊一样地映在窗玻璃上,可爱而清冷。

向军旗告别仪式是在大操场上举行的，秋风瑟瑟，军旗猎猎，军号苍凉。近千名老兵庄严地举起右手，向军旗行最后的军礼。当指挥员嘶喊着宣布老兵摘下帽徽、领花、肩章时，平时动作利落的老兵们，这时有点儿迟缓、零乱、稀拉，有的眼圈开始泛红。后来，毛勇常回想起那一幕，那天的风真大，指挥员的话刚出口就被风骨碌碌地吹跑了。

告别军旗回来，退伍光荣榜已贴在连队门口。毛勇醒目地排在第一个。

早上，武朝晖主动带操。老兵们戴着大红花，整齐地走在队列最前面。番号似乎从来没有过如此响亮，步伐似乎从来没有过如此整齐，士气似乎从来没有过如此高亢。大家都在憋着一股劲，一腔情，跑步前进的队伍像深水里一尾疾游的优美的鱼。从队伍带出去到收操解散整个过程，武朝晖的脸涨得通红，军姿挺拔，好像在努力控制什么。

营盘里每个角落好像都响起鞭炮声、锣鼓声，有老兵开始走了。不同方向的鞭炮声、锣鼓声渐渐汇成一处流向礼堂门口，在那儿老兵集中乘卡车，去火车站、汽车站。刚才听各个连队的鞭炮声、锣鼓声好像隔山隔雾，有点儿零星、缥缈。现在在礼堂门口，一阵紧张的忙碌和嘈杂后，鞭炮声畅快淋漓地炸响，锣鼓声切，喇叭声咽，那曲令铮铮汉子泪流满面的"送战友，踏征程，默默无言两眼泪……"适时响起，卡车被一双双手臂缠绕、牵扯，负载沉重，提速艰难，终于它急吼一声，挣脱藤蔓般的手臂，向前奔去……

上等兵常立峰很多时候在机关帮助工作，但退伍是从大功连走的，而且是第一批,他说从连队走热闹喜庆。别人已经登车了,他还在努力向武朝晖挤去,"排长,给我签个名吧。"说罢,指了指胸前。他的冬常服上已密密麻麻地签满了名。他说,在他眼里这套军装比名牌西装更厚实温暖。

李国中走时脖子上滑稽地挂着一双蓝色拳击套,很扎眼。此前他向武朝晖请求送他一双拳击套时,眼泪都在眶里打转了。他说,看到这双手套我就会想起你。其实你心里有我们,我们心里也有你。说得武朝晖眼圈发红,不敢看他。

毛勇是晚上九点多钟走的,临上车时,他接过武朝晖手中的行李,看了看他脚上潮湿的棉鞋。接连几天阴雨,心里都慌慌的。两人结实相拥,毛勇在武朝晖耳边轻轻地说:"排长,你床下有一双新棉鞋,回去换上吧。"

连队的老兵分批次离开,零零星星的,每批老兵走,武朝晖都坚持要送,哪怕深更半夜走的他也要送。一下子走了好些老兵,望着空荡荡的床铺,排房里一下子好像变得空旷冷清了许多,让人很有些不习惯,心里空落落的。

一场秋雨一场凉,营盘愈发清冷。老兵退伍光荣榜被风雨侵蚀得发黄,没粘妥的一角被风吹扯得哗哗作响。武朝晖久久伫立,招呼哨兵,一起把光荣榜小心翼翼地揭下。

新兵马上就要来队了,连队已经安排武朝晖去带新兵。上级安排新排长带新兵是彼此融入,也是彼此淬火。

第二章

舍我其谁

新兵是腊月二十八那天下老连队的，还有两天就过年了。刚下连队的新兵像一只只欢快的小鹿，羞怯轻盈欣喜激动，他们每一次见到连队干部都敬礼，一天进出遇见几次就敬几次礼，有笑话说上厕所见到都敬礼，真像是"礼多人不怪"。以前，武朝晖和他们说过，对和自己生活在一起的领导，一天中只要第一次见面敬礼即可，这也是内务条例上规定的。

　　圆满带完一茬新兵，武朝晖像经历一次大考，有如释重负之感。带新兵很辛苦，也很锻炼人。要求新兵做到的，带兵骨干首先要做到，而且要做得更好，做成标杆样板示范。带兵骨干是新兵在军营里的第一面镜子、第一位老师，就像小鸡破壳第一眼见到的"活物"，带兵骨干需细致入微地料想到新兵训练的方方面面。新兵来队前，机关组织带兵骨干培训，每人发一本旅机关打印装订的新训手册，内容包括新兵主要来自哪些地区，他们的生活习惯，饮食口味，所携带的钱物如何处理，带兵人的行为规范，语言禁忌，等等。一句话，就是要把新兵连当作家庭来建设，把新战士当作亲兄弟来呵护。如今的新兵学历高、独生子女多，对他们碰不得骂不得，甚至说话都不能太冲了，只能以德服人，以理服人，以诚服人，以才服人，你有独门绝技，有某一方面的才能，或者你打游戏厉害，他们也会崇拜你、佩服你。

早晨起床号响过，通信员跑到二排说，担任连值班的一排长昨晚查哨，见哨兵（新兵）没穿大衣，把大衣给了哨兵，可能感冒了，请二排长代个班。武朝晖一声不吭地接过红袖标套在左臂上。那天早上，大功连从整队集合带出，一路上步伐整齐，士气高昂，番号响亮，速度也把握得恰到好处。整个早操包括组织器械训练都行云流水，没有拖泥带水。带一茬新兵，大家感觉武朝晖的军姿似乎更挺拔，说话做事更干脆利落了。

营盘里有过"新兵下连，老兵过年"的顺口溜，有的老兵"油子"盼着新兵一下连，自己就有多年媳妇熬成婆的感觉：有的事可以指挥新兵去做了。现在的兵难带哟。多年来，每茬带兵人都如鲁迅笔下那个九斤老太重复着这句感慨。一旦到了关键时刻，他们还是拉得出顶得上打得响。

营盘里的年味淡得像落光了叶子的枣树，就三五枚干瘪暗红的枣孤零零地挂在铸铁一样的枝头。炊事班在军需部门的张罗下有条不紊地准备年货，连部几个兵悄悄把一些制造热闹氛围的器具从储藏室取出来，擦拭、调整、修补，大多数兵还是像蜂窝里的工蜂一样进出忙碌着，训练、站岗、值班、学习，该干啥干啥。即使过年也是条令化、制式化，每年大年二十九下午，军务部门下达命令：极力营造节日氛围，于是各连队的彩旗呼呼啦啦张起来，彩灯亮起来，响器敲起来。

大年初六日下午，翌日就正常操课了，又有一道通知：清理消除一切节日布置。节日的氛围顿时水洗一样干净，放假最后那天晚上连务会、排务会、班务会开过后，兵们心里那点藕断丝连的惆怅都没有了，好像此前和此后所有和节日、喜庆有关的摆设都是"扰乱军心"。

大功连的过年会餐是年三十中午，整个营盘都安排在那天中午。经过几次大的军改，合成旅如今有好几个营区，距离远的有两三个小时的车程，各营区会餐时间错开，主要是方便旅首长到每个连队走走。中午正常时间开饭，兵们在饭堂前照常列队唱过一首歌后，进入饭堂入座。大家举杯，说一些祝福的话。各种美味菜肴摊满桌子，由于不能喝酒，含酒精的饮料都不行，加上有的菜已凉得结成一坨，氛围一直温吞吞的。这时，指导员站起来好像要讲几句，只见通信员风一样小跑而来，连声说"来了"。

转眼间几辆"猎豹"停在综合服务中心大食堂门口，几位旅首长走下车。综合服务中心是前几年盖起来的大楼，最主要的功能是把各连炊事班集中在一起，统一供应，以营连为单位独自开火，整个营盘的官兵集中在一起，分区域开饭，这样做既方便保障管理，又相对独立。旅首长出现在门口，全体官兵起立、鼓掌，待掌声静下来，政委慢条斯理、底气十足地讲了一番话，先是大家共同举杯齐喊："一、二、三——干杯！"几位旅首长和大家一样端着一次性纸杯，纸杯里倒的是饮料，挨桌子敬过来，在有的桌子旁停留时间长点，和连队干部或某个兵多说几句话。旅长、政委的记忆力真好，对很多连队的班长骨干、训练尖子如数家珍，当然即使偶尔"打顿"，站在一旁的营连主官，还有参谋干事拿着花名册之类的东西，以便随时查找"提示"。几位旅首长停留在大功连四班的餐桌边，武朝晖和大家齐刷刷地站起来，一只只粗糙干裂的手端着纸杯，有点拘谨。旅长笑意吟吟地看了一圈，手上的纸杯冲武朝晖伸了一下说："你的外军知识掌握很多的嘛，哪个学校毕业的，学的什么专业？"武朝晖双手端着杯子，两脚不由自主地呈立正姿势，正要喊出报告首长，参谋长在一旁插话："武朝晖，武汉大学，计算机专业的，一个很好的军事参谋！"旅长、政委说："今天是过年，大家一起庆祝高兴的，不是你们司令部选人。"说得大家哈哈大笑，向下一张桌子走去。

那天武朝晖吃得很少，兴奋得像喝过酒，一扫大半年来的忧郁。他没想到旅首长竟然对那次比赛印象那么深刻，竟然叫得出他的名字。要知道全旅有一百号排长，像他这样的新排长由于能力素质、威望一般，有时候还不如一位老士官班长有威望，营长、教导员偶尔恨铁不成钢时，干脆训斥为"小排长"！

迎接新年晚会是下午三点进行的，地点在三楼学习室兼会议室，大伙儿把桌椅摆成圆形，中间当舞台，桌上随意堆放一些瓜子、花生、橘子、香蕉、奶糖什么的，还有一些饮料、一次性纸杯。各班得出一个节目，一个月前就通知了。有的事准备的时间越长，大家越不当回事，再加上没有经过广泛深入动员，只是副指导员在一次开饭前讲了下。临近年关了，有一天晚点名指导员也提过，问各班节目弄得如何，到时候是骡子是马拉出来遛遛。往年迎新晚会是全旅组织，每个连队出一个节目。舞台一大，各连主官都想亮亮相，挑几个有那么点文艺细胞的兵搭成临时"草台班子"，想省事就是翻出一大摞《军营文化天地》，从上面扒拉出一个戏剧或小品，演出班子先是生吞活剥地熟悉剧本，然后集思广益不断添加"作料"，融入最近的流行元素、营区特色、自己连队的特点，如果能请到专业团体的名家指点一番，更能让"山寨"版增色，一盘年夜精神"硬菜"就这样热气腾腾地出炉了。

那天下午在一阵锣鼓和欢笑声中，大功连的春节联欢晚会按编制序列从一班开始，有队列歌曲小合唱，花样军体拳，武术"猴拳"表演。四班是一级士官刘长河吉他弹唱，据说词和曲都是他自己作的，歌词内容不甚明了，只是演唱的神情低沉忧郁，一时大家都被感染，掌声有些稀疏。最搞笑的是炊事班表演的舞台剧《皇帝的新衣》，炊事班班长杨大厨作为至高无上的"皇帝"，穿一身夏季体能训练服，披一张床单，大跨步趾高气扬又冻得瑟瑟发抖，以切菜做饭的动作上场，大家笑得前仰后合，他始终富有敬业精神一丝不苟、一本正经地表演。一胖一瘦的两个骗子同样以揉面、炒菜的动作织布，"皇帝"背着手、高抬腿围着一个大面盆转了一圈说："我看你们的动作纯熟又眼熟，像是大功连炊事班的。"

胖骗子说："吾皇英明，我们特地去向他们拜师学艺，用烧饭的职业精神和创新手段织布。"

"嗯，重重地赏！""皇帝"转身喊，"来人啊，赏臭鸡蛋两个，过期酸奶一盒。"

瘦骗子说:"皇上,您看这布匹,手感很好,光滑得像大功连炊事班发出来的面团。"

胖骗子说:"您看这光泽,比大功连刚出锅的红烧肉还油亮。"

"皇帝"弯腰仔细查看,满脸疑惑:"这个布匹,在哪儿呢?"

瘦骗子说:"如果您像大功连连长和指导员一样聪明,就能看得出这是多么精美华丽的布匹!"

胖骗子说:"你这话咋说,几个意思?"

"没什么意思……"

"你可以说连长、指导员傻,但不能说我们嫂子不漂亮!"

"我没那个意思,真的……"

"这台词原来没有的,是你临时加上去的?"

台上几个演员边争吵边往下退去,台下官兵笑成一团,一时大家弄不清是本来就这样排演的,还是剧情临时"现挂"。

最后上台表演的是几位连队干部的家属,这是联欢会的压轴戏。当过兵的都知道,全连上下都是大老爷们,一天到晚大眼瞪小眼待在一起,谁性格如何,谁家里怎么样,谁身上哪儿有块胎记,大家都知道,没有什么看头,兵们最想看的是几位嫂子妩媚的风采。年前,家属们像赴"鹊桥会"一样赶趟地来,营盘里顿时五颜六色、欢声笑语地热闹起来。大功连的"探亲团"中,指导员的家属,"二号夫人"来得最早,从其娇小身材,标准动听有点发嗲的声音,就可以判断她的职业，幼儿园教师，能歌善舞，吹拉弹唱都有两把刷子。有几次《新闻联播》后集体活动教唱新歌，嫂子友情出任临时教歌员，算是夫唱妇随支持指导员的工作。嫂子上场，兵们唱得认真投入。副连长年前刚回家休婚假，才归队没几天，他家属后脚就跟来了，说是休她的婚假加上过年放假。副连长的家属在一个事业单位编内刊，看她那十指不沾阳春水的"小资"样，就知道工作清闲，压力小。他俩好像最珍惜时光又最挥霍时光，任何时候都"拴"在一起，为了有更多一点时间"拴"在一起，婚假轮流休，恨不得一天当几天过。连长家属来得最晚，年三十下午才到。连长家属是驻地一所部队医院的护士，非现役文职。那家医院还是合成旅的体系医疗单位。听说连长是因为割包皮认识嫂子的，说在做手术准备工作过程中，连长看到嫂子口罩下面白皙的皮肤，刘海清秀，尤其是那双漂亮的大眼睛，于是"老二"不老实起来，被泼辣的嫂子用镊子敲了一下，就那么轻轻一下，后果严重，差点酿成医疗事故。直到连长和嫂子结婚，事故才得到圆满解决。这个故事在营盘内外流传甚广，有鼻子有眼，一些新兵和像武朝晖那样"心实"的新排长也深信不疑。地球人几乎都知道，最后一个听到的反而是当事人。有天晚饭后，大功连几个连队干部站在门口闲聊，指导员随意说起这个老掉牙的故事，连长漫不经心地听到最后，一听竟然说的是他，刚喝的一口茶水几乎全喷了出来："谁的联想能力那么强，怎么就扯到我身上了？"笑话归笑话，连队不时有兵去体系医院看病，有什么搞不清或搞不定的，找到嫂子，准有办法。还有几位士官家属，联欢会"总导演"副指导员上士官公寓动员了几次，她们扭扭捏捏的就是不参加。士官家属们平常就在士官公寓那一片活动，很少往连队这边走。她们有的仅参加过"五一"或"十一"政治部举办的集体婚礼，或偶尔在操场上、在整齐的兵群外围看会儿露天电影，如果这些也称得上集体活动。她们对部队对连队的了解，主要通过自己男人的转述，家属之间的交流，以及自己的点滴感悟和体验。一天晚点名，指导员说，来队家属没有特殊情况欢迎参加新年联欢会，这是对我们连队的了解，对一个集体情感的认同，对你亲人工作的支持，不是简单地在一起唱唱跳跳，要上升到一定站位。我看家属们就合唱《当祖国召唤的时候》这首歌。

　　联欢会上，在兵们难得的"放肆"起哄声中，连长和他家属用手机音乐做伴奏唱了一段黄梅戏《夫妻双双把家还》。副连长和家属依葫芦画瓢，也学着连长夫妻俩的样子，唱了一段花鼓戏《刘海砍樵》。指导员家属显然有备而来，脱下外面长款白色羽绒服，露出红艳艳的长裙，随着欢快的节拍，轻盈地跳了一段新疆舞。那眨巴着顾盼生辉的眼神，杨柳般柔软摆动的腰肢，好像上了发条灵巧摆动的脖子，兵们掌声喊声尖叫声，将联欢会推上高潮。最后，六七位家属合唱了一首《军中绿花》。其实，那晚点名时副指导员就想说，《当祖国召唤的时候》那首歌词硬了点，作为队列歌曲，官兵合唱可以，家属们还是选一首抒情徐缓柔美一点的。但点名的场合，作为副指导员不好当众说，只能事后和指导员沟通。

武朝晖坐在最后排角落边，安静地打量着那份热闹与喧嚣。他唱歌调子跑得信马由缰，什么乐器也不会摆弄，人多闹腾的时候，他心思走神，愈发觉得孤独。这时想起同学们给自己取的绰号"小郎"，恨不得把自己缩成不被人注意、小小的一团。他知道在军队，作为一个带兵人，在任何时候都不能孤芳自赏、高冷自傲，要和兵们玩在一起，干在一起，滚打在一起……想到这儿，他也随着众人大叫一声："好！"可能太突兀了，好些兵转过头来看。恍惚间，他觉得副连长家属很像李丽娟，尤其是似笑非笑的时候。有一两次，他们的目光触碰在一起，武朝晖如被灼伤一样，迅速移开，脸唰地红到脖子根。

大年夜，干部骨干站哨是大功连多年来的传统。这个月轮到大功连站弹药仓库的哨，加上连队自卫哨，每天晚上得排两班。弹药库位于一个偏僻隐蔽的山坳里，从连队到哨位得走十几分钟，每天晚上快到点了，由自卫哨及时叫哨并传达口令。年三十晚，弹药仓库哨由军官站，自卫哨由士官班长站。平常班长士官站第一哨，晚上九点到十一点。正常上哨是晚上九点，年三十晚七点半看完《新闻联播》，干部骨干就开始上哨了，为的是让兵们能安心看中央台的春节联欢晚会。近几年，能从头到尾把晚会看完的兵越来越少了，更多的兵利用这难得的自由活动时间，在电脑上打游戏，或看网剧。

昨晚睡得迟，自卫哨进来轻推武朝晖时，他一个激灵猛然惊醒，蹑手蹑脚起床，窸窸窣窣穿戴整齐，悄悄走出排房，然后将成分复杂的温暖气息轻掩上。武朝晖走在上哨路上，他是弹药库的最后一哨，

早晨五点到六点半，平常是到六点，节假日因为推迟半小时起床，接哨时间也就往后顺延。黎明前的天空灰蒙蒙的，没有月亮也没有星星，万籁俱寂，路灯昏黄，枯黄的草地已开始上霜，这应该是一天中最冷的时候。刚才哨兵叫他时，他梦回老家的堂屋里，全家人围坐在方桌旁欢欢喜喜吃年夜饭。他们那过年吃团圆饭是在大年初一早上，天蒙蒙亮时，乡村间此起彼伏的爆竹声响起，边吃边天亮，寓意着日子越过越亮堂。不知道为什么，他已经去世好几年的爷爷仍然端坐上席，颤颤巍巍地举着筷子，干瘪的腮帮蠕动着，满脸慈祥。

"口令！"武朝晖脱口报出两个数字，"回令？"对方也喊出两个数字。听出来上一哨是副连长，影影绰绰中好像有两个人。走近一看，是副连长和他家属。"不让她来，她硬要来，说是陪我说说话，给我壮胆，这不是笑话嘛，再说当兵的站哨带个婆娘像什么样子，可她说嫁给当兵的就是半个军人……"副连长从背上取下枪，边验枪边说，"我不是跟自卫哨说过吗？你不要来，我们站到天亮。"说话间，她站在副连长身后，拽扯着副连长的衣袖，晨光熹微中，她的眼睛又黑又亮，最是那低头一笑的温柔……武朝晖插话问哨位上的情况，有什么需要交接的吗，副连长说一切正常，就是上厕所时要防备狗，刚才他上厕所时有一条野狗猛地蹿出，吓了他一大跳。哨位不远处有一个旱厕，不分男女。

武朝晖望着副连长和他家属在微明的天色中渐渐消失的背影，眼前浮现出媒体上宣传的那些夫妻哨所就是这个样子，相扶相依，相互

第二章 舍我其谁

守望，把家当作国，把国当成家，那也是一种幸福甜蜜。昨晚文书排哨时，指导员说，副连长新婚，家属刚来队就不要排了。副连长坚持要排，还说他们两口子站到天亮都没有问题。

天空露出鱼肚白，渐渐愈发明亮，温吞吞的太阳好像赖床一样，慢腾腾从小山坡后面爬出。武朝晖想到自己守候如此庄严肃穆的宁静，以挺拔立正的姿势迎接新年，胸前仿佛有股热浪在升腾，曾经的纠结与不快，如脚下的薄霜在阳光下潮湿消散。

武朝晖年初二下午上交休假报告是临时起意的。新排长下来第一年没有探亲假，但过了元旦就有了。基层想回家过年的官兵多，营连主官在严格按照休假比例的同时，要照顾方方面面的情况，有多年没有回家过年，甚至正常假都没有休完的；有大龄的想利用这个时机回老家相亲找对象的；有父母离异、在不同的地方打工，想借一家人团聚能破镜重圆的；有夫妻关系出现危机想消融隔膜误会的……有的可以拿出来摆在桌面上说，有的涉及隐私不方便公开。

大功连有个"土规定"，回家过大年三十的，尽量早点回来，让其他同志回去过元宵，也算是回家团圆了。家在城镇的对此表示欢迎，认为连队干部考虑周到、体贴大家。农村入伍的则不以为然，嗤之以鼻地说是"土龟腔"，因为农村一过完年，正月初二、初三就像"聚会"快散场了，青壮年人心浮动，纷纷出远门谋生了。正月初七、初八后回去几乎碰不到人，即使遇上熟人，对方也是心不在焉，说不上几句话就火急火燎忙别的去了。武朝晖回家不是去凑那份热闹，也不是走亲戚会某个朋友，他有次在电话里听李丽娟说，他们要到年二十几才开学，他想回去看看她现在真实的样子，听听她没有经过电子设备传递处理的声音。某个非常熟悉的人，因为心底蚀骨般的想念，有时候大脑会突然短路，感觉对方的样子很模糊。

李丽娟"头悬梁锥刺股"地复读一年后，考上他们市里的最高学府——某某学院，以前主要培养教师的一所大专学校，高校广纳人才、开疆拓土地"扩招"后，它也成了二本学院，据说正在招博士准备往一本冲刺。李丽娟读的是政史专业，毕业后不出意外的话还是当老师。

她刚考上大学那年寒假，他迫不及待地回去了，把两本厚厚的日记上呈"圣览"似的，小心翼翼地送给她。当他们再次相遇时，从她波光粼粼的眼神，他看出来了，她读懂了那份情感，并深受感动。

那根火花四射的线搭上后，他俩像所有的异地恋一样，你侬我侬，电话诉衷情，偶尔鸿雁传书，情长纸短。他在"少年意气可拿云"的时候，有好几次坐十来个小时的高铁，赶到她学校，和她在附近的公园里坐了一夜，第二天一早，他又坐高铁返回。那些日子，像雾像雨又像风，她每天如踩在棉花上感觉不真实，这位曾经的"小郎"在她眼里变得像王子一样光芒四射，风度翩翩。他们的交往，她家里若明若暗地知道，没反对，也不算认可。

她告诉过他，她父亲在西部某边防部队当过十几年兵。她是在父亲转业回老家后出生的，只是在照片上见过父亲穿军装的样子，她没有去过部队，父亲的军营像是传说。父亲和他的战友来往很少，在家里父亲和母亲有时提起部队上的事，他们很快转移话题，甚至看电视有军人的画面，父亲也好像不经意间调换一个台。可能因为父亲当过兵，她从小就崇拜威武雄壮的军人，向往热火朝天又神秘莫测的军营，一看到当兵的就有一种怦然心动的感觉。她甚至羞答答地说过："'小郎'你去当兵吧，我支持你，这样我就能像妈妈一样嫁给一个当兵的了。"

武朝晖大学毕业当兵，不是一时的心血来潮，那是各种情感酝酿积蓄很久很久的选择。就如他在日记里写道：让我像火山一样为你喷发一次吧，哪怕仅这一次后归于千年的沉默。

部队驻地还是水瘦山寒，朔风阵阵，傍晚时天气更冷，老家这个季节向阳的地方油菜花都开了，柳条开始泛绿。武朝晖是正月初七到家的，他很想给李丽娟一个惊喜。想想还是告诉了她，说这次想去她家坐坐。她说欢迎呀。他问是以什么身份上门呢？她反问道，那你来的目的是什么，提亲呢，还是看老同学？

早晨太阳在熟悉的山垭升起，鸡鸣犬吠声人们的招呼声熟悉又遥远，他哥用那辆遍体鳞伤响得像拖拉机的面包车把他捎到镇上，就上工地了，给私人盖房子，包吃一天两百多，还给一包烟。出门走了一段，武朝晖才发现忘了带手机。他看了看哥哥沉默黝黑的脸，和搭在方向盘上同样黝黑粗糙的手，把话咽了回去。没带就没带吧，反正已经和她约好了，他现在是休假期间，已启用静音模式。手机对于现代人来说，几乎成了身体的一部分，如果出门没带就茫然若失得像丢了魂一样。当兵的好像有点另类，对手机依赖度要小多了，他们平时对使用手机管控得严，很多时段很多场合不能用。

当武朝晖提着大包小包按响她家门铃时，精神抖擞，腰杆挺直。那天他穿一身熨烫挺括的军装，尽管上级领导说过因私外出不建议穿军装。他穿得如此"正式"，因为她爸爸曾经是军人，她说过喜欢看他穿军装的样子。

门开了，她笑吟吟地站在门边，给他拿拖鞋，接过礼物。他想如果不是在她家，她会不会给他一个热烈的拥抱。

她妈妈系着围裙从厨房出来，"阿姨好！"武朝晖恭恭敬敬地叫了声，只差配合着九十度鞠躬。她妈见他穿军装的样子，一愣，淡淡地说："啊，小武，快坐，坐下来喝茶。"以前滚烫的热情像被什么噎住了，顿时打了对折。

客厅里的大吊灯开着，到处亮堂堂的，餐桌上整齐摆放有瓜子、花生、糖果。李丽娟往预先放好茶叶的茶杯里倒开水，武朝晖接过茶杯，刚落座，她爸爸穿一身居家棉睡衣端个茶杯从里屋出来，武朝晖起身，不由自主地敬了个军礼，"叔叔好！"

"好，好，小武，别客气，你坐。"李丽娟爸爸拉过椅子坐在他对面。随意问起他部队驻哪里，怎么想起去当兵了，平常管理严不严，战备训练苦不苦，伙食怎么样，生活条件如何……她爸爸问得很"专业"，很多时候用的是"军语"。她爸爸问什么，武朝晖像个很认真的小学生，只差双手放在膝盖上，正襟危坐，回答得很认真，有板有眼，李丽娟在一旁听了扑哧一笑。渐渐地他似乎放松了些，她爸爸不时点点头，像是对当下军营生活很好奇，又像是一个老兵和新兵谈心拉家常。

客厅里的氛围如茶几上盛开的水仙，淡雅热烈明快，这时李丽娟妈妈从厨房出来边解围裙边说："丽娟，你过来一下。"片刻，李丽娟出来时，脚步不像刚才那么轻盈，脸上有一丝不易觉察的变化。

"我们到外面去吃吧。"李丽娟妈妈低垂眼睑，谁也没看。"妈，不是说好的吗？就在家里吃。"李丽娟过去抱住她妈妈的手臂摇了摇。一时，谁也没说话，武朝晖站起来，有点不知所措。"就在家里简单吃点吧，还在过年呢，没几家饭店开门。"李丽娟爸爸发话了。

开饭了，李丽娟老爸问武朝晖喝点吗，武朝晖说不喝。她爸爸有点"问客杀鸡"的味道，客人说不喝，于是没有端出来。在他们那准女婿新上门，得用酒酿鸡蛋款待，就是在滚烫的甜酒酿里放四到六个荷包蛋，由女儿端给准女婿吃，那是生活困难年代流传下来的，如今形式仍保留，但内容已经变了，小半碗甜酒酿里放一两个荷包蛋。直到离开，武朝晖也没有等到那道传说中寓意深刻的简单仪式。

在李丽娟爸爸的干咳声中，她妈妈问武朝晖什么时候当兵的，怎么没听丽娟说起过，当兵很苦的，嫁给当兵的也很苦，我们家丽娟可不想找个当兵的。说完刮了一眼李丽娟爸爸。李丽娟爸爸好像什么也没听见，什么也没看见，不时问几句如今的国际国内形势。武朝晖好像一个身处两面作战、眼看即将陷入绝境的士兵，无辜地望了望李丽娟，有点招架不住，想寻求支援。

窗外的阳光懒洋洋的，远处不时传来孩子们的欢笑声和爆竹声。午饭后，武朝晖起身告辞，李丽娟正要换鞋，出来送送他，却被她妈妈喊住了，说等会儿一起出门有事。她妈妈笑吟吟地说："小武同学，慢走呀，有空过来玩，都是老同学，不要见外。"她把老同学几个字咬得很重。

黄昏前的落日调和出柔和的暮色，晕染着世界，将倦怠的一天低调地收尾，给予人们些许慰藉与掩护。夕阳隐退，风似乎更硬更冷，路上行人稀疏，脚步匆匆。武朝晖刚到家，他妈妈说，你刚走不久，手机就响了，我和你爸不会接，又找不到你。后来，你哥也打电话说，是部队上找你，让你一到家就回电话……武朝晖像是走在高坎上一脚踩空了，耳边呼呼作响，没有心思再听下去，溺水将毙者似的扑向手机，手机上显示连队文书、通信员、连长都打过电话，文书打过好几次，还发来信息，让他尽快回电，有紧急任务。上面还有其他未接电话，没有浏览的信息，他都忽略了。大功连每位官兵休假都得把上级反复强调的"十不准""十严禁""八项规定"抄写一遍，然后签上名。此外，除了留下自己的手机号、家里的座机号，还要留一两位直系亲属的电话号码，一句话，就是一有紧急情况，要能马上找到你。几个号码武朝晖都留了，家里座机老"罢工"，他早有领教，父母都有手机，母亲的手机还是智能的，但他们很少随身带，三五天没响一次，只是自己要用时才翻出来。想想，他哥也算是场面的，他的手机应该随时带在身边。

武朝晖打电话到连部，通信员接的，说只是接到通知让他即刻停止休假，火速归队。至于具体什么事，他也不知道，电话转到文书手里，文书也含含糊糊的，说不太清楚。武朝晖心里明白，即使他们知道，可能也不会说，至少不会从他们嘴里讲出来。他打电话给连长，连长说，快回来吧，有比武任务，营里和连队考虑你比较合适。得知详细情况，他心里稍安，但脑子又在转，比什么，哪一级组织的，以怎样的形式。连长见他好一会没接话，又说这次对不住了，下次给你补上。当兵的对探亲假都很在意，如果在休假期间被突然召回，可以补休，不计路途时间，车旅费报销。只是如今高铁四通八达，路上时间都不长。

武朝晖赶回连队，得知下半年要组织旅、集团军、军区（战区）三级新装备使用与维护比武。

新装备已经列装一段时间了，由于老装备还没有全部上交，部队训练处于新老装备交替融合期，官兵总觉得老装备用得顺溜，于是把新装备当作宝贝疙瘩一样藏着，轻易不示人，更不准乱摸乱动，只有在上级机关或兄弟部队来人，在保密工作万无一失时，才拿出来"显摆"一下。

在"两防"形势分析会上，武朝晖放过几次"炮"，不从战备出发的管理也是问题。每周二晚上的"两防"会，连队干部和班排长、思想骨干围坐在一起，谈起各自所掌握的蛛丝马迹、事故苗头。谁上街超假了多久；谁花钱大手大脚，有不正当消费之嫌；谁这几天饭量少了，好像情绪不高；谁晚上翻来覆去睡不着觉，谁半夜里还溜出去抽烟等等。连队干部听得很认真，将这些情况一一记在小本子上，有时还像老中医一样，问几句看似不当紧的话。武朝晖不合时宜地说："新装备下发以来，大部分时间封存在库房里，不拿出来训练，大家不掌握它的性能，即使维护保养也只是把表面擦擦，这是最大的事故隐患，说不定哪一天有紧急任务，我们无法完成……"

四期士官"黄61"说："我们的装备更新也太快了，有的刚列装，我们才熟悉，又换新的了。如某系统，先是简易型，很快就正式型，再出A型、B型和改进型，快得像眨眼一样……""黄61"是操作使用某武器"61"型号的能手，人和武器结合得非常好，达到出神入化的境地，61装备有时出故障了，他把眼睛蒙住，都能排除，于是得名"黄61"。前几年，61装备被淘汰了，他大多数时间在小跑喘着气追赶，玩命地学新装备知识。二排有个三期士官班长说："和平时期哪来的紧急任务，有个针尖大的事上面早就提前通知了。"还有人附和说："不是有厂家的技术人员跟踪保障吗？上次演习就派人来了。"连长看了看武朝晖，那次开会他没有讲评就宣布散会。

连长是优秀士兵提干的，跑步、射击等军事素质杠杠的，就是性格有点倔，相信剑不如人，技高即可，取得战争的决定因素在人，不是武器。他张嘴就来：在革命战争时期，我们长期处于装备差、人数少的劣势状态，但屡屡能克敌制胜，我们靠的是信仰、意志，靠的是中国共产党的英明领导。《孙子兵法》上说：凡战者，以正合以奇胜。

"两防"形势会后没两天，二排差点摊上大事。列兵王天乐在一个周五上午，装备保养维护日，擅自把某新装备一个核心部件拆下来，分解，保养。组装好后，竟然多出一个精细小弹簧。刘勇带着王天乐等几个兵，对照军事教材和随机说明，仔细检查几遍，还是没找出原因。他们可是严格按照操作规程、按照拆装原理进行的呀，先整体后构件，从左至右秩序摆放，组装的时候逆向而行。刘勇报告了武朝晖。武朝晖让先保密，谁都不许声张，上午连队带回时，他和王天乐悄悄留下。武朝晖屏声息气地琢磨一个中午，终于在下午操课号响之前把问题解决了，经调试，一切正常。

事情过了很久，武朝晖都几乎淡忘了，两位连主官知道了，责令武朝晖在"两防"会上作深刻检查。全连干部骨干都来帮助他，指出他所犯错误性质的严重性，且事后没向组织汇报。批评帮助说起来控制在班长以上层面，其实一下子全连都知道了。

往年参加集团军组织的选拔赛，夺魁能立三等功；战区第一名，可以立二等功。和平时期二等功什么概念，那可是相当于战时三等战功，一生的荣耀呀！

这次比武的规则分两类，一类是带队干部由各参加单位自己确定，六至七名成员由上级根据花名册在编名单随意抽取；另一类是带队干部随机指定，参加成员由各单位自行确定。采用哪种方法组队，由抽签决定。一句话，就是要全员参训，全员准备，全员能战。

地球人都知道，以前比武是各单位派出最优秀的种子选手对阵，这次有可能是"学渣"对垒，比的是木桶上最短的那块板子。上级机关很多时候抽取的是基层连队诸如炊事员、通信员、饲养员等自由散漫的"八大员"。这样的经历有过几次后，有的连队在比武、抽考前，故意把一些训练骨干临时安排在那些"小散远"岗位。这一招，偶尔能侥幸胜出，但时间长了也不管用，机关那些参谋、干事大多担任过营连主官，一眼就能看出其中的"猫腻"。

武朝晖奉命组队，他决定选取基础一般，甚至平时训练较少、军事素质很一般的战士组成一支队伍。下面几个就是武朝晖所"点"的几个兵。

上等兵李喆瘦高个，迷彩服穿在他身上有点酷酷的感觉，后背经常结满白霜般的汗晶，如果打你身边走过，空气中马上散发着淡淡的汗酸味。关于他名字的读音，曾弄得好几个机关干部下不了台。假日里，有机关督查到连队突击集合点名，查看人员在位情况，点到他的名字时，连叫几声，不见有人答到。这时他报告说，我们连队只有李喆（zhé），没有李洁（jié），他就叫李喆。

李喆话不多，身材单薄，笑起来像个孩子似的腼腆。工作不算出色，训练也不突出，与人相处好像还有点儿拘谨。在大功连，很多时候大家似乎忘记了他的存在，只有晚点名他响亮地答到时，才让人感

第二章 舍我其谁

到他是这个集体里并肩战斗的一员。

　　大家开始注意他,是在那次与共建单位——省文化学校共度晚会。尽管年纪都差不多,但对方的职业是文艺表演,端出来的每个节目青春时尚热烈,花样迭出,精彩纷呈,令人目不暇接,喝彩声一阵高过一阵。大功连的节目是有点"土"还有点"老"的"三篇":群情激昂"合吼"一首军歌,持枪表演阅兵分列式,集体打一套军体拳。这些节目刚出手时,那种震得地动的气势确能唬住人,但见多了,审美也就疲劳了。大功连连长、指导员说,我们一定要自信,我们走的是阳光、威武、整齐、震撼的路线,和地方文艺小青年那种翘"兰花指""娘炮"般的耍酷、矫揉造作不一样。

　　晚会展开意已阑珊,当主持人宣布大家自由表演时,李喆在全场聚光灯般的目光中,落落大方地上前,踩着欢快的鼓点,灵动地舞了起来,他时而单臂着地,时而如轮旋转,时而凌空翻跃,时而身扭如藤,浑身柔软如纤细的柳条,仿佛每个关节都扭拧自如,咯吱作响。那一刻,他成了晚会的焦点。姹紫嫣红的年轻人们随着鼓点,随着他浪花翻滚的舞姿鼓掌,将他围得密不透风。

　　音乐声止,当他满头大汗地刹住舞步时,大家报以潮水般的掌声。兵们拍得最起劲,他的几个同年度兵看他的眼神都亮晶晶的,认为他给连队挣了面子,给他们这些新兵长脸了。李喆是武朝晖带的新兵。武朝晖自以为对每个兵会什么、想什么是了解的,但那次看了李喆跳的街舞后,心里很是失落。

从那以后，大家觉得他的迷彩服穿得有范有派，样子更"拽"。他的一些小事也渐渐浮出兵们的视野。

李喆在家里开过车，入伍时怀里揣着C照。新兵连，部队为建立"人才直通车"，对新兵入伍前的职业、爱好进行摸底，强调以前是驾驶员的，在部队经过一段时间的培训后，仍然可以干老本行，但必须转一期士官。对于后面这个附加条件，他犹豫了。最终还是把驾驶证悄悄收了起来。

他训练谈不上刻苦，成绩一般，每天像只勤劳的工蜂，有条不紊地忙碌着出操、训练、站哨、值勤、政治学习、整理内务等。不像别的新兵为了"争表现"，起床号响之前，就用竹扫把划破清晨的宁静；他不抽烟，也就从不给班长骨干发烟；他从不给班长、排长们洗衣服、刷碗，更别提其他私事了；节假日很少去帮厨，偶尔请假上街，归队时两手空空，不像有的兵提着大包小包零食，在排房里制造一点小欢乐。他像一颗个性坚硬的石子，默默无闻，"无欲则刚"地做着分内工作。

他爱看球踢球。每有赛事，就盯着电视里绿茵场上那个滚动的球忘情地大呼小叫，对那些"异族"球员熟悉得就像他家邻居。连队不准深更半夜起来看球，他看回放同样两眼放光，因为他事先拒绝知道结果。他也爱踢球，由于身子瘦弱，好多次被人撞飞几米开外，他爬起来追着球继续倔强地跑。他踢球时眼里只有"球"没有"人"，决不不合时宜地传球给军官，或故露破绽，给领导一个创造"辉煌"的

第二章 舍我其谁

机会。

武朝晖想起，他们这批新兵刚入伍时大队部做过一次问卷调查。李喆在入伍动机一栏里写道：尽义务，走一遭。在今后打算一栏里写道：过好每一天，干好每一项工作。在特长一栏里，先是写上跳舞，然后又用橡皮小心翼翼地擦去，他当时没太在意，后来也没有交心谈心。

就冲李喆这个名字，冲他那啥事都不太在乎的样子，上级也许一眼就瞄上他，把他拉出来比试比试。

一期士官刘长河入伍时背着一把"红棉"吉他，让人一看就知道他是个有特长的兵。

在大功连，刘长河做事有点吊儿郎当、满不在乎的神情，就是火急火燎的紧急集合都可能比别人慢半拍。指导员也说，第一眼见到他就觉得他有点儿另类。那次在武装部适龄青年体检时，刘长河也背着那把吉他，头发染得红红的乱得像个鸡窝，穿着一条破了很多洞看起来很脏的牛仔裤，走起路来仿佛每个关节都在晃。指导员当时还是副指导员，是到刘长河的家乡接兵干部之一。指导员看到刘长河那样子像闻到了焦臭味，鼻子耸了耸。刘长河没在意指导员的表情，自我介绍说，他叫刘长河，他想当兵，会弹吉他。说完，也没征求指导员的意见，调了调弦，自弹自唱了一首歌，英文歌词，指导员没听懂，只觉得他的嗓音有点儿忧郁。指导员当时的想法是部队这所大学校也需要各色各样的人才，各色各样的人才也需要到部队锻炼锻炼，可是部队也不是收容残砖破瓦歪瓜裂枣的地方呀……面对刘长河滚烫的参军热情，指导员伸出手用力和他握了握手说，只要他体检和政审合格，部队欢迎他。没想到那小子看起来浑身生锈，咯吱作响的身子骨竟然很棒，体检合格了。接下来政审时指导员很谨慎，生怕一不小心带回一个不良青年，为了这个兵仅当地派出所他就跑了三趟，还不包括家访和找左邻右舍旁敲侧击地了解情况。最后证明，刘长河的外表留给人的印象只是一种错觉。

　　刘长河当兵没多久就感到有点儿失望，部队的生活和他想象的不一样，平淡，甚至有点枯燥。在平淡而枯燥的日子里，刘长河常抱着吉他坐在大功连门口的草地上弹唱，忧伤的时候唱唱，快乐的时候唱唱，想家的时候唱唱，歌声响起，心底的褶皱仿佛被轻轻抚平，夕阳将他投在草地上的影子拉得长长的，有风吹过琴声歌声飘远。当他肩上扛着一道细拐时，似乎还能找到一点兴奋、一份自信，那就是连队每次教唱新歌，都由他来教，还有部队上偶尔搞个什么晚会、联欢会，他都要上台弹唱一首。他喜欢台下的欢呼声、掌声。每次他一出场，台下他们连队的欢呼声和掌声是最热烈的，仿佛他是连队的自豪和骄傲。每当此时，他就有些歉意，觉得自己还唱得不够好。当他肩上扛着两道细拐，也就是成了上等兵时，上级领导对文化工作有所调整，晚会、联欢会中的一个个节目全部改成"打腰鼓""舞龙灯"等大呼隆节目。领导说，这样看起来更热闹、更喜庆，参与的人更多，更能鼓舞士气，群众性娱乐嘛，参与的人越多越好，基层作战部队嘛，越能鼓舞士气越好，组织排练起来也省心省劲……这个改变对别的兵也许没什么，反正图个热闹，但对于刘长河来讲，就意味着失去了一个舞台，唯一的舞台。

没有舞台，没有听众，刘长河依然闲下来就唱，不过唱歌的地点变了，改在连队门口的走廊上。如果说以前在草地上唱歌是唱给自己的，那么现在在走廊上唱是唱给大家的，他想让大伙儿能听到。刘长河还试着将连队的生活编成歌，有训练歌、拉练歌、演习歌、出操歌、驻训歌、探亲歌、新兵歌、退伍歌、驻地姑娘歌、点验歌……双休日，下雨天不方便训练或别的自由活动时间，他就搬张小马扎坐在走廊唱，一遍又一遍地唱。开始时，好些兵对他编的歌很感兴趣，觉得很新鲜，围着他，听他唱，后来一个接一个散去，洗衣服、打乒乓、玩电脑、打扑克、下棋，他们在他的歌声中该干啥干啥。对于刘长河作词作曲的歌，有很多兵很喜欢乃至传唱，这些兵大都和刘长河年龄相仿；有一些兵很欣赏他，觉得他有点小才；也有一些不喜欢他，觉得他有点"二"，有点"作"。后来，再后来，兵们听着他的歌渐渐有点麻木了，仿佛大伙儿神经一松下来，刘长河的歌声就会在走廊上响起，如果刘长河这时不坐在走廊上唱歌就不是刘长河了。只有别的连队的兵偶尔到大功连串老乡，看到刘长河坐在那儿弹唱，看着一阵风吹起他的衣襟，觉得很奇特，甚至把他当作大功连一景。

去年底，刘长河只差召开新闻发布会，高调宣称将解甲归田。老兵退伍前十天半个月他一直穿着那套冬常服，衣服上密密麻麻地签满了名，领口衣袖衣襟等地方变得暗亮。他说要把那衣服珍藏一辈子。可背后他家里在反复做他的思想工作，一定要坚守阵地，转士官，最好干满十二年。他家人列举出留队转士官的种种好处，他就回答一条：不想干了。苦口婆心，反反复复，拉锯一样的思想工作眼看陷入僵局，他父母扬言要来部队，守着他转上士官。刘长河说，如果你们来，打死我都不转。他父母一听，似乎留有商量的余地。为了稳妥起见，他父亲另辟蹊径，七弯八拐地打听到一个"关系"，和他们一个镇的，现在集团军司令部某处当参谋。那个参谋回话说，首先要这个兵在连队表现还可以，最低标准是将就、过得去，连队愿意留，千万不能吊儿郎当，大错不犯，小错不断，连队干部说起就摇头；然后是民主测评，军事、体能、政治考核必须合格；再次就是本人愿意留，且主动递交留队申请书。最后一点也很关键，很多兵连队、家里都希望他继续在部队干，综合素质和平时表现也不错，通过"关系"招呼也打了，一了解本人坚决不愿意留，谁也没办法。

在大功连，刘长河除了有文艺特长，其他方面很一般，是那种可留可不留的兵。为了向家里交差，他漫不经心地参加了选改士官的所有考评，也递交了寥寥数语的申请书，他以为自己这态度连队不会留他的。没想到竟然被作为熟练掌握新装备的人才留了下来。他家人幕后的"运作"他压根就不知道，也许发挥了作用，也许没有什么用。

既然留队，那就留心，他业余时间又开始在走廊上标志性地弹唱，时而忧伤，时而欢快，忧伤和欢快很多时候不需要理由。刘长河是从驻地报纸上得知市电视台举办歌手大奖赛的。如今,士兵们除了旅里规定每天"三个半小时",即早晨听中央人民广播电台《新闻和报纸摘要》,下午起床读《解放军报》,晚上看《新闻联播》各半小时,报纸几乎没人翻。全连只有刘长河像个稳重的老首长,吃过中午饭要翻翻报纸才午睡。他逐字逐句读完那则启事后,兴奋得满脸通红,小心翼翼地将那则启事剪下,夹在日记本里。接下来两三个星期里,刘长河几乎每个周末请假往市区跑,因为占用了班上其他战友的外出名额,干大小工作他比任何时候都要勤快主动。兵们都不知道他是在准备歌手大奖赛。他往地方歌舞团跑,请老师对他的作品提意见,请教参赛经验;往音像公司跑,制作伴奏带;往电视台跑……他创作的歌曲题目是《我想对你说》,有几句歌词是:我想对你说／当兵的寂寞多／我把寂寞唱成歌／我想对你说／当兵的思念多／我把思念拧成梭／我想对你说／当兵的故事多／故事连着我和你／连着祖国的山河……

刘长河原来打算把参加大奖赛的事瞒到最后一刻,想象着当战友们看到他在电视里的风采时,肯定会一个个惊讶得合不拢嘴、欢呼雀跃,那不是大功连那个经常弹吉他的小子吗?那些日子,刘长河感觉就像怀揣一个大西瓜,一不留神就会坠地开花。他想了好几天,还是报告了指导员。指导员对现役军人参加地方组织的什么大奖赛也把握不准,和连长商量后上报政治部宣传科,宣传科一个干事回复说不支持,也不反对,最好劝其不要参加,当兵的爱军习武,刻苦掌握杀敌本领才是正事，至于抛头露脸的蹦蹦跳跳、弹弹唱唱都是缘木求鱼，不太合适。

武朝晖"招安"刘长河加入比武小分队，有连长、指导员的意思。在大功连，刘长河、李喆代表连队的大多数，脑瓜灵光，文化不高，号称是大学生，估计大专就读了一年半载，由于读的是"鸡肋"学校，只是报到保留学籍，转身就"投笔从戎"了。他们的特点是反应快，动手能力强。部队由摩步改为合成后，仅单兵装备就堪称十八般武器，还有各种各样需要多人配合才能操作的大"家伙"。这些新装备附有厚厚的操作使用说明书，他们翻一翻，瞟上几眼，比比画画就像一款新游戏一样很快上手，运用自如。由于有点小聪明，他们训练并不刻苦，甚至有点儿偷懒，每次考核成绩中不溜。现在的军事训练都是贴近实战，考的是灵活应变能力。把这些兵拉出来遛遛也好，让他们有压力，有危机感。

一个周五晚饭后，一星期的紧张忙碌后有了难得的轻松闲散。刘长河抱起吉他坐在走廊上，调了调弦，还没拨弄几下，指导员站在门口和颜悦色地喊他，他抱着吉他也抱着美好的幻想，兴冲冲地跑了过去。他在指导员房间待了很久，直到暮色四合，看《新闻联播》的哨声响起。刘长河好像很懊恼又很激动地从指导员房间走出来，他们之间具体谈了些什么，谁也不知道。

刘长河坐在排房门口的马扎上，抱着吉他一言不发。兵们一个个从他身边走过，楼上的电视机声音似乎很大、很热闹。武朝晖落在最后，意味深长地看了他一眼："先去看新闻吧，你把参加电视大赛的劲头用在比武上肯定行。"

第二天傍晚，刘长河把吉他送到连队储藏室时和文书拌了几句嘴。连队储藏室只有每周五晚上才开，一次半小时。那晚开储藏室只是为刘长河放吉他，他怪文书平时服务态度不好，开门次数太少。文书没有多说，他知道刘长河那几天心里不舒坦。

武朝晖选刘水师加入团队，可以说是一个极具艰难的挑战。

刘水师不是清朝政府的"北洋水师"，是营盘里一个烧锅炉的兵，又因为锅炉烧得好，顺利转上二期士官，大伙儿送他雅号"刘水师"。

刘水师到锅炉房烧开水前是大功连侦察班的上等兵。那天上午专业训练，班长掐着秒表考他排除某个装备的故障，他正急得满头大汗，不知从何下手，这时连长走过来说，别找了，打背包到开水房去报到吧。刘水师刚才还恨不得踢那劳什子两脚，一听说让他马上离开，竟然生出留恋的样子，走出老远了还回头望望。

刘水师到锅炉房报到前，连长找他谈话。连长掰着指头说，咱部队上有五件大事，吃、喝、拉、撒、睡，你就负责其中一件，重要呀，光荣呀，可以看出组织对你的信任，你千万不要辜负了。但连长私下里和他班长说的却不一样，这小子文化有点儿低，反应有点儿慢，干这技术活也难为他了，这次后勤机关通知，说要从咱们连队借调一个兵去烧锅炉。烧锅炉那活谁都能干，但又不是谁都可以干，必须找那种能吃苦，平常不乱跑乱窜，给根针能当棒槌的兵，我们连队他最合适。

刘水师确实把烧锅炉当作一项伟大而光荣的工作。他一到锅炉房，背包没解开就忙里忙外，又洗又抹。看得和他交接那个老兵直瞪眼："锅炉房里灰尘多，抹不完。""正因为灰尘多，才要勤打扫，经常抹。"周末他打电话回家，终究没忍住，告诉了家里，如今他出息了，负责营盘五件大事中的一件，具体干什么，那是机密，不能问，问了他也不会说。

刘水师的工作是每天早晚供两次开水，一次是早上七点半，一次是下午六点，另外周三和周六烧两次洗澡水，供官兵和那些穿得花花绿绿的家属们洗澡，严格来说他负责两项工作：喝和洗。

刘水师第一次独立负责供水，捅开炉膛后才发现，炉膛里的煤并不是用热情就能点燃的，水温也不是用热情就能控制的，它们老是不听使唤，该燃的时候不燃，该旺的时候不旺。经常到了打开水的时间，打开水的兵排着长队，十几个水龙头像嘲笑他似的干咧着嘴，洗澡的时候也是，要么冷得人家直打哆嗦，喷嚏连连；要么烫得人家杀猪般嚎叫；再么就是水细得像条线，让人家赤条条浑身肥皂泡沫地等着。每当这时，刘水师急得满头大汗，窜来窜去，灰头灰脸的。

刘水师上网查，去图书馆找，好像世界上所有难题都有解决办法，就是锅炉怎么烧没有准确答案。他抓耳挠腮之际，向父亲透露并求援，他的工作需要每天和锅炉打交道，如何让锅炉又快又好地发挥作用，

现在他遇到困难了。部队上的事可不是小事，他父亲当即在村子里挨家挨户地打听，谁家有亲戚朋友懂得烧锅炉的。据一个实验证明，寻找某个关系，一般辗转六个人物链后，都能搭得上。没想到，他父亲七转八拐真的找到两个烧锅炉的，一个是村里一户人家有个远房亲戚在城里打工，烧锅炉；另一个也是一户人家的远房亲戚，城里人，一家大型企业的正式职工，负责烧锅炉。他父亲把这两位锅炉师傅的通信地址和电话号码告诉了刘水师，叮嘱他一定要虚心向人家学习。

刘水师给两位师傅打过几次电话，密密麻麻地记下几页纸后，对烧锅炉怎样把握火候，防止水垢，以及安全事项等有了一些似懂非懂的了解。在往后一天重复一天的烧锅炉中，他渐渐悟出了些道道，烧得得心应手了。一到供水时间，热气腾腾的开水随到随打。他甚至还掌握了省煤的方法，每月能节省近千斤煤呢。

刘水师就是这个时候和连队、机关来打水的兵们打得火热的。无论谁来打开水，第一个拧开某个龙头的，他都要叮嘱人家水要放一会儿，待水管预热后再装，不然打的是温水。锅炉房十几个水龙头，他要讲十几遍，今天对一个兵讲过了，明天还是那个兵来打水，他还要讲。有时候他一开口，人家就不耐烦地说知道了，就是打开水龙头放一会儿水。他笑笑，转身又对另一个兵讲。他发现连队里打开水的兵大都是列兵、上等兵和一期士官，很少有二期、三期士官，莫不是兵当久了，连水都不喝了？他们打水时一手拎两三个暖瓶，有时候身上还叮叮当当地挂满了水壶，那表示兵们在野外训练，训练强度大了。

看到连队打水的兵，刘水师眼里荡漾着微笑，常上去帮他们的忙，取下水壶、暖瓶装水，他装水的动作是那么自然贴切，仿佛那水壶、暖瓶就是他住一个排房的战友。机关兵也每天来打水，打水的是些公务员，他们来打水时推着板车，上面满满当当地装着暖瓶。每当有会议，暖瓶更多。机关兵来打水时，他也主动上去帮忙，他握暖瓶的动作小心翼翼的，仿佛那一个个暖瓶就代表一个个机关干部或首长。机关兵打好水后，他总要怔怔地站好一会儿，目送他们推着板车缓缓走进机关办公大楼。那地方他从没进去过。

供水快结束时，他就开始打扫卫生。尽管锅炉房灰尘很大，但里面每一件物什都被他抹得能照出人影儿，煤铲、捅条等烧火器具不方便洗抹的，也放置得整整齐齐。锅炉房是营区的小散单位，分管后勤的副旅长带领工作组经常来突击检查，看了他的内务，工作的环境，业余时间在位情况，每次都止不住点头，不错，干得不错，小伙子好好干，你这个岗位太重要了，和营盘里的每个官兵都密切相关。副旅长甚至在全旅军人大会上表扬过他，说他应该列入年底感动军营人物候选人员名单。因为副旅长这句话，刘水师激动得好几天没睡踏实。

刘水师转一期士官那年名额多，申请转改的少，上级规定预备党员、学过驾驶技术的不能走，有的连队"升级"到受过相关专业训练半个月以上的不能走。刘水师考核勉强合格后，顺利转改。他肩头扛上一道细细的单个"书名号"（一期士官军衔）后，工作干得更细致、更起劲。烧锅炉多么光荣呀，多么重要呀，要不组织上会这么看重咱，给咱转士官？

　　转眼刘水师烧锅炉两年多了，在他转二期士官前夕，发生了一个"小插曲"。大功连上等兵小杨的表舅在旅司令部当副参谋长，那小子平常自我感觉良好，好像是他本人当副参谋长一样，兵们私下里叫他杨上等。杨上等高考发挥失常，只考了个普通二本的普通专业，他来当兵是瞄准考军校的。副参谋长可能悄悄和连队打过招呼，让给杨上等安排一个相对有时间有空间复习功课的工作，连长把领导的意图在脑海里盘旋几圈后，想到了锅炉房。连长让武朝晖去找刘水师谈，说他脱离训练场时间太久了，让他回连队参加操课训练。刘水师是武朝晖排里的兵。刘水师离开锅炉房时，给煤坑里结结实实码满了煤，把所有东西擦拭干净，摆放整齐，当他一脸憨笑地刚要向杨上等提起烧锅炉的注意事项时，杨上等摆摆手说，烧火捅煤炉还不简单吗？没吃过猪肉，也看过猪跑。

　　杨上等接替刘水师的工作后，很快遇到了刘水师当初一样的麻烦。好多次打水的兵排着队，水竟然还没烧开，那边集合上训练场的哨声已经吹响。有一回早上八点多了炉火才烧旺起来，不知是杨上等昨晚炉火没压好，还是看书学习分心忘了时间，反正那天军人服务社的瓶装矿泉水脱销了。

　　分管后勤的副旅长铁青着脸、一言不发地出入过几次锅炉房后，刘水师又回去上任了，还"因祸得福"地转上二期士官。也有老兵对刘水师能留下来很不理解。从个人来说，只是凭他烧锅炉肯定转不了

三期，转不上三期就意味着端不到旱涝保收的饭碗，干满十二年的三期士官，都是部队不可或缺的专业技术尖子。那时候他年龄大了，一无所长又一无所有，回去的路会很难走。从部队来说，不可能白养一个没有多少专业技术含量、与战斗力提升没多大关系的兵。也许刘水师没有想到这些，他很乐意在部队多待些时光。

那年夏天，杨上等如愿以偿地考上军校走了。营盘里大兴土木进行生活设施改造，一些穿统一工装的老百姓胸前别一个写有姓名、年龄、籍贯等内容的塑料牌牌，在营盘里进进出出。各连队鸟枪换炮地安装上了太阳能热水器、燃气热水器，可以二十四小时洗澡；电热水器就在连队一楼走廊的左手边，滚烫的开水随到随打，不需要人值班。刘水师就这样在兵们兴高采烈的欢呼声中黯然伤神地"下岗"了。

刘水师回到连队不久，就被吸收加入武朝晖的"战队"。大家都知道刘水师参加新装备的使用与维护比武，就像让张翼德拿上绣花针绣花。一时，很多兵搞不清武朝晖的葫芦里准备卖什么药。

还得说一下，刘水师的大名叫刘水根，只是在晚点名或很正式、很官方的场合才出现。

杨大褚（厨）是大功连的炊事班长。在基层连队"火头军之长"可是个吃力不讨好的角色，由于涉及大家的胃口、训练场上的劲头，平常吃得嘴角冒油、满口香没在意，如果哪顿没吃好或误饭了，那可犯了众怒，很长时间兵们可记得清楚。还有上级各种比武、考核，为了体现全员额参训参考，首先喝令炊事班长出列，拉出来遛遛。很长时间，各级机关都认为炊事班的军事素质能代表一个连队的整体素质，如果炊事班的考核成绩能达优，那么这个连队的军事训练不会差。

大功连炊事班从班长到炊事员都是从战斗班排挑选的优秀训练骨干下去，开始很多兵扭扭捏捏不愿意去，后来大功连弄了个王八屁股涂泥巴——土龟腚（规定），每人得下炊事班三个月。指导员在宣布这项规定时说，这是一个多么难得的机会呀，在地方你花钱都学不到一手好厨艺，我们人民军队就是一所大学校，什么都学，什么都会，以后不要看人脸色吃饭，你自己会做，谁都难不倒你，在合适的场合你可以偶露峥嵘，在女朋友和未来丈母娘面前"小试牛刀"，那一定是加分项目。女孩都贪吃好吃，漂亮女孩更是，你把她的胃拴住了，还不像牵住牛的鼻子一样，乖乖地跟你走……指导员说得大家哈哈大笑，但笑过后胃里就泛酸水，毕竟肚子不好糊弄。

操枪弄炮的手马上去掌勺子，一时很不习惯，这毕竟是两个风马牛不相及的行当，不像切换电视频道那样调整得那么快。很长一段时间大功连的伙食实在不怎么样，机关那些参谋干事偶尔蹭饭都绕着走，但惹得旅首长频频光临吃"碰饭"，检查伙食情况。官兵们的一致评价是：好食材没有烧出好口味。有兵说这不是废话吗，都是服务中心统一采购的主副食，各连队大差不差。后装部门也不时举办专业技术比赛，烧饭做菜是重头戏。有时候是把炊事车开到营区外，野外现场做几样菜，然后评比；有时候是晚饭前临时通知各连炊事班将菜肴打上几小份送到指定地点，进行不记名评比，不出意外大功连肯定垫底。这让几位连队干部脸上很是挂不住，痛定思痛，想了多招，起色不大。他们这种积贫积弱的状况直到一班班长——杨大褚（厨）改行当炊事班班长，才有所改观。

　　杨大厨刚到炊事班时，葱和蒜都分不清。他当兵就只想练好军事本领，幻想能像武林高手一样，练就一手剑锋锁喉、出奇制胜的撒手锏，在战场上立见高下。他不时在训练场上秀浑身肉疙瘩，至于饭堂、炊事班，只有在饿了的时候才想起，他压根儿就没想到自己会成为一名大厨。那年六月底，他刚在党旗下宣誓加入组织，指导员就动员他去炊事班，他心里有点不情愿，但想到自己的入党申请书上写着：党员要做革命一块砖，哪里需要哪里搬。那墨迹还没干呢。杨大厨勉强答应后，也提出一个要求，希望能去集团军厨训队参加集训，不然他无法胜任这份工作。在这件事上，指导员和连长事先没有沟通，高度一致地答应了。每年初想去学驾驶、学汽车修理的兵很多，学厨师、学炊事车维修的几乎没人，需要反复做工作，才有兵勉为其难似的报名。

　　杨大厨从集团军学成归来后，没等连队干部盼咐就径直把背包放进了炊事班。连长很高兴，夸他不愧是老兵，能迅速找准自己的战位。刚从厨训队回来的杨大厨厨艺一般，说不上好，也说不上坏，炒的菜都是大路味，凑合着能吃。即便如此，这对从没摸过勺的杨大厨也是一大质的飞跃了。让大功连声名大噪的是，无论是上级突然军事科目抽考，还是平常会操，单兵项目比试，大功连炊事班拉出来的都是个顶个，把其他连队炊事班顿时比成"游击队"，乃至某个小区的保安队。连长套用好些高大上的词夸指导员考虑问题高屋建瓴，有前瞻性、战略性眼光。

　　杨大厨是各级表扬提倡的那种兵，干一行爱一行钻一行。他一心想烧好饭，从强军网上下载了一些菜单食谱，利用难得一两次上街的机会买了几本烹调方面的书。书就搁在床头，没事就随手翻翻。几个月下来，书的两角已经卷起，远远看起来像两团抹布。临睡前，他依然翻，翻几页，长叹一声，又合上。掌厨可是技术活，纸上谈兵终觉浅，绝知此事要躬行。饭菜没味道，兵们每顿例行公事般，胡乱扒上一些就离开了。

　　杨大厨萌发到地方酒店去学艺的念头，是他那次回家探亲，听说一位亲戚在一家星级酒店当服务员，其实就是一个勤杂工。于是他拎着一兜水果，找到那位亲戚，软磨烂缠让亲戚介绍他到酒店的厨房里去打杂。亲戚怯生生地领着他去见那个大肚子经理。当听他说就在厨房里干些择菜、洗菜、刷盘子之类的粗杂活，且只管吃不管工钱时，大肚子经理乐呵呵的，手一挥表示同意。

　　杨大厨在厨房里真的只是干些粗活杂活，他手脚有劲又勤快，眼里有活，哪儿有活就救火似的往那儿跑，装卸蔬菜大米，经常干得满头大汗，干得直不起腰来，厨房很多人很快喜欢起他来，杨大厨像越王勾践卧薪尝胆一样，时时提醒自己此行的目的。他仿佛一个间谍偷偷地观察着大师傅把一堆堆原材料变成一盘盘色香味俱全的佳肴。这其中菜的选配一般是公开的，但调料的搭配和火候的把握，尤其是新菜品的创造那是核心商业机密，如今餐饮行业竞争厉害，有时一两个独创的招牌菜能让饭店生意红红火火。杨大厨不时装作不经意地看看表，暗暗记住一些常见菜下锅的时间、出锅的时间及火苗的大小。看大师傅把握火候，可以离得远一点，但观察调料的搭配，必须近距离。好几次，杨大厨忘神地看着大师傅用长柄勺在灶台上一排各种各样的调料盆里，蜻蜓点水，波浪翻滚着往菜里点调料，杨大厨还没看清楚，大师傅的脸拉得像猪下水似的，咣当一声，将一个脏乎乎的盆扔在他脚下："洗干净去！"有一次，杨大厨刚挪近灶台，大师傅猛一揭开锅盖，将锅盖朝他迎面扬起，热气腾腾的蒸汽烫得杨大厨连连后退："我让你看，让你看，把你眼珠子烫熟就是一道菜。"

杨大厨不计较这些，像没事儿人一样。他嘴巴甜，口袋里时刻装着好烟，只要大师傅手一闲，他马上敬上好烟，端上热腾腾香喷喷的好茶，搬来靠背椅，大师傅大师傅地叫。对于一套挠痒痒般的"糖衣炮弹"，大师傅似乎很警惕，依旧鼻孔里插根葱似的，对他爱理不理。

那次在厨房里忽然有人叫杨大厨的名字，他无意中响亮地答到，接着好几次漏出三五句部队上的事情。大师傅看他的眼神有了些异样。他见瞒不住了，只得承认，他是部队上的炊事班长，为了给战友们调节好伙食，让战友们吃好喝好训练起来有劲，于是利用探亲休假的机会来这儿"偷"艺了。他说完，像一个小偷被当场捉住一样窘迫。

从那以后,大师傅的脸色好看了些,对他也客气了些,高兴时点拨点拨,偶尔也透露一鳞半爪的,劳累了时,也让他上灶台锻炼锻炼。

杨大厨休假归队,厨艺有了很大长进,做出的饭菜比以前美味多了,不用提倡,几乎顿顿是光盘行动。兵们一合计用他名字的谐音送一雅号——杨大厨。你看他在厨房里忙碌的模样:一件白色的厨装,一顶软塌塌的厨帽下罩着一张圆乎乎如"狮子头"样的脸,那挥铲、放调料、出菜的动作活脱脱就是一位大厨的"范儿"。渐渐地营盘里他认识的和不认识的兵都这么叫,他也不恼,听到叫唤,咧着厚厚的嘴唇一笑,有道说"脑袋大脖子粗,不是大款就是伙夫",他终于完成由一名训练尖子向伙夫的蜕变。

杨大厨利用休假的时间到地方酒店去学艺,是另一个连队和他同一个镇上的老乡传开的。那次他老乡也回家休假,听说他在家后,便跑去找他玩,结果扑了个空,听他家里人讲他到某某酒店"打工"去了,老乡怀着十分好奇的心情赶到酒店,才知道他在那儿学艺。他老乡还透露,他和酒店里一个长得很靓的服务员"勾搭"上了,她看杨大厨的眼神像放电,谁都明白那意味着什么。这时在一旁凑热闹的通信员插话说,杨班长有情况啦!难怪,这些日子不时有一个声音甜美的女生打电话来,说找杨大厨接电话。营盘外面,人们如果手机离开身边一会儿就茫然若失,在营盘里兵们还是只有在周末才能使用手机。所以,杨大厨的女朋友就把电话打到了连部。

杨大厨做的饭菜味道好,兵们对他又爱又恨,一方面爱吃他做的

饭菜，特解馋；一方面训练稍一懈怠身体就像吹气一样膨胀，弄得大家"不用扬鞭自奋蹄"在训练场上折腾，奔跑并快乐着。

阳光和煦，大功连门口那片水杉开始泛绿。早饭后，兵们都上训练场了，偌大一片营房就零星几个连值日在晃动，偶尔有麻雀的叽喳声，远处的号声哨声欢笑声清晰可闻。杨大厨哼着小曲儿刚把板车上的肉食菜蔬搬下来，连值日跑过来说："连长请你扎上腰带去训练场。""误了午饭，找谁？""连长说了，马上安排人过来帮厨。"

正当杨大厨在炊事班干得渐入佳境时，被突然召回参加武朝晖带领的"战队"，每周至少参加三次训练，每次不得少于半天。

汤技师是大功连的三级士官。因为脸蛋圆圆的，满脸喜气，大家都叫他"汤圆"，可有件事发生后大家都尊称他汤技师。

在大功连，汤技师像他们班那台庞然大物的机器一样，默默无闻，别人干啥他干啥，听号就起床，闻哨就出操，别人做器械训练他慢慢地跑步，别人拖地他擦玻璃抹桌椅，他不落后也不积极，别人在打牌、玩游戏时，他就抱着本厚厚的《计算机》《电脑报》逐字逐句地读。营盘里，很多电脑发生过的很多故障，他很多次折腾过，当然最后肯定是起死回生，妙手回春。他是全连唯一订阅《电脑报》，也是唯一拥有个人电脑的兵，自己买配件组装的，经常像小孩搭积木似的，拆了又装，装了又拆，一切悄无声息。因为技术过硬，连队几次让他当班长，他坚决推辞，说要把机会让给年轻人，他们更需要锻炼的机会，他肯定服从命令，叫干啥就干啥，全力支持工作。于是汤技师所在的三排六班好几年都是二期士官，甚至一期士官担任班长，汤技师像个顾问或德高望重的长者一样，碰到棘手的事帮班长、副班长出出点子，有时候协助做做思想工作。有人说汤技师是高风亮节，把成长进步的机会让给别人；也有兵说他这样做是想落个清闲，正好有空钻研技术。汤技师既不是骨干，也不是连队支委，很多时候只是一个默默无闻的老兵，并不妨碍大家都很喜欢他，有什么心里话和他讲讲，喜欢和他寻乐子。他脸蛋圆圆的，像个大汤圆；耳朵圆圆的，像支棱着两个小汤圆；鼻子圆圆肉乎乎的，像贴着个汤圆；嘴巴惊讶时喔成一个圈，也像一个汤圆，整个脸就是一个汤圆组合。大伙儿一见到他就想笑，哪怕一句很平常的话，从他嘴里说出来，就让人忍俊不禁，再加上他平时说话做事慢条斯理的，富有幽默感（这一点也许他自己从没意识到），只要不是那种很严肃的场合，老兵新兵都不放过每一个"捉弄"他的机会，而他又看似憨乎乎的，对别人的"捉弄"浑然不觉，一本正经地对待，即使知道了也不气恼，更让人乐不可支。

有个星期天早晨，汤技师正在洗漱间刷牙，忽然有人在楼道里喊他说，旅长在大门口有急事找他，让他快去。他一听，把嘴角的牙膏泡沫一抹就往大门口跑，边跑边整理军容边想旅长找我有啥事呢，我该向旅长怎样报告呢。待跑到大门口一看，哪有旅长的影子，只有两个雕像似的哨兵和一阵清冷的风。他问哨兵，旅长来过没有，哨兵满脸疑惑地看着他，摇了摇头。他闷声不吭地往回走，仔细一想，不对呀，这么早旅长找我干啥？我一个普通战士，旅长也不认识我呀。这时，他才明白有人在捉弄他。他回到洗漱间接着刷牙洗脸，像什么事也没发生过一样。有兵在他身后挤眉弄眼地问，刚才急匆匆的到哪儿去了？他慢腾腾地回答，有人说旅长在大门口找我，我跑去一看，旅长又不在。

也许因为他有这么一次"遭遇"，才有后面的故事。那是个阳光灿烂的秋日上午，汤技师正在连部帮忙修电脑。大功连那台老爷机脾气很大，动不动就罢工躺平。正当他凝神屏息排查故障时，电话铃忽然大作，他拿起电话，习惯性地问了句，请问哪位？对方自称是政委，问他是谁。汤技师拿腔拿调地报了一气：我是××军区××集团军××合成旅某营某连汤技师。自称是政委的人听了他的报告词，忍不住笑了，说他的电脑坏了，想请汤技师帮忙看看。汤技师说，你找我们连长吧，让连长跟我说。说罢，把电话挂了。没想到才眨眼工夫连长就过来说，政委让他去办公室一趟，请他帮忙看下电脑。见鬼了，那电话还真是政委打来的。汤技师帮政委修好电脑后，他的大名如在机关大楼上吹喇叭，全旅闻名。

汤技师的老婆是一位清秀的小学教师。本来人家想找个军官的，可那次他帮她修好电脑，小坐一会儿后她就喜欢上他了。汤技师家是中医世家，家里开有药铺。她问他，怎么不子承父业，学医不是蛮好的吗？他说他喜欢穿军装玩电脑，当兵前也学过一段时间的医，但学得有点儿牛头不对马嘴，有次一个咳嗽病人到药铺里买药，恰巧他父亲不在，于是他给人家开了点泻药，咳嗽不是火气重吗？把虚火泻掉就平衡了。病人治病心切，向他讨了点开水，马上服下药。这时他父亲回来了，望着病人的背影，埋怨他，他咳嗽你怎么给他吃泻药呢？"怎么就不行，这不，我这处方的效果立竿见影，他马上就不咳嗽了。"他父亲顺着他手指的方向望去，只见那位刚才还咳嗽不止的病人，现在扶着一根电线杆一动也不动，连大气都不敢喘……说这些话时，他脸色平静。可人家姑娘捂着肚子笑得花枝乱颤，笑得差点在地上打滚，笑过之后再看他的模样，还想笑。她觉得和他待在一起也许很穷，也许很累，但不会缺少笑声。于是她心里渐渐接受他，用柔情蜜意慢慢包容他。

　　一晃，汤技师已当兵十二年，年底就面临走与留的问题。他父亲来信说，娃，当兵光荣呀，咱再干个十年、八年怎么样？汤技师跟他父亲说，看家护院还要健壮灵活的狗呢，行军打仗更需要年轻力壮的，部队从来就"养小不养老"。他父亲想想也是。他老婆在电话里说，现在士官转业，在小城里工作不好安排，就是找到一份工作，工资也不高，仅够糊口，看能不能想办法在部队干第四期。汤技师说，糊口就糊口吧，有我吃的，就有你吃的，你喝稠点的，我喝稀点的，只要我们在一起。电话那一头半天没有声音。

　　汤技师一出名更忙了，操课时间参加正常训练，节假日维护旅局域网，兄弟连队、机关科室电脑罢工了，排着队请他去摆弄摆弄；有领导家里的电脑坏了，也让他去看看……汤技师整天乐颠颠的，谁请都答应得很爽快。大伙儿说他转四期有希望了。没想到，年底他提交了作为义务兵退伍的申请书。他退伍回家后，开了一家网店，帮助带领乡亲们在网上出售家乡的特色农产品，生意很是红火。这些后话是大功连的兵从电视新闻上看到的，营盘里又是一阵热议。

在连队，武朝晖偶尔和汤技师一起叽叽咕咕、指指点点排除新装备的故障，分析其中的原理、原因。武朝晖和很多排长一样对老士官很尊重，不管是不是骨干，都称班长。汤技师看起来对每个带兵干部也都很尊敬，有军官走近，马上起立敬礼或行注目礼，对武朝晖似乎有点例外，好几次武朝晖来到他们班，他照样忙活自己的事，最多点头示意下。那天下午，武朝晖从老家赶回来，一放下行李就找到汤技师，希望他能和大家一起备战下半年的比武，汤技师爽快地答应了。其实，他那时已经打算年底退伍回家了。

那天晚上，武朝晖找到四级士官杨秀山，请他一起参加比武时，他的"屋里人"来队刚走，他好像还沉醉在那片馨香温柔里没回过神来。杨秀山已满四期士官服役期，大功连没有五期士官编制，如果没有特殊情况，他年底转业回老家是铁板钉钉了。

杨秀山很老实，属于那种只知道埋头拉车、很少抬头看路的老黄牛。当然，也有人说他大智若愚，属于那种看起来傻乎乎，其实精明着呢，他能当兵，并且能顺利转上一期二期三期，乃至四期士官，还真是他家祖坟冒青烟？有传说是他祖母当年救过一位八路军伤员，中华人民共和国成立后那伤员当了大官,他儿子后来入伍成了解放军高级干部,再后来伤员年纪大了,偶然想起救他的房东大娘,于是让他儿子替他回去看看,找到当年的房东,也就是找到杨秀山年逾九十的奶奶。还有一种说法,当年救人的是杨秀山的太奶奶(曾祖母),那时他奶奶还小,还没嫁过来呢。无论是他太奶奶,还是他奶奶,总之杨秀山顺利当上兵了。救伤员,伤员或伤员的后人回去看望,这在他们山东沂蒙山老区时有所闻。有人把这个故事向杨秀山求证过,他赤红着脸,连声否认没有这回事,解放军、共产党怎么会开后门呢?

在大功连,杨秀山表现平常,少有存在感,倒是他"屋里人"田阿秀让大家印象深刻。首先是每天晚上熄灯号响之前那几分钟,杨秀山靠躺在床头,常自我陶醉地向兵们诉说,他家阿秀是如何温柔,如何漂亮,温柔得像小羊羔,漂亮得像白天鹅。无论杨秀山怎么吹,可兵们谁也没见过。听多了,终于有嘴油的兵跳出来说,老杨,你这是在吹呢,嫂子那么漂亮,咋不让她来队让大伙儿瞧瞧。杨秀山咂着嘴不接话,脸上挂着陶醉的微笑。大功连的兵都知道田阿秀是村支书家雪白雪白的"天鹅",如果杨秀山不当兵,或当兵后没能转上士官,或士官没转上三期,他就只能当流着口水的癞蛤蟆。

一个秋收后的初冬,田阿秀终于来了,还牵着杨秀山的"小克隆"。小家伙长得太像杨秀山了,虎头虎脑,黑亮的眼睛扑闪扑闪的,兵们一逗他,他直往他妈妈身后躲。兵们逗了一会儿孩子后,便悄悄打量起嫂子,这才发现嫂子并没有班长杨秀山描绘得那么漂亮,圆圆的脸蛋，黑里透着红。兵们私下里说嫂子有点儿像他们那儿的苹果或红枣，尤其是那份淳朴与热情，让你感觉就像咀嚼又脆又甜的苹果或红枣。兵们上那儿坐坐，她兄弟长兄弟短的，把从家里带来的板栗、花生、红枣、核桃一股脑儿倒出来，一个劲儿往你手上塞，招呼着吃，甚至把孩子喝的这个那个饮料也拿出来让你解渴。兵们每次从杨秀山住的士官公寓出来，无不感慨地说，难怪革命老前辈们说，中国革命是沂蒙山红嫂的乳汁抚养喂大，战争岁月的红嫂如此，和平时期的军嫂还那样，一点也没变。

田阿秀觉得部队上啥都好，住的是楼房，房间里亮堂堂的，锅碗瓢盆等生活设施也一应俱全，唯一不方便的就是使用天然气煮米饭，火候经常把握不好，不是煳了，就是做成了夹生饭。害得杨秀山隔三岔五地端着个大汤碗跑到连队食堂去打饭。其实，家属来队了，临时到连队食堂打一点饭也没有什么，兵们都能理解，可杨秀山端着个碗，像做了什么亏心事似的，一路上遇到相识的、面熟的，都红着脸笑着解释："屋里人"又把饭烧煳了。田阿秀把饭烧煳了，杨秀山也不怪她，但田阿秀觉得很没面子，每次见他从食堂打饭回来，就抱怨说这天然气灶还不如老家烧柴草方便，烧出来的饭也没有老家的饭香。比较起来，田阿秀更喜欢做面食，她做的馒头那个柔软蓬松喷香呀，杨秀山一口气吃十来个，走路都恨不得用双手端着肚子了，还不想停下来。

田阿秀来队好些日子了，平日里杨秀山和连队的兵们一起上训练场，她就带着孩子和其他连队的来队家属晒太阳，唠嗑。孩子之间追逐着,打闹着,很快就混熟了;大人之间用乡音浓重的普通话交流,也很快熟了。都是临时来队的家属,经历差不多,心理距离近呀。田阿秀串门时,得知好几个连队的来队家属都是用电饭煲做饭。那几个嫂子热情地向她演示,用电饭煲可方便了,把米淘好放在里面,再添上适量的水,然后把开关按下去,到时候就变成香喷喷的米饭,而且还能做到长时间保温,高级一点的还能煲汤、煮粥,可以当火锅用,还能定时,设置好什么时候开饭,到时候打开锅,饭就熟了。田阿秀笑眯眯地看着听着,不说话。其实她家也曾经有过一个,只有简单的煮饭功能,后来坏了,没有再买。

那天晚上,杨秀山从连队一回来,田阿秀就跟他说:"有个电饭煲真好,做饭省心省劲,又好吃。"田阿秀满脸向往地说了三四次后,杨秀山终于忍不住说:"咱们也买上一个吧!"

星期天,杨秀山他们一家三口在街上转悠了一天,太阳下山时他们抱回来了个电饭煲。这个电饭煲也有很多种功能,最主要是容量比较大,田阿秀特地挑了个大一点的,她解释说,说不定哪个兄弟有事没赶上饭,来咱家吃,添一两张嘴也能吃饱。

买上了电饭煲,田阿秀做饭的热情似乎高涨了,常向连队的兵说,他家兄弟,来咱家吃吧,咱买了电饭煲,做饭可方便啦。听了这话,兵们很感动,可心里又很不是滋味,都啥年代了,一个电饭煲还搞得像高尖端产品一样。

田阿秀和孩子在部队住了将近一个月了。一天晚上,杨秀山很小心很温柔地说，田妹，咱部队上有规矩，你们母子俩住的时间差……

"部队上的规矩，俺懂，俺不会拖俺男人的后脚！"田阿秀低垂着眼睑说。

第二天，田阿秀就带着孩子走了。走之前，杨秀山把电饭煲洗得干干净净，用一个蓝布口袋装好，让田阿秀带回去用，叮嘱她说，你在家里要干活，又要带孩子，这玩意儿好使，不会让你分心。当田阿秀背着个包袱，一手提着电饭煲一手牵着孩子登上火车那一刻，杨秀山的心仿佛被掏空了。

似乎从那次起，每年秋收后，田阿秀就领着孩子，候鸟一样赶来。来的时候，一成不变，一手牵着孩子，一手提着电饭煲，背上背的是家乡的一些山货特产。在部队住上月余，她又一手牵着孩子，一手提着电饭煲，往家赶，背上背的还是那个包袱，只不过里面装的是一些饼干、饮料、方便面等他们母子俩一路上吃的东西。那来时兴高采烈的情景，去时一步三回首的背影，让每一个兵看了都眼圈发红。在这来来去去中，最惹眼的是那个电饭煲，田阿秀一个女人家，要照看孩子，还要护着那个电饭煲，怕压着，怕碰着了，那么远的路，她一路是怎么走过来的？

这次，田阿秀是过年前来的，来的时候还是牵着孩子，还是提着那个电饭煲。田阿秀在部队上住了些时日后，又要回家了。这可能是他们娘俩最后一次来队探亲了，年底杨秀山就该转业回家了，一家人团团圆圆长期守在一起。杨秀山像往常一样帮他们收拾东西，当他把

那个电饭煲装进口袋里时，田阿秀把它拿了出来："就把它留在连队里吧，说不定以后哪位家属来了，能用得着。"

田阿秀留下的那个电饭煲，成了连队的"公用家电"，哪位干部、士官的家属来了，就从连队储藏室取出来。用过后，又洗干净送回去。连队偶尔有兵外出，没赶上开饭，就跑到临时来队的嫂子那儿去蹭饭，每当吃完一碗，再去盛第二碗时，看到那个完好如新的电饭煲，总要有意无意地问一句，这就是杨秀山"屋里人"留下的那个吧。就连杨秀山还在部队时也好几次怔怔地看着它，像是不认识一样。

田阿秀刚走，平安到家的电话还没打来，武朝晖就请杨秀山参加年底的比武。杨秀山没精打采地应承着。营盘里的兵都知道，像杨秀山这种即将脱军装的往往是上级抽考的重点，与其被动不如主动，时刻准备着吧。

武朝晖将小分队拉出来站成一排，乍一看老的老，小的小，高的高，矮的矮，胖的胖，笨的笨，有那么点"歪瓜裂枣"聚集的味道，仔细一琢磨他们几乎涵盖了大功连从列兵到四期士官每个军衔的士兵，小散远"单位"的代表，整体素质应该在大功连的平均线下。武朝晖决心将其打造成示范班，他们平常大部分时间参加各自班排的训练，只有课余和少部分时间"开小灶"，进行强化训练。武朝晖将包括他在内的八人编成互帮互学四个组：刘长河和李喆、杨大厨和杨秀山、汤技师和刘水师。平常的召集管理是杨大厨，释疑解答、技术辅

导由汤技师负责。小分队里刘水师、杨秀山两个"号称"高中毕业，从他们的文化基础看估计初中没毕业，加上平常接触新装备少，武朝晖决定从每件（台）装备的基本构造、原理、功能讲起，先了解为什么，然后解决怎么办。才讲一课，李喆、李立山、刘长河几个提意见，说那些太简单了，他们早就知道。武朝晖马上调整方法，不能违背他们分组训练的初衷，他和汤技师分别对刘水师、杨秀山从最基础的知识、训练入手。武朝晖后来在旅作训科当参谋，总结提出分阶段、分层次训练方法，即每年部队开训后，不要一锅煮、大呼隆，人人都上一年级，每年都按部就班地从最基础的训练开始，建议将义务兵、士官、军官三类人群分别组织训练，甚至根据服役年限、军事素质差别分得更细。旅领导敏锐地感觉到这是一种创新，由训练延伸到政治教育，提出卓有成效的"三分法"，先是在旅里试点总结，然后在集团军、战区，乃至在全军推广，很是红火了一阵子。

每次训练，武朝晖在下达科目后，总要歇斯底里地喊两句：比武就是决战，训练场就是战场。战场上只有冠军，没有亚军。开始只有他一个喊，后来要求大家一齐喊。M型自动武器是个庞然大物，能拆的上千个零件被他们拆了装，装了拆，一遍遍摩挲、鉴别。组装完成后，发动机器于雷声轰鸣中听取每一丝细微的变化、颤抖。至于几样简单结实耐用的单兵武器，他们能做到用毛巾蒙住眼睛，将零部件打乱，快速安装好后，再快速射击，或奔袭五千米后，对不定目标突然射击，整个过程都卡着秒表计时，紧张得如后面有几条狼狗在追，稍一松懈就会血肉淋漓，甚至送命。

训练似乎到了破蛹化蝶阶段，他们八人小分队每个人的手臂又粗又壮又黑，双手粗糙皲裂，老茧突兀，为了寻常体悟保护那份异乎寻常的感觉，他们洗脸洗手洗澡都不敢用香皂，也不敢用什么膏呀液呀的。营里和连队干部走马灯似的"路过"，说是顺便来看看，有的大加赞赏与鼓励，有的不以为然。

大功连每周两个晚上开展夜训，春夏秋冬从不间断。夜训，以排或班、小组为单位，兵们穿行在茫茫夜色中，如一匹匹默然孤独前行的狼。武朝晖刚当排长的那年初冬的一个晚上，他跟四班一起夜训、"找点"。他们一路小跑已经走了十几千米，穿过一个村庄时，小雨停了，依稀有朦胧的月色，班长刘勇领着全班向一个水泥晒谷场走去，全班依次缓缓往前走，谁也没吭声，直到武朝晖踩上水泥地，才知道那是一片鱼塘，但他和大家一样没作声。好在池水不深，最深处才及腰，他们通过池塘后，由于浑身湿漉漉的，经夜风一吹，冷得直发抖，不得不快跑。那天晚上，他们四班最早找到"目标"，最早回营区。武朝晖带领的实验小分队除了每周三晚看电影不组织夜训，其他时间都得训练，周二晚上"两防形势分析会"后照常出动，周四晚上唱歌就免了，训练重要。

日复一日的"白加黑"，周复一周的"五加二"的魔鬼训练，武朝晖的实验小分队似乎很疲惫，从他们每次训练前渐渐变得懒洋洋的口号声里可以听出。有个周三，天气晴好，正是练兵好时光，刘长河竟然提出请假，要去市里的体系医院看病，还拿出旅医院的转诊证明。有病不能拖，得及时看，他的请假报告一路绿灯，很快就批了下来。由于以前出过一些小情况，旅里有个不成文的规定，士兵外出看病得由班长带领，或旅医院安排车辆统一送达，统一带回。

那几天，从旅医院转诊看病的士兵很少，当天就刘长河一个，连队的训练任务已是磨刀霍霍，利箭在弦，很是紧张，于是他得以单独行动。那天晚上点名前，连长神色凝重地找到武朝晖说，他排里的一期士官刘长河被通报了，具体怎么处理由营连确定。原来刘长河说是去看病，其实他哪儿也没去，就在离营区不远不近的一个快捷酒店开了一间房，在那儿洗了个澡，上网打了会游戏，然后呼呼大睡了一觉，快到归队时间，由服务台叫醒。他没想到这一切被猎犬一样机灵的纠察看在眼里，逮个正着。当时，几个在网吧、酒店、车站等重点场所蹲守、游荡的"便衣"发现了这一情况，立即报告旅司令部军务科长。几个"便衣（纠察）"料想最糟糕的情况是这个"鸟兵"可能和地方上不三不四的女人勾搭在一起，但他们拿不定主意，不知道如何处理。军务科长说，沉着冷静，无论发生什么，无论他和谁在一起，不要管，在他退房离开酒店后，直接把他带到"条例学习室"。

烈日当天，远处营盘不时传来哨声，兵们操课间休息了，又开始训练了，一切已循环往复好几次。三四个纠察百无聊赖、汗流浃背地蹲守在酒店周围几个小时后，终于看到刘长河容光焕发、精神抖擞地走出来。他们也注意到，从刘长河入住到离开就没有女性顾客光顾，只有零星几位男性客人离开。那个时段不是住店时间，就像没到"饭点"，饭店少有客人一样。

晚点名后，武朝晖去"条例学习室"接刘长河回来的路上，问他为什么那样做。刘长河说，每天高强度训练，他感觉很累，心慌，差不多已经到了极限，很想休息会儿，于是想出这个很"二"的办法。

连队提出要给刘长河警告处分，至少在全连军人大会上作检查。武朝晖坚持只让他在班、排务会上做书面检讨，至于进一步如何处理待比武结束后，不能还没上"战场"，就先挫伤其锐气。说责任主要在他，对实验小分队成员关心体贴不够，思想和管理工作没有跟上。武朝晖是年初当选支委的，他能选上，有资历、能力的因素，最主要的是支部从抓训练的角度出发，大家比较看重他。大功连四个排长中就武朝晖是支委，连长、指导员有什么事都要事先听听他的意见。在处理刘长河这件事上也这样。

武朝晖向指导员求教，也算求援，眼下就差一把火，这士气如何才能鼓起来呢？指导员也眉头紧锁。营盘到处是充满火药味的广告牌："瞄准实战练兵""仗怎么打，兵就怎么练""首战用我，用我必胜""召之即来，来之即战，战之能胜""平时多流汗，战时少流血"……几乎每个连队都有自己的"龙虎榜""标兵榜""尖兵牌"……那些军事训练骨干大汗淋漓、杀气腾腾的大幅照片被制作成日历牌、广告栏、灯箱，走在营区，随处可见，一个个虎虎生威的样子，看了让人热血偾张。指导员说军人很多时候是为荣誉而战，为胜利而

战，提出将他们八人小分队全副武装的训练照片制作成海报，张挂在连队显眼处，同时小分队成员每人发一张，作为纪念。武朝晖很不习惯这种飞机上装喇叭似的高调，哪怕在战区比武夺得冠军，他也不愿意这样做。可一时也想不出更好的办法，只能默默地看着指导员把文书叫来，如此吩咐一番。没想到这一招还真有点作用，他们八人小分队又拧成一股绳，在训练场上亢奋地号叫起来。

武朝晖的实验小分队先是各组之间相互出难题，出情况，玩对抗；后来，和连队每个班轮流较量，几乎所有的班都败下阵来，哪怕是最牛的大功一班也不例外。和一班比试时，兵们抡起十八般武器，各显神通，使尽浑身解数，双方顶牛一样打红了眼，多个回合下来，三比三，最后加赛一场，武朝晖带领的小分队守正创新，剑走偏锋，以微弱优势取胜。以赢弱杂牌军胜一班这张"王牌"，武朝晖心里有那么一点点底了。

秋高气爽，天气渐凉。经过半年多夜以继日的备战，预定比武的日子一天天临近。武朝晖好像听到旗帜猎猎，冲锋号、喊杀声掠过原野时的惊心动魄。夜深人静时又感觉那只是自己的心跳。营连干部来得更勤了，但不再挑刺找毛病，只是说轻松上阵，战略上藐视敌人，战术上重视敌人。指导员口占一联：狭路相逢勇者胜，鹿死谁家未可知。其实，越是这样，武朝晖的小分队越感到大战在即，手心冒汗，有刺刀见红的紧张与严峻。

秋色浓重，不时有一行行大雁南飞。有消息传出，比武可能取消，改为旅一级实兵对抗。对于集团军、战区一级来说只是换一种形式，实兵实弹演练更能检验一支部队的全面作战能力，但对于一个铆着劲为此准备了多时的小团体来说，无异于锻剑时将烧得火红的利剑突然泚在冷水里，这也许是淬火的过程。那天军人大会快结束时，指导员满脸严肃地说："由于情况有变，上级通知取消这次比武，一周后我们连将在我旅编程内，奔赴皖北某地与某部展开对抗。我们连队八位同志为了这次比武付出了很多心血，做了充分准备工作……他们的付出是值得的，号召大家以他们为榜样……"兵们纷纷侧目，武朝晖的小分队呈一路纵队坐在最里边，黑黢黢的一个个如一排木雕。

军人大会解散时，武朝晖坐在座位上嘶哑着嗓子说："我们小分队留下来，我和大家说两句。"兵们稀里哗啦鱼贯而出，楼下排房里转眼传出说笑声、叫喊声。不一会儿，三楼课堂兼会议室传出："大刀向——鬼子们的头上砍去——"声嘶力竭的歌声，那不是唱，是咬着牙和着眼泪竭尽全力地喊，是一股悲壮与豪迈发自胸腔的吼，震得玻璃窗嗡嗡作响。顿时，楼下排房里变得很安静。

第三章
昔我往矣

沙场秋点兵

嘹亮的号角拂过金黄的法梧树梢，几朵白云衬托得蓝天似乎更加辽远。秋天是出远门，也是回家的季节，不管是秋高气爽还是秋雨连绵，总让人思绪翩然，有种说不出的感觉。

合成旅是国庆节前一天回营的。这次出乎意料地险胜"D军"，几个旅领导兴奋得漫卷兵书喜欲狂。"D军"是战区的"王中王"，很多虎贲、尖锐与其过招，败的样子很难看。合成旅现任旅长到职以来，几次与它交锋，均败北，合成旅全体官兵每次都是痛定思痛地复盘、反思，这一次是瞅准"D军"几个细小、一闪即过的失误展开凌厉攻势，终于以微弱优势取得胜利。

返回营区，他们车队是晚上九点半出发的。晚上行进，尽量不影响老百姓的交通出行，这是多年来的规矩。各种车辆几百辆，绵延几十千米，先头车已出发半个小时，保障收容车还在原地。如此庞大的队伍出动，那阵势、那动静大得惊人，夜深人静时开进，能做到少扰民。上级要求每位干部必须带车，责任心强的党员骨干也得带车。武朝晖坐在M型装备车上，这可是他们部队的宝贝疙瘩，他不敢有丝毫松懈，二十多个小时，他不时和驾驶员东拉西扯，每当前面通知休息，他让驾驶员抓紧时间眯一会,天塌下来都不要管,何况天塌不下来。夜已经深了,车队如一条灯光巨龙穿行在茫茫夜色中,一路上少有地方车辆,即使遇到,他们也是看稀奇一样,开得很慢很慢,想多瞄两眼。车辆匀速前行,发动机声音单调沉闷,车灯前蚊蝇飞舞。他们大部分时间在国道上行驶,偶尔也上高速公路。对于带车干部来说,他们更愿意走国道或乡村公路,那样可以看看远处近处昏黄的灯光,不时还会传来阵阵犬吠。

武朝晖坐在车上,思绪如路光下的蚊虫胡乱飞舞。有次,他们外出训练,回营盘时路过一个村庄,那威风凛凛、轰轰隆隆的M型大家伙惊得鸡飞狗跳,有只找死的花母鸡飞蹿到车轮下"挂"了。一个中年妇女上前,拦在车前耍泼,漫天要价。她知道当兵的有严格纪律,好说话,以前当兵的开车出来训练,偶尔压坏庄稼什么的都是"照价赔偿",老百姓说多少就是多少。这次,她好像得理不饶人,一只鸡开价好几百,说什么她的鸡下蛋,蛋孵鸡,鸡鸡蛋蛋无穷无尽。偏偏那天兵们身上都没带钱,武朝晖将身上唯一的一百块钱递给她,她接过后气得像母老虎:"你打发叫花子呢,就这点?"双方僵持良久,眼看天快黑了。列兵李喆在车上百无聊赖地按了下武器旋转按钮,车上机枪等武器马上呼呼啦啦掉头转向另一个方向。村妇以为他们要退回去,溜走,马上跑到车后躺在地上。武朝晖朝驾驶员使个眼色,驾驶员立即加大油门扬尘而去,那村妇气得跳得老高,至于骂了些什么,听不真切。每次训练、演习都有"小花絮",有的记忆深刻,有的随着时光流逝飘散在风中，就如这次的战斗口号，很多连队喊出："战胜D军，向国庆献礼""活捉D军司令，马上立三等功""瞄准强敌，展劲旅雄风"，大功连的口号是"打胜仗，国庆放假七天"好像更具体，更有鼓动性。合成旅回撤还算顺利，几百千米的路程，就几辆炮车出了点小情况，临时抛锚，很快就处理好了。

武朝晖一回来就递交了请假报告。有人说怎么这个时候休假，等过完节再休不好吗，武朝晖兵龄不长，但基层部队的"放假"就是"假放"。节假日的战备，有时比平常还忙、还紧张，再加上一些必须参加的娱乐活动和临时任务，放七天假，能休息三四天就算不错了。不如在过节前走，放假一结束肯定就是演习总结，复盘双方攻防得失，紧接着就是年终总结、老兵退伍、新兵入营等，一环套一环。这些年，各级一再强调要按计划、按比例，合理安排官兵休假，并将其纳入单位的年度管理考核目标。对于实在因工作需要不能安排的，要发放工资的三倍补助。最初好像是全额工资，后来是基础工资，再后来变成基础工资的前一两项，有点像"鸡肋"。武朝晖选在这节点休假，他盘算已久了。

随着车窗外的山川形势、集镇房舍渐渐似曾相识，从下上旅客的衣着、精神、说话口音的变化，武朝晖感觉老家愈来愈近了。这一次好像离家很久了，一切都那么亲切，阵阵凉风吹来，空气中依稀有柑橘的飘香，有稻禾、青草的气息，他胸前涌起"白日放歌须纵酒，青春作伴好还乡"的豪情。

夕阳温情脉脉，好像不忍离去，武朝晖走在熟悉的乡间道路上，难得碰到一个年轻人，不时有上了年纪的人问，你是回来帮你父母收割的吧。也有大娘大婶见到他，满脸惊讶，你去哪，干什么去了，怎么比当农民，比下地干活晒得还要黑、还要瘦。官兵每次演习、驻训、海训回来都这样，一个个跟非洲难民似的。武朝晖仅有的一两次回家，几乎不穿军装，加上当兵是从大学里走的，村里知道他去当兵的人不多，尤其是那些上了岁数的人，只记得武家的"满仔"（最小的儿子）有出息了，考上了名牌大学。遇到这些事，武朝晖也不解释，只是腼腆地笑笑，还像他在家的时候。

这半年多来，武朝晖明显地感觉到李丽娟在动摇，情感像季节变换时的天气飘忽不定，如果他不打电话，不发信息，她几乎不主动联系，有时候回应也就简短几个字，就如他付出的是深情炫目、令人窒息的长吻，她回复的只是浅淡一笑。糟糕的是这半年多来，他实在是忙，有人形容忙得像打仗，他大部分时间确实在打仗。感情有时候像相互吸引的两个半球，你侬我侬时阻力越大，两个半球抱得越紧，如果隔着遥远的空间，就难说了。所以，有人说现代社会，时空差距是情感的冷面"杀手"。

这场感情是武朝晖吹起冲锋号，首先发起排山倒海的攻势，他必须坚持，哪怕是漫漫长夜孤独的奔跑，只要还有微弱星光般的希望，他就必须像战士坚守阵地那样坚持。

李丽娟从市里的大学毕业后，拿到教师资格证，并顺利通过入编考试，进入县城一所中学当老师。她的大致情况，他是知道的，但一些具体细节，就不太清楚了。以前，她几点起床，几点入睡，晚上吃的啥，在哪儿买到什么好吃的、好看的、好玩的，遇见怎样惊喜开心的事，又和谁拌了几句嘴，碰到哪些让人心烦的事，都会一一告诉他，虽然他们不在一起，但一天好几个电话，百十条信息，她的生活他随时在场，密切参与。这个过程，他倾听多说得少，勉强算得上一个合格的聆听者。回想起这半年多来，他每天除了忙，还是忙。战备、训练、演习的事不能说，说了她也不感兴趣。很多时候当他上床躺下时，已是第二班岗下哨了，临近午夜，她早已进入黑甜的梦乡。谈恋爱就是说废话，让旁人听起来浑身起鸡皮疙瘩的废话，当耳鬓厮磨的细节、喃喃细语的废话如文火煲汤一样，时间久了，情就浓了，味道就出来了。男女双方隔着时空的河流，疏于联系，彼此生活中的细枝末节就像沙滩上抽象的纹理，一个浪头，一阵大风就将其变得漫漶，似乎又有了新的花纹。但往日，乃至刚刚的景象，因时过境迁，难以述说，或不堪言说。

　　武朝晖休假前问她，国庆放假有出游计划吗，她半天回信息说，暂时没有。他是国庆节那天到家的，第二天就去找她。小县城几乎没地方可去，去茶座，那儿成了棋牌室，打牌抽烟的多，满屋子一股难闻的味道；去公园吧，老人孩子，人来人往，追逐打闹，那儿也不是说话的地方。他俩不约而同地想到烈士陵园，那儿只有风和鸟栖息，还有他们青春的零星记忆。上学时他们每年清明排着队去给烈士扫墓，回来后老师布置写一篇作文，仅高三那年没有去。

烈士陵园在县城西边，一座徐缓的小山岗上，上面种满了青松翠柏，有的合抱之粗，树冠如云，有的仅碗口大小，亭亭玉立，一座座坟茔像列队操练，又像聆听会议一样散布林间，每座坟茔前面都立有一块样式相同的方正水泥碑，上面的刻字描得鲜红，有的坟茔看得出里面是土堆，外面用砖头包砌起来，砖头发黑满是青苔，有小草从砖缝间探出来，那些烈士可能牺牲时就安葬在这，他们是陵园的老住户；有的用水泥浇筑，颜色发白，建造时间应该不长，他们是近几年从周边陆续迁过来的，就像如今很多乡村正在兴起的集中统一安置。武朝晖他们县是革命老区，红军长征时打这儿经过，发生过零星战斗，有零星红军战士长眠在这片土地上，被当地乡亲掩埋。每年清明，当地人给自家祖先上坟时，也不忘给不知名的红军战士"挂青"，即在坟头插一根包扎纸钱的树枝，以示这个坟茔还有后人。抗日战争后期，日本兵像蚂蚁搬家排成长长一串，过了几天几夜，紧追而来的"中央军"也过了几天几夜，"中央军"和日本兵接火后，打得那个凶火（激烈）哟，双方的尸体能堆成山，血流得像大雨过后汇成的小溪。乡亲们将小鬼子和"中央军"分别掩埋，日寇坟堆上插一块上书"倭寇"的木牌，很快木牌不知所终。"中央军"坟前立有石碑，早些年"中央军"的墓不受待见，石碑被毁，后来人们懂得，"中央军"打鬼子、保家卫国把命送了，也是烈士，于是"中央军"的坟茔也迁到了烈士

陵园。解放战争后期，解放军和国民党桂系军队在县境打过几次大仗，这时两边战死的有云泥之别，国民党军由于仓皇败退，战死的填埋沟壑，与草木同朽，几年后了无痕迹；解放军因为夺取政权，牺牲人员大多留下姓名，立碑纪念。陵园里的"原住民"应该是在解放战争中牺牲的。

武朝晖和李丽娟漫步陵园，在一道缓坡上有把水泥长椅，武朝晖看了看椅子，又望了一眼李丽娟。她停住脚步，武朝晖像以前一样从随身携带的黑色大包里掏出一块厚实的粉红色毛巾摊在椅子上，她略一迟疑，落座。武朝晖挨着她坐下，从见面到现在他没拉过她的手，刚才给她垫毛巾算是最亲昵殷勤的举动了。他们中间像是隔着厚厚的隔膜，彼此间变得陌生，说话不太自然。武朝晖心里好像有很多话，一时不知从何说起，仿佛又回到中学时期，每一个毛孔每一个细胞都恨不得伸出触角，能感知捕捉对方每一个细微的表情，因此更小心谨慎，说话变得磕巴。

武朝晖没话找话："到这儿你不害怕吗？""大白天的，怕什么呢。"她的目光越过树梢，投向远方收割后的田野村庄，又幽幽说了句，"和你在一起，哪儿都不怕。"武朝晖心微微一动，这时林间依稀有风拂过。

武朝晖说："我从不感到害怕，不怕坟墓，不怕鬼呀神呀的，小时候跟着父亲给祖先上坟，我觉得躺在里面的是我们慈祥的亲人、长辈，他们不会伤害我。在烈士陵园也不害怕，他们是正义、高尚的灵魂，尤其是当兵后，我时刻准备着与他们为伍，和他们在一起，哪怕只是衣冠冢。"烈士陵园有几座衣冠冢，是在抗美援朝、抗美援老、抗美援越，以及在几次边境战争中牺牲的烈士，他们的遗体大都就地掩埋，有的在异国他乡，这里埋的只是衣服、皮带、钥匙串等简单几件遗物，方便他们的亲人和家乡人们祭扫、纪念。

李丽娟满脸疑惑地看着他，似乎没缓过神来。"如果真那么一天，无论我们之间结局如何，每年清明，你会来看看我，陪我说会儿话吗？"武朝晖的轻言细语如一颗子弹瞬间击中李丽娟，她好一会儿没吭声，当头缓缓抬起时，满眼是泪。

那天，李丽娟讲起她父母的故事，有些是她前些日子才陆续听说的。她父亲曾经是位军人，当兵前家里兄弟好几个，穷得叮当响，是村里的"少数民族"，小户小姓，唯一的优势是根正苗红出身好。母亲的父亲，也就是她外公是村支书，母亲是村小学的教师，虽然最初只是代课，但凭母亲的聪明能干和外公的活络，转为公办应该很有希望。他们是经人介绍认识的，那时父亲已经提干，母亲像 20 世纪 90 年代初很多年轻姑娘一样，满腔柔情，心怀憧憬，崇拜军人。在他们简朴的婚礼上，黑瘦木讷的父亲和白皙漂亮的母亲站在一起，只因那一身笔挺毛料军装才不至于那么黯然失色。

他们结婚以后，父亲每年回来休假探亲，只有在那段日子母亲才跟着父亲去婆家住，父亲回部队后，母亲又回到娘家。父亲家太穷了，生活条件差，母亲住不习惯。这时，外公经常帮衬爷爷家，指点、透

露一些挣钱的活路给父亲的几个兄弟，父亲家是当地小姓，因为攀上村支书家这门亲戚，尤其是村支书背后那人多势众、气吞如虎的大姓，父亲家的境况明显好起来，以前是走路低头，说话低声，见人低气，现在与邻里乡亲相处，人情往来虽然没有"阔抖"起来，但精气神好多了，腰杆打直多了。日子渐渐有了起色，父亲几个兄弟陆续有人上门提亲，三五年光景先后都娶上了媳妇。在母亲没嫁过来之前，尽管父亲当上兵，还成了军官，村里谁都知道，但那只是个名气，在那山高路远的高原边疆，一个小小的部队干部，村里人只是嘴上客气客气，心情好的时候恭维几句，如果碰到眼屎大的好处、利益，如小额低息贷款、扶贫帮困、救灾慰问等，什么都轮不到父亲家，民主投票也好，村干部提名也好，谁也想不起你，更不会让着你，谁也不把你家当回事，但是修路、筑堤、派义务工、下大力、当苦差，村干部首先想到的就是父亲家几兄弟。

李丽娟缓缓说起的这些，武朝晖也深有感触。他们家在当地也是小姓，他们村和周边几个村都是几个大姓把持着村里的大小事，入党、当兵，据说20世纪六七十年代还有推荐上学、招工、招干等，村干部一言九鼎。村党支部发展党员长期由大姓子弟"包揽"，小姓青年即使再优秀再积极也不可能有出头之日，再加上农村那巴掌大、鸡犬相闻的熟人社会，农民有朴实憨厚勤劳善良的一面，但他们很多时候见不得邻居比自己好，尤其是与自己没有多少"关系"的小姓人家。小姓子弟侥幸当兵将要提干，或出远门、在外地马上就有出息了，刚

冒芽，就被几封莫名其妙的"人民来信""实名举报""网络发布"搅黄。很长时间，小姓子弟唯一的出路就是苦读，考上名牌大学，像武朝晖这样子，他们毫无办法。上一级政府，乡、镇领导也许知道有的村不是没有"王法"，而是有他们自己的"王法"，但很多工作、政策得依靠几个大姓落实，如果大姓一抵制，根本无法推动，有的事只要不太惊天动地、伤天害理，以致人命关天，他们也就睁只眼闭只眼，得过且过。如今，随着人们纷纷外出打工，农村经济的发展，这种情况像阳光下的白霜，也在慢慢溶解消散。

李丽娟说，她父母两地分居，每年一度"鹊桥会"，那时候联系主要靠写信，一封信在路上要走一个多月，有时甚至几个月，尽管聚少离多，但他们很恩爱，见面时如胶似漆，分别的日子刻骨思念，婚后一年多母亲生下一个大胖小子——她未曾谋面的哥哥。如果日子就这样不紧不慢、亦苦亦甜地过下去，那就是白雪公主和青蛙王子在那个年代的又一版本。

她父亲在条件艰苦的高远边疆，铆着劲儿干，进步很快，不到十年就当上了副营长。那时候晋升为副营级干部（或军龄十五年），老婆小孩就可以随军，可以转户口，没工作的在边疆地区能安排工作（据说在大城市很难）。父亲劝母亲随军，一起去高原边疆。离开山清水秀生活多年的湖南老家，离开熟人社会和相互帮衬的亲人，几乎被连根拔起去一个风沙漫漫的苦寒之地，母亲犹豫得像盲人下山一样，哆哆嗦嗦地迈不开腿。父亲从不说那儿冷，那儿偏，那儿路难走，只捡好的讲，说那儿生活条件比村里强多了，那儿有商场菜场农场，大城市里有的那儿都有，父亲还展示出一些风光秀丽、生鲜香辣的照片，有图为证。母亲终于经不住父亲的诱惑与劝说，想着能和自己"男客"（丈夫）在一起，想到在那能成为一名有正式编制的教师，那是母亲梦寐以求的。

　　母亲把两岁的哥哥放在老家，只身跟父亲去了边疆。她满以为能和父亲在一起，从此相守相依。没想到她安身的地方是在他们部队的生活基地，离父亲守卫的哨卡还有一百多千米，从基地开车到哨卡，以当时的路况车况得三个多小时。母亲几乎没费周折就被安排在一所小学当老师，教三年级的语文。班上十几个学生，年纪从十来岁到十六七岁，他们的汉语基础都很差，三年级应该能写言辞达意、简短明白的作文了，可他们连拼音知识还没掌握，简单的造句都不会，母亲只得从一年级的基础知识开始补起。尽管对那儿的气候、环境、生活一时还难以适应，但工作很快就得心应手，而且深受学生和家长们喜欢。她干得很欢，好像找到了自己的人生价值，觉得那里的孩子更需要她。那儿说是一个县城，其实就一条街，还不如内地一个小镇人多热闹。父亲在不忙的时候，乘坐基地的保障交通车，一星期回来一次，周五晚上回家，周日晚上归营，忙的时候或大雪封路的时候，一两个月回来一趟。家里装有军线电话，每天能说说话，这比在老家时要好一些。

　　母亲在基地渐渐安顿下来，日子过得顺溜后，就开始发疯一样想

念哥哥，尤其是每天下午学生放学回家后，父亲又不在身边，母亲被巨大的寂寞空虚和思乡情绪裹挟，一想起年纪幼小的哥哥就止不住眼泪哗哗地流。她几乎每天打电话回家，听哥哥奶声奶气地说话、叫唤，她的工资很大一部分贡献给了电信部门。那时候长途电话费还很贵，一分钟要一块多钱。哥哥满三岁时，父母回家探亲。哥哥刚见到他们时还怯生生的，很快就明白家里来的两个陌生人是他最亲的人，血缘情感上的天然亲近，使哥哥非常黏父母，父母也像要补偿他一样，百依百顺地宠着他。在一家三口欢欢喜喜团聚的一个多月里，父母经常小声商量，争吵着要不要带哥哥上高原。父亲坚决不同意，母亲一心想带上、带在身边，心里那个纠结、揪心呀，任何一点小事、一个小物件都有可能触及她的酸楚处，让她变得满怀心事，后悔不该随军去那个比天边还远的地方。母亲终究没拗过父亲，答应不带上哥哥。父母准备启程的那几天，年幼的哥哥可能有什么预感，特别黏母亲，母亲到哪他都跟着，几乎寸步不离。他们走的那天，外婆把他哄开，说是带去看鱼，买棒棒糖。哥哥可喜欢鱼了，看到水里游来游去的鱼就挪不开腿，如果嘴里再叼一根棒棒糖，对他来说那是世界上最美的享受。那天，外婆牵着哥哥出门时，卖鱼的收摊了，只买到两根棒棒糖。祖孙俩串了几户人家，哥哥突然吵着要回家，拉住外婆指着来的方向，声音稚嫩地说回，回，回。外婆料想父母已经出门走远了，没想到在村口一处拐弯的地方，哥哥猛地看到正四处张望、一步三回头的母亲，哥哥顿时像发疯的小野兽，一下子挣脱外婆的手，跟跄奔跑着向母亲扑去，紧紧抱住母亲……

　　李丽娟说到这儿几乎泣不成声，眼泪哗哗地流，好像她一直在场，如天使一样默默看着这一切。树叶很安静，风也似乎停住了。过了一会儿，她接着说，以前她只是隐约知道她曾有过一个哥哥，关于哥哥的一些事母亲最近才和她谈起。母亲说，她永远忘不了哥哥痛哭时的样子，满脸通红，嘴唇发青，太阳穴旁的筋脉突起，哭得声嘶力竭，天昏地暗，仿佛他将失去整个世界。对于孩子来说，母亲确实是他的整个世界。母亲也哭得稀里哗啦，泪雨滂沱。这时，母亲临时改变了主意，紧紧抱住哥哥，坚决要带哥哥一起走。父亲还是不松口，说那儿生活条件差，氧气都吃不饱，大人的日子都过得磕巴，哪里顾得上小孩，这些父亲以前从没说过。哥哥好像听明白了父母在争执，哭得更凶，有那么一会儿突然没了声音，眨眼又抽回来，哭声变得尖细，好像随时会背过气一样。母亲说，她有时间，能照顾好孩子，何况基地上随军家属中有那么多老人、小孩，为什么我们娘俩不能在一起？缺那口吃的还是那口喝的？母亲把哥哥紧紧搂在怀里。父亲硬着脖子，铁青着脸，还是一声不吭。母亲哭喊着："不要你管，我们娘俩死也要死在一起！"在母亲倔强的抗争下，外公外婆匆忙帮哥哥收拾了几件换洗衣服，带上他仅有的几件玩具。一路上哥哥像小狗一样十分温顺乖巧，小心警觉、察言观色地紧紧跟着母亲，她上趟厕所都蹲守在门口。怎么也没想到一年后，母亲当时的一句气话竟一语成谶。

　　哥哥跟着父母亲来到高原边疆后，像鱼儿入水一样很快适应了那里的生活。他上学的幼儿园和母亲的小学在一起，老师大都是天南地北的随军家属，都很喜欢他。他和家属院里的众多小孩一起追逐嬉戏，如果说那些七八岁、八九岁的大孩子是活泼的"小飞鱼"，跑得跳得更远更欢，那么像哥哥那样大的三四岁、四五岁的小屁孩就是一群"小鱼苗"，三五成群地在家门口附近安静、自得其乐地开汽车、玩沙子。更大的小孩可能父亲已转业，转学回内地读书了；更小的或许没有来。哥哥学会了几句南腔北调的话，偶尔冒个泡逗得大家哈哈大笑。其实，基地海拔比较低，自然环境、生活条件和内地相差不是很大，内地流行啥，有什么时尚衣服或好听的歌曲，隔些日子基地也会悄悄流行，只不过慢半拍。那儿并不像人们想象的那样"羌笛怨杨柳"般荒凉，基地大院仅家属小孩就有好几千，是县里最大、举足轻重的"单位"。基地里有幼儿园、小学、中学，有篮球场、足球场、电影院、游泳馆；有饭店、医院、商店，甚至还有几个不大不小的农场等，完全是一个可以自给自足、内循环的小社会。哥哥的到来，母亲每天的日子被塞得饱满而充实，母亲的全世界是哥哥，因哥哥的全世界是母亲，他们彼此拥有整个世界，整天忙忙碌碌，来不及甚至没有烦闷和思念。父亲还是像以前那样，一星期或更久回来一次。由于父亲不时变着法子给哥哥带回来一些小玩具，哥哥和父亲的关系渐渐解冻，发展到几乎结成"战略同盟"，有了男人之间的小秘密。父子俩一起散步，锻炼，做游戏。一家三口柴米油盐的庸常如果就这样岁月静好地过下去，那么即使沧海桑田，地老天荒也如巴山夜雨、西窗烛光一样短暂、宁静美好而绵长。

母亲说，哥哥五月二日那天满四周岁，那是她和哥哥满怀期待的日子，五一放假，父亲肯定会回来。四月中旬，父亲周末回家时说五一不一定能回来。母亲说，那我们就去看你。父亲说到时候看情况。"看情况"是父亲对不确定事情的口头禅。母亲不相信父亲不能回来，整整七天假呢。其实，父亲已经知道自己回不来，他只不过是放口风，让母亲和哥哥有个思想准备。四月二十九日晚上九点半，父亲来电话说五一不回来了，走不开。说完就像大领导一样，不等母亲开口就挂了电话。父亲打电话大都是这个点，他查完头班岗回来，也顺便查一下老婆孩子的在位情况。从母亲一拿起电话，哥哥就在床上兴奋地支棱着耳朵。当母亲宣布父亲不能回来时，哥哥像眼睁睁地不能拥有心爱的玩具一样，难受得差点哭了起来。节假日营连主官在岗在位，是战备需要，也是稳定部队需要，特别的日子里主官和兵们执行"五同"，同吃同住同劳动同操练同娱乐，如今随着网络生活的兴起，另一种五同是：同加群同关注同评论同语言同游戏，这些本身能让士兵有存在感、被关心被关注感，始终情绪饱满。

母亲和哥哥是四月三十日那天下午两点多，乘坐去哨卡的生活保障车出发的。马上就要过节了，大批主副食品早就送达了，这次送的是一些娇贵的时令水果、蔬菜。出发前，母亲给父亲打电话说，趁放假我们想过来看你。父亲犹豫了一下，答应了，叮嘱他们多带点厚衣服。时节已近五月，江南已经草长莺飞，春意盎然，高原依然春寒料峭，只有背风向阳的地方有星星点点绿色。以前，哥哥一直吵着要去哨所看父亲，父亲在他眼里是了不起的大英雄。母亲也想去看看父亲站岗放哨的地方，看看他们这群大老爷们守护的是怎样一片迷人的地方。

阳光亮晃晃的，感觉并不热，但直晒在手臂上，似乎有灼痛感。月亮好像一直自顾自地在那儿，太阳移到哪儿，它就顾盼生辉、顾影自怜地在那儿。愈走愈荒凉，愈走风愈大，气温也似乎愈冷。到了目的地，一下车，哥哥看看眼前的一切，愣住了，紧紧拉着母亲的手："妈妈，我不喜欢这，我们回去吧。"

父亲上前将哥哥紧紧搂在怀里："儿子，这是我们的地方，不喜欢也要在这儿。"

哥哥望着围上来的一张张朴实憨厚灿烂的高原红，说："爸爸，你也跟我和妈妈回去吧，这儿还有那么多叔叔呢。"

"如果这些叔叔和你想的一样，大家都走了，那怎么办？"

哥哥嘟哝着，不知所措，大家笑了。那座哨所第一次有女人和小孩上来，官兵们高兴得像过年一样，七手八脚，欢声笑语，热气腾腾地忙碌着。

人群散去，哥哥在父亲房间里看动画片。母亲站在屋外的走廊上定神望去，那是怎样一个地方呀，荒凉得像月球表面，又像沙漠又像戈壁，近处的山岭发黑，沉默冷峻，远处依稀能看到雪山，天空辽远，大地苍茫，看似了无生气又生机无限，视野里没有一丝绿色，唯一一点就是士兵的军装绿，移动的绿色。几栋孤零零的营房立在山弯背风

处，依然能听到风在野地里厮打奔走，凄厉嚎叫的声音，在户外迎风走得弓着腰，如果在风口估计站立都困难。父亲指着不远处告诉母亲，那边就是国境线，过了那座光秃秃的小山岭就是某某国家。

母亲问："你在这多久了？"

"前后八九年了吧。"

母亲望着四面玻璃窗的瞭望塔说："平常你们就这样守着？"

父亲说："不全是，还要定期、不定期巡线。"

"巡线？"

"是的，巡电话线和国境线。"父亲打住了话头，母亲顺着他的目光望去，那边营房门口哨兵在换岗，即使面对的只是茫茫荒野和冷飕飕的风，他们依然做得有板有眼，认真得一丝不苟，有条不紊。父亲收回目光说，"过去我们巡线有时候得靠'GPS'，现在我们有了自己的'北斗'，一有情况，随时随地可以拨打卫星电话。"

"你们都用上了卫星电话？"

"是的。只能用来上报军情。我们有个大龄班长，好不容易对上一个'象'，一天他在巡线过程中用卫星电话和他女朋友通了三分钟的话，上级追查下来，要求处分他。事后，我了解到那天是他女朋友的生日，那个班长是前两天出发的，还有一天才能到达营地，他女朋友生日那天他恰好在巡线途中，在茫茫戈壁，寸草不生的高原，手机根本没信号，于是他抱着侥幸心理，用了一下随身携带的卫星电话。我和支部几个人商量了，开军人大会，宣布给他处分，令他做出深刻检查，但处分并没有装进他的档案。地方上的青年男女谈恋爱送玫瑰，一起看电影，共进烛光晚餐，一起HAPPY，我们的战士打三分钟的电话就这样，如果档案里有处分，干多少年回家政府也不能安置工作，那个班长在这么艰苦的地方守了十几年，不能让他回去一无所有呀。我们要讲纪律，要坚决刹住坏风气，但也要讲良心……"父亲好像觉得自己的话多了，不好意思地笑笑。母亲很少见父亲那样笑，难看得像哭。他们说话间，有几拨兵过来悄声问这问那，因为打扰他们，露出很不好意思的神情。

"我很想有一天去看看父亲当年站岗放哨的地方，陪他去走一走，他经常不经意说起那儿的人和事。"李丽娟说完，沉默好一会，深深吸一口气，下面的述说好像得使很大的劲。

那天晚上八点多了，天还微睁着眼，灰蒙蒙地亮着，这时飘起了雪花。屋外隐约有兵喊："下雪啰，注意……"父亲出去了一趟，进来时带进一阵刺骨的风，还有肩头的雪花。他眉头紧锁，说这不对头呀，你们来之前我特地看了这几天的天气预报，说是多云，怎么会突然下起雪来呢？再看天气预报，预报员已经改口，说是雨夹雪，有小雪转大雪。父亲不放心几个关键位置的岗哨，还得去转转。临出门时自言自语："这个季节以前下过雪，但次数不多。"

"落雪啰！"哥哥丢下动画片和手里的零食兴奋得跑进跑出，母亲在后面紧撵着，他一出门就赶紧拉回来，来回折腾，真恨不得用绳子把他拴起来。有一两回他那小小的身子差点被风雪"吃"了，母亲叫喊奔跑着把他拉到房间时，累得气喘吁吁，呼吸困难，几乎虚脱。哥哥以前是见过落雪的，可能没什么记忆。高原上的雪和内地完全不同，内地下雪像个大家闺秀出门，开始害羞扭捏一下后，然后就自顾自、落落大方地飘落，冰清玉洁，清秀安静，天气也不太冷。高原的雪像个醉酒的悍妇蛮不讲理，要疯耍泼，就地打滚，乱打乱摔，风裹挟着成片成团的雪，随心所欲地翻滚飞舞，打在脸上刺痛，即使对面也几乎看不见人影，听不见声音。

晚上临睡前，母亲不敢给哥哥洗澡，只是用热毛巾帮他擦擦身子，然后换上干净衣服。当母亲的手伸到他后背时，他的纯棉小内衣早被汗水洇湿，已经变得冰凉。

雪愈下愈大，有一阵子风好像累了，歇了一会，然后更加起劲发狂发狠地吼叫。哥哥上半夜还好好的，睡得安然恬静，天快亮时翻来覆去的，很是烦躁。母亲睡觉浅，很警醒，突然惊叫起来。哥哥脸色通红，嘴唇发干，额头发烫，显然是感冒发烧了。父亲深知在高原患感冒的危险，那里沸腾的水都只有七十度，氧气含量本来就低，再加上患感冒会出现鼻塞等症状，加重高原反应，导致缺氧，诱发高原肺水肿，继而脑水肿……早年哨所生活，医疗条件差，曾有年轻战士就因为一个小小的感冒而牺牲把命送了。父亲熟练地帮哥哥吸上氧，立即叫来军医。军医查看了一番，给哥哥注射了抗生素，叮嘱多喝水，好好休息，千万不能再跳跃奔跑，注意保暖等。军医安慰母亲说，请嫂子放心，小孩子生命力旺盛，不会有问题。母亲一转身，军医把父亲悄悄拉到一旁说，这儿条件有限，小孩身体抵抗力、免疫力低，加上他没有给小孩看过病，没多大把握，请父亲想办法尽快送他们母子回基地，越快越好，那儿海拔低，医疗条件好……中尉军医大学毕业分到哨所才半年多，确实没经历过这么严峻的考验。医科大学毕业生到基层哨所只是"练兵"，积累一些经验后就调回基地医院了，这点和内地很多野战部队一样。

天大亮，雪没有停止的迹象，反而下得更大更急，天地间白茫茫连成一片，坑洼、沟壑、道路已经被风雪抹平，只是隐约露出浅淡的痕迹。母亲心急如焚，每一阵疾风都像利刀割在她心上，每一片雪花都像积压在她身上肩头，她像只困兽不停来回走动，声音嘶哑地哭泣，悲痛紧张压抑几乎到了极限，情绪随时都有可能"雪崩"。

父亲已经打电话给基地，那边很快出动救护车，已经在来的路上了。基地医院提出，让父亲带上军医和卫生员，以及简单救护设备乘车往基地方向赶。哨所到基地就一条简易公路，他们在路上肯定能会合。

雪小的时候零星飘下几片，似乎是余音，看起来像要停了，眨眼间又开始铺天盖地、天昏地暗地落，刚才那几片只是试探性，打前站的。一路上，雪浅的地方没膝，深的地方齐腰，"勇士"越野车在白茫茫的雪野里怒吼，走得很慢很慢。如一匹深陷沼泽的困马，又像一叶惊涛骇浪中孤苦无依的小舟。哨所除了值班执勤的几乎全出动了，兵们拿着铲子、木板、脸盆等所有能用得上的器具扫除前进道路上的积雪，无奈雪还在下，刚铲除的地方又积了厚厚一层。风，在屋子里听起来似乎不大，但站在无遮无拦的雪野里顿时感觉到它的无比威力，能吹得人仰马翻，身上那一点点热量瞬间就被搜刮得精光。

基地的救护车是第二天黄昏和哨所的"勇士"会合的，一百多千米足足走了三十多个小时，这还是在基地出动两台铲雪车，在很多地段一前一后轮流作业才完成的。哥哥大部分时间都在昏睡，偶尔醒来就哭着喊妈妈，声音愈来愈小，愈来愈细，虚弱得如刚生下来的小猫，他似乎很难受，很不舒服，小手小脚乱动乱蹬，扭动着小小身子，不住地挣扎，有一两次似乎使尽了浑身的力气，渐渐地没了声息……

哥哥是在母亲的怀里走的，她始终用一个姿势抱着他，稍微动一下都怕惊醒了他。她很长时间没有眼泪，甚至没有哭声，木然得让人心里发怵，直到基地医院几位医护人员强行把她怀里的孩子接过去，她才撕心裂肺地哭喊出声，然后昏倒在地……这个世界最悲痛的事莫过于自己的至亲至爱近在咫尺，眼睁睁地看着，身体感觉着对方一点点离去，自己却毫无办法。

哥哥去世后，母亲的世界塌陷了。她浑浑噩噩地过了半年后，提出要继续上课，学校领导担心，她这样能行吗？有心理专家说，让她有事做，和孩子们在一起，更有利于她身心恢复健康。母亲重新走上讲台，和孩子们在一起，情绪似乎好多了，孩子们都喜欢她，她也喜欢孩子，每一个孩子在她眼里都像哥哥，至少某个神态像哥哥，她不由自主地向每个孩子倾注慈母般的情感。

另一方面，她和父亲的关系几乎跌到冰点，她诅咒自己，后悔嫁给父亲，父亲不该给他们办理随军，不该带他们来到这个鬼地方，说他们结婚几年了，在一起的时间加起来不到半年，在他们母子俩孤单、生病、遇到各种困难措手无助的时候，他没有尽到作为一位丈夫、父亲的责任、义务……父亲偶尔嘴角蠕动小声责怪母亲不该把哥哥带来基地，更不该去哨所……有时像是自言自语，当兵就得准备打仗，就得准备牺牲，古今中外，保家卫国，哪儿没有牺牲呢？他们那个哨所从建立至今已牺牲了七名战士，加上军军（哥哥的名字），把他算作最小的"编外"战士吧，已有八名了。"人家的孩子养到十八九岁、二十来岁来到那儿长年累月地吃了那么多苦，就那样无声无息地长眠在那片只生长风雪的地方，我问问你，他们哪一个不是父母的心头肉，不是爷爷奶奶的小心肝……"

在狂风暴雨、凄风冷雨般大大小小的争吵中，母亲总是占上风，父亲笨嘴拙舌说不过母亲，也可能是他自知理亏，不想和母亲吵。母亲的记忆力是那么好，她能把多年前父亲说的每一句过头话、做过的每一件伤心事一一翻出来，罗列总结推理得是那么严谨，从小事扯到大事，再上升到普遍真理。母亲的真理是父亲冷酷无情，不关心她，对她没有感情。父亲好像说过，那时候吵吵也好，至少说明你娘精神正常，脑子还是好的，身体也还过得去，还有劲吵架。

父亲的身体和精神状况像是被命运猛地击了一闷棒，几个趔趄后，他缓过神来了，但感觉体力精力大不如前。父亲被调回基地，一边陪母亲，一边在机关干些跑腿打杂的事。不久，部队上安排他转业。

"你把我们弄到这儿，把孩子永远丢在这，你就要回去了？"母亲听说父亲将转业回老家，大哭大闹，提出和父亲离婚，说她要在那儿守一辈子，干一辈子，她撇不下孩子，那儿的每一个孩子。

父亲开始以为母亲只是发泄心里的情绪，像往常一样哭过闹过就算了，直到她写好离婚协议，逼着签字，拉他去民政部门，父亲才真正领教了母亲性格的刚烈，她这次不是闹着玩的。母亲在离婚协议上仅对父亲提出一个要求，每年五一无论在哪儿，干什么，他们都要赶到这里来看看孩子，陪他坐一会，说说话，以弥补曾经对他的亏欠。

哥哥走后，父亲很想送他回哨所，让他和那七名战士在一起，相互陪伴热闹些，大家都不会有那种令人感到窒息的孤单和害怕。母亲坚决反对，说那儿一年到头只有风雪季，一点绿色都没有，军军很不喜欢那，一到那就吵着要回家。母亲找的地方是离基地不近不远的一个幽静山谷，一棵毫不起眼的"鸽子树"下。

那座山谷有一大片"鸽子树"林，每年五月漫山遍野开满洁白的"鸽子花"。那地方父亲带她去过两次，那是打他们恋爱到结婚以来，父亲少得可怜的浪漫行为之一。在那人迹罕至的山谷，父亲指着朵朵精灵一样，展翅欲飞的"鸽子花"说，这种树叫珙桐，属于落叶乔木。最高可达二十多米，花蕾初为淡绿色，盛开呈乳白色，神似一只只灵巧的小鸽子，鸽子树由此得名。在海拔低一点、暖和点的地方是每年四月开花，这儿要迟一点。它是我国一级保护植物，是1000万年前新生代第三纪留下的孑遗植物，堪称植物界的"活化石""绿色熊猫"。1900年，英国园艺公司来我国采集树种，鸽子树从此远涉重洋，在一些欧美国家璀璨盛开，成为世界上著名的园艺观赏树种。1954年，周恩来总理赴瑞士日内瓦参加国际会议，发现了这种树，了解到这一珍贵树种源于我国，被西方人冠以"中国鸽子树"，周总理非常震惊，也异常兴奋，当即指示有关人员一定要重视对它的研究和发展。

母亲对父亲当时老学究背书本一样的讲解很满意，也许她当时只顾着欣赏花了，后来只记得那古老而美丽的"鸽子花"，周围的景色，她说印象不深。母亲把哥哥留在那儿后，郑重地对父亲说，她去世后也要到这儿来陪伴哥哥。

父亲软磨硬缠，好说歹说终究还是把母亲带回了老家。回来后，他们很快就离了，母亲还是回到原来的学校教书，只不过身份转成了"公办"。父亲被安排在乡里上班，开始是普通工作人员，后来乡镇合并，三四个乡镇合在一起，他居然当上了副镇长。也许是他工作踏实认真，上级看在他"为国戍边"十几年的分上，在领导岗位变少的情况下，他竟然逆势而上。

他们回来了，孩子没了，还离婚了。他们的故事在悄悄地传，让乡间一些女人咬耳朵、嚼舌根，人们看他们的眼神由曾经的些许羡慕变得非常复杂。他们沉默、忧郁寡欢的神情更让人同情，有慈祥的老人想安慰他们，一时找不到合适的话。有人给父亲介绍过，还是大学生，没结过婚的，是不是黄花闺女就不知道了；也有人给母亲介绍过，退休老干部，无房无车无存款的"三无"老光棍，这些都没有下文。

他们不约而同地去看过哥哥两次后，复婚了，于是哥哥委派我——李丽娟，来承欢他们膝下，安慰他们饱经沧桑、渐渐苍老干枯的心灵。这也是父亲看起来更像我爷爷，父母对我娇宠得近乎溺爱的原因。在家里他们很少谈基地、边防的事，每年春节联欢晚会，当电视屏幕上出现那些提前录制的边防哨卡的镜头，主持人开始朗读边防官兵的贺电或来信，父亲就悄悄走开。我们家从不谈论哥哥的事，我只是隐约觉得曾经有这么一个人流星一样来过，活成父母心底一触即痛的"结石"，用老人的话说是来"收账的"，前世亏欠他的，今生收到了就走了。

李丽娟说，因为父亲曾是军人，她做人做事很像父亲，骨子里的血滚烫且带着硝烟味。她敬仰军人，崇拜军人，甚至想过报考军校，考不上就当女兵。军装在她眼里是最靓最美最端庄的时装，军营是最宽最阔最壮美的人生T台，无论是齐步跑步还是正步，每一声足音都气壮山河。母亲能嫁给父亲，当姑娘时应该也很喜欢当兵的，喜欢他们的阳光矫健，热情大方，正气凛然。后来她不止一次跟父亲抱怨，如果有来生她绝不会嫁给当兵的，尤其是守边防的，当军嫂的苦和累丝毫不亚于军人。

李丽娟说，我母亲对你的军人身份很是介意，上次见到你穿军装，她的心像针扎似的刺痛，絮絮叨叨，零零碎碎地向我说起哥哥的故事，说哥哥怎么聪明伶俐，长得虎头虎脑，是那么调皮可爱，如果活着也

可以当兵了，甚至当了好几年了。

"她对军人身份很敏感，自己后悔嫁给军人，也不希望女儿找个军人，但是回忆起早夭的儿子，又情不自禁地说他也许会去当兵。"李丽娟望着远处即将下山的夕阳幽幽地说，"她有时候很矛盾。"

那天，他们从早上八九点消磨到傍晚时分，大部分时间是李丽娟在说，武朝晖认真地听。不像以前他如一个无所不知、无所不会的教官，一直在滔滔不绝地说，她像个参加军训的学生，他说什么，她都乖巧地点头。这期间，武朝晖点了两份吃的喝的，外卖小哥把外卖送到烈士陵园门口，递给武朝晖时满脸疑惑，转身风一样跑了。

华灯初上，路边草丛有秋虫低唱。和往常一样武朝晖送她到离家不远的地方，他掏出一本暗红牡丹花纹绸缎面的精致笔记本递过去。她看着他的眼睛，迟疑了一下，还是接了。晚上，他到家时父母已经吃过了，他父亲坐在小板凳上编藤椅，母亲边收拾碗筷边问呷过了没，说着要给他做饭。他说呷过了。父亲说起镇上的廖老板，说廖老板有个女儿在镇医院当护士……武朝晖没接话，心不在焉地老看手机。以前每次日记本送出，很快就能接到她的电话或收到信息，就他日记里写的谈感想，谈生活，谈人生，谈理想。他心里好像有块石头一直往下落，落进空洞无底的深井。很晚了，她还是执行"无线电静默"，他道了声"晚安"，她秒回两个字"晚安"。

学校很快就开学了，他估摸着，在学校放学时去找她。见到她时，说恰巧路过，她陪他随意走走，笑语吟吟地说了会儿话，有一次他们还在路边小店吃了碗肥肠粉，她坚持要请客，说是拿工资了，虽然不多，但能养活自己。还有一次他去看她，提了一大包她爱吃的零食，迎面撞见她妈妈。想躲，已经来不及了，他只好硬着头皮上前打招呼："阿姨好！"她妈妈说："听丽娟讲，你回来了，有空上家来玩呀。"听起来像心无芥蒂。

武朝晖的父亲是远近有名的竹篾匠，早些年家家户户淘米洗菜，提的背的挑的用的都是竹子编的篮箩筐匾等，后来各种塑料器具出来了，竹篾匠就失业了。他父亲手巧，改行编藤椅。镇上的廖老板以前是收鹅毛鸭毛收废品的，现在专门做藤椅生意，据说他以前当过兵，现在看不出一点血气方刚的痕迹。他父亲每次从廖老板那儿领料交藤椅拿钱，一来二去熟了，得知对方有个小武朝晖两岁的姑娘，在镇卫生院当护士，还没有说人家。对方也晓得他有个崽名牌大学毕业，现在在部队当军官，还没定亲。

那天结完账，廖老板递给他父亲一根烟，拉过一条板凳坐下，跷着二郎腿晃荡着，随意问起他崽在部队的情况，他父亲像崽已经当上了将军一样，想装谦虚又失态地露出骄傲，捋了下花白粗短的胡子说，他每天带兵训练，忙得很啦，如今世界可不太平呀，到处都在打仗。廖老板没往下问，高高跷起的二郎腿又晃了晃，话题终于引到他脚上崭新漂亮的某品牌鞋子。他说这鞋子穿起来真舒适真轻快真带劲，为什么这样呢，主要这鞋子是女儿买的，话题很快就过渡到他女儿如何能干、懂事、孝顺，待人接物像抹油又抹蜜一样让人顺溜舒坦，田间地头、家里家外都是一把好手。直听得武朝晖父亲像是让烟熏着一样，咧着嘴眯缝着眼，眼看口水就要流出来了。廖老板说，要不让细崽子们见见面？行呀，等他回来了，我就让他过来。他父亲后来送藤椅过来，每把藤椅的加工费涨到了二十块。他父亲蘸着口水数过后，以为多给了，正想说，廖老板使了个眼色，过后悄声说，他也是帮别的老板转一下手，一把藤椅赚两块钱，以后他的两块钱就不赚了。

武朝晖父母好几次有意无意提起廖老板和他那个叫廖美花的女儿，武朝晖只是哦哦地应承着，没往心里去。没想到他回家几天后的一个下午，他娘准备做野菜糍粑给他呷，采野菜回来时被狗咬了。武朝晖闻声赶了过去，只看到一条狗的影子窜远，黄颜色，头低垂抵地，尾巴紧夹胯间，一看就晓得是条疯狗。听狗的主人说，它已好久不着家了，以前很温驯的，从不咬人。那条狗在他娘右腿小肚子上留下四个牙印，鲜血一点点往外渗，裤腿都咬破了。他娘说，不碍事，又没流多少血，按老祖宗传下的规矩，只要用狗主人家灶膛里的炉灰按住，止住血，再呷一碗狗主人家的剩饭剩菜就没事了。谁说没事，哪儿来的又臭又烂的规矩。武朝晖马上喊上哥哥，开上那辆破面包车，飞快往镇卫生院赶。那一刻，他娘很是享受地坐在车上，安静得像个乖巧的细崽子。

在镇卫生院，武朝晖喊了几声，探了几个房间，不见人影，正急得跳脚，廖老板的女儿——廖美花，他娘称作廖医生，穿着一身干净整洁的白大褂像只大白猫轻灵悄然冒出。武朝晖注意到，她和他娘描述的差不多，相貌端正，挑不出啥毛病，不丑也不美，不白也不黑，最打眼的是个子，高高大大，健健壮壮，如果穿高跟鞋看起来比武朝晖还高，那身材骨架跟他娘说的一样，挑一百多斤农家肥下地轻轻松松。此时，她沉着、干练得就像个救苦救难的菩萨，不待匆忙赶来的值班医生吩咐，利索地给他娘注射了狂犬疫苗，清洗、处理好伤口。在乡村卫生院，这种事他们经历多了，被狗咬伤，被猫抓伤，现在就连村妇撒泼打架，把人咬伤也讲究打狂犬疫苗了。廖美花始终不紧不慢地忙碌着，眼里好像周围没有人存在，一副公事公办的样子。

忙停歇了，武朝晖问他娘，哪一代传下来这莫名其妙的规矩，有什么说法吗？他娘说她也不晓得。武朝晖冥思苦想，哦，莫不是他家祖上是叫花子，或者是行丐人的规矩，过去叫花子在大户人家门口遭狗咬是常事，被狗咬了，用灶膛里的灰涂抹一下伤口，顺便讨一碗饭呷。

傍晚，掌灯时分，武朝晖他们家在呷饭。这次，他娘破例没有在灶台边忙碌，而是坐在桌前，由他们父子俩端汤打饭服侍。门口有温柔的电动车喇叭声，武朝晖没在意，接着又有轻细的响动，他放下碗筷过去把院门打开，一张红扑扑的脸蛋夹着一股若有若无的年轻女性的馨香气息递进来，呷饭啦！廖美花站在门口，手扶一辆小巧红色电动自行车，肩挎一个颜色暗红的包，车子前面篓子里塞有一个鼓鼓囊囊的红色塑料袋。廖美花走路快且轻，飘一样进屋。他们快呷完的晚饭很快收场。她弓着身子给他娘量血压，测体温，又一次仔细地查看伤情。武朝晖发现，廖美花的名字听起来土得掉渣，但专心做事情时，样子很耐看，尤其是弯腰或蹲下时臀部的曲线很女人。

廖美花边甩着体温计边说，目前体温、血压都正常，幸好伤在小腿上，送医院也及时，应该不会有大碍。武朝晖看着他娘，像对一个不懂事的细崽子说，您晓得吗，狂犬病可是不治之症，潜伏期有二十多年呢，在我国发病率很高，报纸上说，有人在河边剖狗肉，只是让狗骨头把手划伤了，没在意，都得病了。他娘一惊一乍的，脸都白了。武朝晖还想说，得了狂犬病可遭罪了，怕光，怕声响，尤其怕闻到水流声，最后像疯狗一样狂吠，一阵扑咬把蚊帐、被子等够得着的东西全部撕咬碎，家人得把他（她）绑起来……武朝晖怕他娘吓着了。廖美花微笑着收拾简单的行头，说，明天晚上来打第二针，要连续打三天。接着，又把下午的医嘱重复了一遍，不要呷生冷食物，不要用凉水，不要着凉，不要劳累了，要多卧床休息等。临走，她拎起一进门就放在一旁的红色塑料袋说，这是她父母的一点心意，他们听说后很担心，打发她来看看。武朝晖娘千谢万谢，说这怎么担当得起呢，呷了不消化哟。他们全家一直把廖美花送到外面的大路上。返回屋里，武朝晖打开塑料袋，里面是一些苹果和两听奶粉。

此后一星期，廖美花每天约莫晚饭后过来，带着一股乡村公路边汽车过后扬起的尘土气息。三天的针打完了，还来过几次。她一进屋，武朝晖母亲就起身要给她张罗呷的，一个要做，一个坚持说呷过了，

第三章 昔我往矣

她和他娘总要拉扯一会儿，这好像成了她帮他娘测体温、量血压、打针、换药，然后问饮食起居和身体感觉的序曲。她停留时间很短，有时候挨着板凳沿坐坐，有时候不坐，武朝晖端上来的茶水她从没动过。她走的时候，他们全家照例送她到外面宽敞亮堂的大路上，他父亲咳嗽几声，向武朝晖努努嘴。武朝晖装作没看见。她好像也没看见，粲然一笑，骑上车，电动车灯光转眼就消失在朦胧月色中。

武朝晖在休假期间，母亲突然被狗咬了，廖美花几次来家里看望医治。他感觉像一个不太和谐的小插曲，心里对廖老板和他女儿欠欠的。

武朝晖还有几天就要归队了，晚上，他绕着村子如被疯狗追撵一样跑了几圈，刚回来正在屋里做俯卧撑，他父亲推门进来说："廖老板的女儿好像通过什么网络找了一个工作，听说和你在一个地方，他说有什么事，请你搭把手，帮帮忙，关照一下。"武朝晖一口气做了五十多个俯卧撑，起身瓮声瓮气地说："我没空，要关照你们关照！"

武朝晖归队前一天下午，廖老板拎着水果鲜牛奶上门来，先是说如今的镇卫生院呀，大病看不了，小病不愿看。农村里就那么几个留守的老人和小孩，人少得大白天都冒鬼，本来村里的老人孩子得小病就扛一扛，或到村里的合作医疗点拿点药呷一呷，加上现在卫生院又怕担责，老人、小孩的病不敢看，也看不好，大病就往城里大医院推，弄得卫生院冷清得几天见不到病人。我们家美花说在镇卫生院学不到东西，工资也不高，她一心想出门打工，出去见见世面，她一个小丫头，真不知天高地厚，如今外面乱糟糟的，哪个做父母的放心呀。这下，她通过网络找了份工作，据说在一家部队医院当合同制护士。网上找的工作靠谱吗？部队上的医院听说很正规，工资待遇还可以，就是暂时不解决吃住……她长这么大，没出过远门，去那么远的地方，那么繁华热闹的大地方，还请朝晖多关照关照，你是有文化有见识有身份的军官，做事牢靠，让人敬重……

武朝晖很想说，他对南京不熟，很多地方都没去过，就对营区周边巴掌大的地方熟悉点，加上部队上事情多，平常请假出趟门都卡着时间，忙得跟点着了的火箭一样，一个劲地飞蹿，说这些，有伸手去打笑脸人的味道，他说不出口。那家医院是他们合成旅的体系医院，他去过几回，都是领着排里的兵去病。他记得老连长的家属是里面的非现役文职护士，现在老连长当副营长了，不是什么紧要的事，不好意思麻烦人家。看武朝晖欲言又止，他父亲不时摆弄编藤椅的材料，弄出一些声响。他母亲用细崽子受了委屈一样的神情看着他，好像伤口又开始犯痛，油亮干枯的手隔着裤腿在伤口上一上一下地摩挲。武朝晖好像受到什么感染，情绪陡然高亢，只差拍着胸脯说："没问题，请廖叔放心，出门在外，都是乡里乡亲的，廖美花有什么困难就给我打电话，我会尽快赶过去帮忙！"廖老板打着哈哈说，当然啰，美花蛮能干的，生活自理能力很强，一般小事不会麻烦你，最主要是让她心里踏实，感觉离你不远，可以随时叫得动，她就不害怕了。

武朝晖的母亲慢腾腾地端上一大盘橘子，两碟晒干炒香的南瓜子。廖老板在武朝晖母亲的再三推让下，剥了个橘子，一瓣瓣放在嘴里，浑然不觉一根橘筋搭在嘴角。他兴致很高地说，他也当过兵，在部队干了六年，当年很想转志愿兵（士官），因为种种原因没能转上，所以对部队对当兵的有一种解不开的疙瘩情结，现在他最爱看的就是军事频道，晚上做梦还穿着多少年前的军装在部队的操场上转，鬼打墙一样，怎么也转不完，转不出来。廖老板似乎对现在部队上的事很感兴趣，如果武朝晖事先对他不了解，真怀疑他的身份。廖老板无意间提及，他们家有个远房亲戚在部队给一位首长当秘书。武朝晖听说过那位首长如雷贯耳的名字，据说是他们县最大的官，说起来和武朝晖还是校友，老首长以前在县中读过书，曾参加过不少战争，现在已经离休了。

　　武朝晖父母张罗着准备做饭，廖老板怎么也不愿意留下呷饭。他刚走，大功连指导员就打来电话，问家里都好吗，武朝晖心领神会，连队在提醒他该回去了。干部休假归指导员管，连长很少过问。

　　清早，露水很重，收割后的田野一片萧条。武朝晖家人和廖美花家人都来送了，把这个季节清冷的乡村小站簇拥得有点热闹。这种情景一般只在过完年后那十天半月里上演，车下老人牵着细崽子，车窗里探出一张张或黝黑或消瘦或白皙的脸，挥舞着一只只粗的细的长的短的手臂，笑声、哭声、叮嘱声，苍老沉默的小站被为生活奔走的人们赋予了情感，也赋予了季节。

　　武朝晖站在一堆行李旁，那些大包小包几乎都是廖美花的。她离他几步开外，脸红扑扑的，不时掏出手机看看。他俩看起来像乡村里刚订过婚的对象，又像只是结伴外出打工的年轻人。她娘又叫她过去，她父母哥哥嫂子又围了上去，七嘴八舌地说着，她不时点点头。车来了，没有下来的，上去的有三五个，车开动了，扬起淡淡低矮黄褐色烟尘。

廖美花坐在前排，武朝晖坐在最后面。他木然看着周围熟悉的一切，心境也像那水瘦山寒的早晨，他从后窗里看到廖老板正笑着给他父亲递烟。想起这次回家的缘由，他心底顿时一阵酸楚，泪水很不争气地溢满眼眶。他心里默念无数次的那个人，如果能像廖美花一样跟他同行该有多好呀，今天早上哪怕只是前来送送他，也是一份安慰。

武朝晖没有把廖美花带进营盘，尽管那儿有生活设施齐全的士官公寓。他如果报告说自己亲戚来这里办点事，向司令部管理科打个申请，住上一星期问题不大。武朝晖在离营盘不是很远，又方便她上班的地方租了两间房子，农民搭的等着拆迁的违建，虽然环境一般，购物也不太方便，但便宜。他帮她购置了一些简单的生活必需品，利索地帮她安顿好后，问她钱够不够，叮嘱太晚了不要出门，按时休息起床，吃饭要有荤有素，多吃水果蔬菜，多喝开水……有什么困难就打他的电话，打不通就发信息，他看到会第一时间回复的。暮色中，他离去时，她落寞地站在门口好一会儿。

回到连队，武朝晖的每一天都像冲锋枪连发一样，一颗子弹刚出膛，另一颗子弹已经上膛击发了，日子过得滚烫。一天，他收到一条

第三章　昔我往矣

信息，就一句话：这是我的新号。谁呢，他犹豫了一下，拨了过去，是廖美花。她说我很好的，不要担心，你安心工作。廖美花平常得跟白开水一样的话，让武朝晖品咂了好一会儿。

第四章

君子于役

淅淅沥沥的小雨，时断时续，器械训练场、四百米障碍训练场旁是茂盛的水杉林，营区道路两侧是整齐列队的法国梧桐，这些林木连成一片，叶色渐黄，秋色壮观而凝重。一场秋雨一场凉，早上跑操回来，兵们感觉浑身起鸡皮疙瘩，有人嘀咕，怎么还不换装。晚上，离看《新闻联播》还有会儿，值班员在走廊上吹了声哨："各班排注意，上储藏室拿衣服，明——天——换——装！"

兵们三三两两向储藏室走去，文书守在门口，手上晃荡着钥匙串，又扯了几嗓子："拿衣服哟，再不拿，要关门咯！"大家忙着缀领花、上肩章，讲究一点的还用茶杯装上开水，烫熨一下。由长袖夏装换上春秋常服，不只是暖和些，还觉得精神面貌焕然一新。换季时换装，也意味着明天一早上级将组织会操，检查军容风纪。不待连队干部盼咐，刘勇、杨大厨各搬一张板凳摆在走廊最里边，支起简易理发摊子，开始给大家理发。

周表上排的是晚上政治理论学习，武朝晖在换衣服前，上淋浴间冲了个澡，花了平常几倍的时间。他探亲回来后，变得不苟言笑，沉默稳重得让大家不太适应。指导员关切地问，家里都好吗，没发生什么事吧？武朝晖说都很好，就连那条大黄狗都活蹦乱跳的，很好。指导员笑了，他还是没笑。

年终总结，连队几位支委提出给武朝晖带的二排记集体三等功，说是年度训练达优，演习表现突出，二排贡献最大，具体来说二排长武朝晖出力最多。往年，立个人三等功的一般是连主官，或者是能力素质特别优秀的预提干苗子。立集体三等功是号称"东方不败""老功家"的一班。当时，上级有文件规定，担任班长的优秀战士连续立两个三等功，就可以破格提干，其中一个可以是所带领班排的集体立功。因此，一排一班有好几任班长提干，现任连长就是从一班长位置上提起来的。

营盘里流传一种说法，大功连不但打仗战斗力、突击力强，而且日常管理工作士气旺、干劲足，出经验，出干部。大功连有个传统，对想考军校的战士有意培养，尽可能给他们创造条件，会议室、学习室可以推迟到晚上十点熄灯；在学习时间上竭力保障，节假日、业余时间尽量不打扰他们，一些小任务、临时性的公差勤务不惊动他们，其他兵也不攀不比，每人分担一点，默默地干完就算了；报考部分军校有时还需要一些"附加"条件，如需要担任过骨干，受到过优秀士兵（士官）、营连嘉奖等表彰奖励，连队都会"网开一面"，只要不是原则上的事，不是特别调皮捣蛋的士兵，都会想方设法予以帮助，使其符合规定。加上优秀士兵提干的，大功连几乎每年要出好几位军官，而且，他们无论到哪儿，在哪个岗位，对大功连的感情都很深。

年底，大家想给武朝晖带的二排立功，还有个不好摆到桌面说的原因，就是他刚下连队时干得磕磕碰碰、跌跌撞撞，尤其是曾经违规上网，在全营军人大会上作检查，全旅通报批评，并扣发奖励工资，连队干部想找个机会扭转大家对他的看法，帮他树立起新形象新样子。带队伍带兵，讲究的是一个平衡，打一巴掌，还要揉一揉，千万不能激化矛盾，要让每个官兵感觉有希望有奔头。自己带的排能立功，是武朝晖没想到的。

武朝晖担任排长快满三年了，他们一同下来的新排长，进步快的已晋升为副连长、副指导员，或进机关担任参谋、干事，大部分还在原地踏步。在基层部队副连是职务升迁的"分水岭"，立志在战场上叱咤风云、决胜千里的，从排长晋升时一般担任副连长或到司令部担任参谋；想从灵魂、精神、信仰出发，以春风化雨、和风细雨的方式，提振官兵坚韧意志的，就担任副指导员或进政治部担任干事；当然也有一些去后勤装备保障部门当助理员的，因为他们在大学学的就是后装保专业，干起来得心应手。有段时间，基层部队实行军事和政工干部互换岗位，营长和教导员，连长和指导员工作对调，说是打起仗来，可以样样拎得上手，两个主官谁都能带领队伍往前冲。其实，那换的只是标签，军事、政工迥然不同的思维方式，别具神韵的工作作风是很难改变、更换的。相比较而言，干政工的发展前景开阔些，哪个部队、哪个级别都有需要政工干部，即使转业到地方党政部门，工作入行上手也快些。干军事，受限制比较多，如在"大陆军"中的专业兵种，如通信、工兵、防化等，到了一定岗位就抵达职业的天花板，在合成旅，担任通信科长或通信营长，就是通信干部的顶点，参谋长、副旅长、旅长一般是从步兵指挥专业中产生。军事干部转业到地方，操枪弄炮的本事几乎是"屠龙之技"，很难有对口专业。当然，在志向和情怀面前，所有的算计都显得琐碎与不耻。而且现在我军正朝着职业化方向改革，前进道路上一切崎岖坎坷都将成为魅力风景。

老兵退伍前，政治部门通知将组织政工干部集训。这类集训大多在老兵退伍前展开，旅政委、副政委担任队长、副队长；各营教导员、副教导员担任班长、副班长；各连队指导员、副指导员，以及预提副指导员都是普通一兵，全体人员按照连队一日生活制度，全天候、全过程、全人员，每个点、每个段，都被打磨成方块、直线，过的是扎扎实实正规化生活。晚饭后，教导员背着手踱着方步来到大功连，连值日敬礼后，转身要去喊连长、指导员。教导员说，去把你们武朝晖排长喊来。

天色昏黄，路灯亮起。武朝晖和教导员并肩缓缓向训练场那边走去。教导员任职已经满四年了，即将升任旅政治部副主任的传说从他说话走路的神态能看出，他已在酝酿着准备进入角色了。教导员问武朝晖有什么打算，政工集训队很快就要开始了。武朝晖说，想等等看，他想走军事这条路。回答显然是经过深思熟虑的。教导员破例没有循循善诱地做思想工作，只是说让他想好，既要埋头工作也要抬头看路，把握住机会。教导员知道他想在部队长期干，做事带兵用心，战士刘长河那次差点挨处分，就是武朝晖硬顶着，后来只是做了深刻检查。因为那件事教导员对他印象很深，政工干部并不像人们想的那么"虚"，动不动"口含天宪"似的宣称这是组织的决定，再就是上升到什么高度，他们应该都是理想主义者，是虔诚坚定的共产主义信仰者，骨子里钻石般的品质就是敢于负责与承担，原则问题敢硬碰硬，除此以外做到坚持与灵活、纯洁与包容、冰冷与温情相结合。教导员可能深谙此道，他几年如一日，对全营十几个排长都一视同仁地板着一副严肃面孔，但大家都感觉心里和他靠得很近。

老兵退伍前夕，武朝晖的前任，传说中的二排长"黄老邪"回连队坐坐，一群老兵将他团团围住，问这问那，很是亲热。"黄老邪"现在在集团军政治部宣传处当干事，这次是陪集团军首长来旅里"蹲点"，督查老兵退伍期间的安全稳定工作。据说他在连队时做人做事就不按常理出牌，有点邪邪的，他一路从连队到旅机关，再到集团军机关，有点剑走偏锋的味道，于是他"黄老邪"的绰号进一步坐实，流传甚广。

"黄老邪"的大名，武朝晖听说过多次，可以用如雷贯耳来形容，但"活的"是第一次见到。"黄老邪"得知面前这个黑黑瘦瘦的中尉是他的后任，热情得像失散多年的兄弟，当听说武朝晖也是地方大学生，入伍前也是军营"小白"，眼里顿时有惺惺相惜的味道。"黄老邪"

临走时把电话号码给了他，说他要在旅里待些日子，有空欢迎他去坐坐，他就住在旅招待所。后来，武朝晖果然去找过他几次，每次回来收获很大，有茅塞顿开、若有所悟之感。"黄老邪"的成长故事在他脑海里也渐渐清晰起来。

"黄老邪"大名叫黄理胜。三班长刘勇说，"黄老邪"到大功连报到那天下午，我们正在周边的山上打柴，兵们呼喊，群山回应，好不热闹。那时连队在野外驻训。连队为了省下买煤的钱，用来改善伙食，于是靠山吃山，隔上几天就让兵们利用体能训练时间上山拾柴火。黄理胜放下背囊，一问连值日，听说大家拾柴火去了，也就顺着大致方向往山里走。傍晚，兵们背着多少不一的柴火有说有笑往回走时，发现行列中多出一个新面孔，就这样兵们认识了他们的新排长。

黄理胜给大伙儿的第一印象不坏，可他往兵群里一站总觉得哪儿不对劲，让人一眼就能看出他有点"另类"，仿佛鸭群里挤进一只鸡。排里三个班长占据了排房靠里的三个角落，靠门口的下铺空着，黄理胜就把铺盖放在那个床铺，下榻于此。谁都知道靠门口的铺位遭罪，夏天西晒，那里是风扇扇不到的角落，晚上睡在蚊帐里跟蒸笼似的。冬天灌风，冷得要死，夜晚有哨兵进出，门不时发出响声，睡不踏实。他的"待遇"比武朝晖刚来时差多了，那是刘勇第一回代理排长，远没有后来那份从容与稳重。

三个班长和排里的老兵像约好似的，对气宇轩昂、激情澎湃的黄理胜进行冷处理。不管他问什么事，他们都惜言如金，沉默是金，统一说法，好像众口能铄金似的，从不主动和他聊天。他叫哪个兵做点针尖大的一点事，哪怕是公事，士兵都会说，排长你和我们班长说吧。打破这种僵局是在有次收放线训练，黄理胜和刘水师比试了一回。收放线是大功连士兵基础训练科目之一，五百米被复线，一放一收来回一千米跑下来，最考验作为战士的体能、技能；还有什么地方架明线，什么地方架暗线，怎么隐藏，考的是智能。那时刘水师还是列兵，还没去烧锅炉。课间休息，刘勇朝刘水师使眼色，让他和新排长比试比试，用老线拐，不用转筒式线拐。

刘水师是列兵中反应最慢、技术最赖、能力最差的，黄理胜欣然接受挑战，让大家感到很意外。在一片嗷嗷叫声中，黄理胜和刘水师各拎一拐被复线如兔子似的跑了出去，很快他俩打着波浪往回收线，收线时被复线会形成优美波浪，一浪一浪荡开去。掐着秒表，刘水师比黄理胜快了三秒。刘勇拎起他们俩的线拐，用手探了探，高高举起刘水师的线拐说，这个更扎实匀称些，一圈圈排过来，不易乱线。刘水师竟然把排长打败了，兴奋得满脸通红。那天下午训练结束，队伍带回前黄理胜站在前面讲评，非常真诚地说，我们排每位同志都很优秀，每个人身上都有闪光的东西，值得我好好学习。

刘勇原本想让黄理胜出洋相，没想到被他轻拿轻放地化解了。而且他的真诚与虚心，很快赢得大家的好感。尤其是刘水师像变了一个人似的，话多了，训练、工作不再缩手缩脚。周六上午，兵们自由活动，排房里就刘勇和黄理胜两个人时，刘勇提出换一下床铺，把最里边靠

墙象征排长待遇的铺位让出来。黄理胜说，他睡门口习惯了，还有晚上哪个兵上哨磨蹭，谁闹肚子上了几趟厕所，他心里有数。

黄理胜做事爱较真，有时候让人哭笑不得，下不了台面。有兵说他独自走在营区，向左拐向右拐都是标准的队列动作，他一个人能走出阅兵方阵的气势。一个很平常的星期五下午，连队开党员民主生活会，轮到黄理胜发言时，他毫无征兆地冲指导员说：哪一次的教育计划没有落实，笔记是后来补记的；战士的理论学习作业没有及时批阅，有的检查是几次并作一次，临时突击的，这从日期上能看出来；哪一天凌晨没有查哨，查哨干部的签字是第二天补签的，哨兵的签字也是补的……黄理胜边说边把一个小本本翻得哗啦啦的，说得脸红脖子粗。

指导员脸色红得像猪肝，额头上渗出细密的汗珠，随着身子的扭动，椅子吱呀作响。"这个，"连长干咳了两声，"前段时间工作、训练比较忙。"连长话音刚落，黄理胜掉转枪口说，连队的训练没有严格按计划实施，几月几号没有特殊原因，临时改变训练内容；训练安全存在隐患，没有严格按训练大纲标准执行；车场日没有严格落实，车库十几辆车就两三辆车的蓄电池有充足电量，其他车辆发动要用这几个蓄电池挨个儿地去发动……"请问，这是打仗的标准吗？"

话题一转，他换了一种语气说："前段时间有干部家属来队，炊事班几乎每天送这送那。嫂子来队，我们表示问候欢迎是应该的，有必要天天送吗……" 大家的目光悄悄瞟向连长，谁都知道上个月嫂

第四章　君子于役

167

子来队了。连长铁青着脸，腾地起身，一脚踢开椅子，走了。"连长，你坐，坐下来。这是党内民主生活会，黄理胜同志针对我们存在的问题提意见，难道你这点胸怀都没有吗？"

黄理胜还想说，战士父母来队，连队干部很少让炊事班加菜，请战士父母到食堂吃顿便饭，只是给战士批假，让其陪陪父母，一起到营区外面去吃喝，战士怎么想？战士父母怎么看？节假日，很少有党员干部帮厨、值班、站哨；我们有谁记得战士的生日？记得几个战士的生日……黄理胜下连半年多，部队上的一些情况、现象，和他以前从电影、电视、小说上看的不一样，和他理想中的军营更不一样。

营盘里很多大家习以为常、见怪不怪的事情，被他一一摊到桌面上说，连队早检查，每天早上检查四项内容，头发是否长了，指甲是否长了，内衣有没有扎进腰带，鞋袜有没有符合规定，难道头发和指甲过一宿就不符合军容标准了？能否每天早上只检查内衣、鞋袜，头发和指甲一星期检查一次？连队的黑板报不能只图美观漂亮，一出就用广告色，出一期放上好几个月，黑板报要发挥它的宣传、学习功能，就得用快捷方便、成本低廉的粉笔，最好每星期出一期；食谱与实际饭菜经常不一致，训练教育计划也老是变……内务卫生吹毛求疵地追求整齐统一，牙膏不必一定是同一个牌子，湿毛巾不要总是统一叠成小方块，早操不要总是追求第一家带出来，让大伙儿憋着一泡尿跑上几千米，很不利于身体健康。

黄理胜说话做事像是不食人间烟火，不通情达理，让大家感到很不舒服。连长说他"有点邪",官兵私下里称他"邪头"。他听到了也无所谓,说他偏不信"邪"。

每周一的安全工作"两防"分析会,周五召开党员学习活动会、民主生活会,以及不定期的党员会议,黄理胜都有可能提意见建议,幸好他不是支委,少了一个"发难"的平台。总之,只要是不符合《条令条例》的,不符合上级指示精神的,不公平合理的,如果他知道了,肯定会被拿到阳光下晒晒,摆到明处说说。又如,他说到旅里看电影、看演出、开军人大会等,一级一级提前,以至于让战士在集会点拉歌达二三十分钟之久。他引用了我军"临汾旅"发生在战场上的一个血淋淋的教训,那是1948年5月17日下午5时,我军即将对山西临汾城进行坑道爆破,旅里命令团里的突击队在距离城墙50米处埋伏,结果团里到营里变成了40米,营里到连里变成了30米,连队到阵地的一线突击队变成了15米。都是为了胜利呀,为了在城墙炸开的一刹那,一举冲上城墙,将红旗插上制高点。结果两声巨响后,土石飞天,烟尘弥漫,冲锋号吹响,突击队竟然毫无反应。事后查明,突击队二十余人有的被生生震死,有的被活埋,无一生还。这就是擅自违背命令,违背科学,层层升级加码蛮干的结果。

有段时间每到开会,黄理胜就面无表情,谁的眼色也不看。轮到他发言时,翻开一个随身携带的绿皮本子,事实确凿,句句在理。他能准确说出每件事的时间、地点,有哪些人在场,有时还引经据典,列举出党史军史上的相关事件,让你哑口无言,嘴上不服心里也服。

第四章 君子于役

黄理胜"拿事说理""对事不对人""有则改之，无则加勉"的目标渐渐扩大，由党员干部扩展到士官、班长，由某些现象到具体人和事。对没有及时整改的，他能三番五次、不厌其烦地说。当然，他不属于"手电筒性格"，只照别人不照自己，他在一番大鸣大放后，双手一摊，一副演说家、政治家模样："欢迎大家对我进行批评帮助，学习工作生活哪一方面都行。"大家面面相觑，没有说他，一方面是他平时说话做人做事尾巴夹得比较紧，工作做得比较好，很多任务完成得堪称"教科书""条例"一样规范，还有大家没有他的脸皮厚，能那么不顾及情面。

指导员找黄理胜谈过，和风细雨、旁敲侧击地让他注意团结同志，不要只盯住别人的失误、缺点，要多看别人的长处、优点。同志之间相处要坦诚相见，相互包容，大事讲原则，小事讲风格，连队有连队的环境氛围，不能那么死板，处处较真。黄理胜的反应可谓一触即跳，马上从"勿以恶小而为之，勿以善小而不为"说起，延伸到毛主席说的共产党就最讲认真。作为一名人民军队干部、一名共产党员，要外树形象，内修素质，要做一个纯粹的人，一个有道德的人，一个脱离了低级趣味的人，一个有益于人民的人……说得指导员恨恨地挥挥手说："黄老邪，你有理，我说不过你，你走吧！"

旅宣传科要挑选一位宣传干事，政治部主任和宣传科长转了好几个连队都没有合适的人选。在大功连，指导员把当排长才一年多点的黄理胜狠狠地表扬了一番，拿出他所能想到的溢美之词将其夸得像朵

花。连长在一旁不停地附和、补充。恰巧前不久，黄理胜在全旅讲述传统故事比赛、理论演讲赛中夺得两个第一，政治部主任和宣传科长对他印象很深。

通知黄理胜到旅政治部宣传科报到前，政治部主任和干部科长又一次来到大功连，挨个找连队支委谈话，了解黄理胜的情况，支委众口一词地夸他好，说他是难得的人才。紧接着，他们又找黄理胜带的兵了解情况。老兵们都说好，有两个新兵竟然吞吞吐吐、期期艾艾地说，排长不好。听了这话，主任大惊，赶紧支走在一旁的干部骨干，忙问他们排长哪儿不好，表现在什么地方。当时会议室里的空气仿佛凝固一样。让人大跌眼镜的是，两个新兵说，他们舍不得排长走，排长对他们很关心，晚上搞体能训练从没超过九点半，其他排里的体能训练搞到十点、十一点，熄灯后还加班加点……黄理胜将要调到旅机关的说法已传开了，兵们都听说了。听了两个新兵的话，主任前倾的身体猛地往后背一靠，手拍着椅子扶手，很久没有话说。

黄理胜在旅政治部宣传科上班，先是吃住在连队，直到一年多后任职命令下达，伙食关系随之转到机关食堂。黄理胜搬离连队的那天下午，炊事班特地给连部饭桌上加了两个菜，一个辣椒小炒肉，一个爆炒肥肠。他在机关上班后就在连部桌子上吃饭了。几个连队干部看起来比黄理胜本人还激动，以汤代酒为他送行，说他为大功连争光了，有空多回来看看。黄理胜也很感谢大家的，他挑了连队和大家的很多不是，但同志们没有记恨他，反而给他说好话。

第四章　君子于役

夕阳下，几个兵推着一辆轮胎没气的板车缓缓向机关干部公寓走去，板车上装的是黄理胜的铺盖和简单行李。连长和指导员站在连队门口望着板车和人影消失在路的拐角，长长吁了一口气。

黄理胜到机关后，仍然和大功连二排的兵来往密切，排里的兵好像有他宿舍的钥匙。周末，他的宿舍成了兵们最好的去处。他们在里面可以翻箱倒柜地找吃的喝的，可以随意地卧着躺着坐着看书看电视打游戏。当然，关于连队现在在干什么，兵们在想什么，对某项规章有什么看法，他们和他无话不谈。

黄理胜在宣传科担任教育干事，负责部队每月每季度主题教育、党委中心组学习等，同时被拉进"材料起草核心小组"，已经参与了几个重要材料的起草。他才到机关，文字材料有点拿不出手，但他的观点新颖，语言活泼。主任说，年轻人要多带，带上一年半载就成熟稳重了。每当有大活动大任务，需要"硬扎"的材料，"材料起草核心小组"就上场了。晚上，看完《新闻联播》后，政治部会议室紧拉窗帘，一片幽暗，主任、副主任、组织科长、宣传科长等，带上三五位才思敏捷的干事端坐在投影仪前，将具体承办科室根据领导的授意已经拟好的草稿投到墙上，从整体思路、问题把握，到主标题、副标题、一级标题、二级标题，最后到具体每一句话每一个词，集思广益，你一言我一语逐词逐字地抠。黄理胜熬过几个通宵后，没有请假，也没有说明任何理由，就悄然隐退不再参加了。

有次，科长忍不住问他，昨晚怎么没去参加修改材料，是不是身体不舒服？他像被突然戳到痛处一样，直言不讳地说，这样翻来覆去玩文字游戏有意义吗？用哪个词、哪句话只要意思表达清楚就可以了，为什么一定要挖空心思、绞尽脑汁用排比、对仗，甚至讲究用典、平仄，哪一条哪一点字数是多少，要大致差不多，搞平衡……为什么领导在各种场合，哪怕只是简单座谈，只要开口就必须有讲话稿？不能脱稿，简单扼要，侃侃而谈，是对情况不了解，在其位不谋其政，怕讲错话，怕被官兵（群众）揪住辫子，还是不肯动动脑筋，还是本来就水平能力低下……网上有一种说法，现在有些领导的能力素质就停留在团（处）级层面，再往上，如果不读书不思考，一门心思想着仕途的升迁，想着怎么往上爬，那么他们的发言讲话很大一部分体现的是办公室、秘书人员的能力水平。

科长被黄理胜的一番"歪理邪说"呛得说不出话来，看在他的本职工作干得还不赖的分上，科长没有当场发飙。黄理胜所拟的教育计划、导读材料，基层连队反映很管用，很具体，有针对性。他负责保障的党委中心组理论学习是个烦琐事，仅去每位常委办公室收发理论学习笔记，收集理论文章、心得体会等，有时跑三五趟都碰不到人。每次组织学习，他把迟到、早退的一一登记好，迟到多少分钟，有无请假，请假事由等进行列表，然后报送旅长、政委。他如此一丝不苟，以至于后来有的常委一见到他就和颜悦色，满脸堆笑。

新闻干事胡浪来一上班就抱着电话，到处打，有时问几个营连情况如何，有没有"活鱼"？最紧要是打给那两家很厉害的报社，刚和这个编辑通完话，就打给那个版面的编辑，在电话里他那个亲热劲儿，仿佛对方是他亲哥亲姐，那电话线能传递热烈深情的拥抱似的。胡干事曾在那个报社学习过，加上多次去送稿，和报社、杂志社的编辑熟悉。他和每位编辑通话像是玩"直销"、背台词，内容差不多，除了叙旧，除了邀请编辑来部队指导视察，最主要是打听最近有什么宣传动向，有什么主题，需要哪方面的稿子……他能把那套台词背得抑扬顿挫，富有感情热情，让黄理胜佩服得"敬而远之"。

　　阳光和煦，星期三下午，某报牛编辑突然来电说需要一组反映新兵生活的照片，这是明摆着给"上稿""露脸"的机会，需要很铁的关系才如此关照呢。胡干事放下电话就兴冲冲地挎上他那口径像大炮的数码相机往外跑。在新兵大队，他遇上黄理胜正在那检查新兵的政治学习笔记。星期三下午，是新兵大队的洗澡时间，新训基地因为是老营房，加上训练时间不长，还没来得及安装太阳能热水器。新兵去洗澡了，胡干事挎着相机转了一圈都没按一下快门，报社在"等米下锅"呢。黄理胜看胡干事那个急呀，就像拉肚子找不到厕所一样。

　　太阳快下山了，每个新兵中队陆陆续续有兵背着挎包、端着脸盆回来。胡干事一见有人回来了，马上找值班员，吹集合哨，把回来的人先集中起来带到操场上。在大操场，经胡干事讲解比画，在值班员的指挥调度下二十来个新兵有的下棋，有的弹吉他，有的吹笛子，有三五人围着一张报纸看，一副宁静温馨美好的样子。其中有个拔河的镜头，由于人少，不能正儿八经地组织一次很有气势的拔河比赛，胡干事一拍脑门，把拔河用的粗大麻绳一端拴在一棵大树上，一端让新兵们拉紧，龇牙咧嘴地做出使尽力气的样子。

胡干事的一番"神操作"，没想到第二天，那组图片新闻居然在报纸上登出来了。上午，黄理胜拿着政治部公务员送到科里的报纸，又开始犯"邪"了："老胡，你这不是乱来吧，你骗报社、骗读者，也许他们不知道真相，可是你让这些参加拔河的新兵怎么想？我们平时是怎么教育的？他们还是新兵呀，你让他们对部队怎么看？让他们今后两年怎么干？你让我这个教育干事怎么干？"

"您别这样激动好吧，不就是我们又上了一个稿子吗？新兵在军营里很快乐呀，新兵中队就是一个温暖的大家庭，这是实在的。我的表现形式是肤浅了一点，只是用一滴水折射出新兵丰富多彩的生活。"胡干事说完，马上抱起电话，开始向发稿编辑表示感谢。黄理胜如独自站在寒风中，一阵凌乱。

在政治部季度工作讲评会议上，胡浪来的工作得到主任的大力表扬，说胡干事协调能力强，为干好工作想尽办法，少花钱多办事，不花钱能办事。说新闻报道归根结底就是舆论宣传和引导工作，发生在我们部队的好人好事，一些好的经验做法，哪怕事情很小，只要有利于部队建设、有利于战斗力的提高，就要敏锐地加以宣传报道，大张旗鼓地引导；哪怕没有发生的事，你应上级的指示精神、工作要求，把稿子写出来、刊登了，下一步我们可以照着那样做嘛……新闻报道还可以这样操作，黄理胜第一次听到。

那次，集团军政治部一位副主任带队来旅里检查政治教育落实情况，除了要查看教育计划，连队指导员的备课记录，官兵的听课笔记、读书笔记、学习心得等，还将组织几次小规模座谈。旅里领导对这次检查很重视，政委、主任和检查组成员之一、集团军政治部宣传处处长私下里电话沟通多次后，掌握了上级的大致意图和行动计划。据此，旅里制定了八字方针："全面准备，重点布局"的迎检方案。政委在每周一上午营连主官参加的交班会上，进行了一次简短动员，让大家督促每名官兵，一定要把可能被问到的问题背下来，哪怕是生吞活剥，对说法不一、容易误导的问题，组织、宣传科要统一说法，制定"标准答案"；听课、学习笔记要一课不落地补齐，包括探亲、出差、住院人员。对于参加座谈的官兵，要认真筛选，尽量让那些思想成熟、说话做事稳重的班长骨干参加，也可以挑一些反应机灵、能说会道的士兵，各个军衔、层次的兵都要兼顾到，千万不能让那些满嘴跑"火车"，随便冒"泡"的兵掺和。

黄理胜是旅政治部宣传科负责理论教育的干事，那次各种检查、座谈，他从头到尾都参加了。最后一次座谈会是在旅机关三楼交接班会议室举行，集团军领导说想听听基层官兵的心里话，请旅里领导"回避"一下。座谈开始，几位连队指导员显然是有备而来，侃侃而谈，说得和报纸上的差不多，很少有自己的语言与思考，更少有独创性的经验做法；倒是几个排长、士官发言虽然三言两语，但比较具体实在，如某次搞了什么教育，指导员是怎么说的，兵们在课堂上有什么反应，

私下里又是如何讨论的，落实到具体行动上变现如何，等等。

座谈快结束时，集团军政治部宣传处长和颜悦色地对黄理胜说："你比较了解情况，说说看呢。"几天下来，黄理胜和检查组成员都混熟了。任何人都认为这只是会议快结束时礼节性的客套，没想到坐在角落边一直不吭声的黄理胜马上挺直腰杆，凝重而严肃地说："现在基层政治理论教育，一是教育形式老化，年轻官兵都是看动漫、听说唱、跳街舞、溜滑板、打游戏长大，他们对传统的授课说教、黑板报、座右铭、标语、口号、格言等形式不大感兴趣，普遍反映政治教育枯燥，因为不想听，而听不懂；二是教育流于形式，只是为完成课时任务而完成任务，由于政治教育无法量化、无法考评，以致像'橡皮筋'可大可小，可轻可重，可长可短，说起来重要，做起来次要，忙起来不要，每次活动的样子好看，声势浩大，真正滋润官兵心田的雨点小，面对上级来考核，采取确定重点官兵重点准备；三是各级政工干部的能力素质、修养形象有待提高、加强，要能做到赋予真理以人格的魅力，首先要自己行得正坐得稳，做到言传身教，然后将'大道理'与官兵生活的'小情理'结合起来，教育才入脑入心，内化于心，外化于神，具化于行……"

集团军检查组刚走，黄理胜在座谈会的发言就传开了，版本很多。旅里领导好像并不在意，就有次下班时，黄理胜和科长落在最后，他们一起出门时，科长好像很随意地说："以后说话要注意场合、方式，也是对自己和对单位负责。"

黄理胜感觉周围没什么变化，又不易察觉地变了，他的工作变轻了，加班少了，与之相应的是担任政治部值班多了，跑腿出差多了，带车任务多了。旅里规定大小车辆外出执行任务，必须有干部带车，一是时刻提醒驾驶员行车安全，二是监督驾驶员按规定路线行驶。

黄理胜身边那些"嘴损"爱开玩笑的战友好像和他生分了，和他说什么都是公事公办，客客气气，有几次他们凑在一起谈笑风生，他刚一过去，他们就不吱声，各自散去。有一种说法，下一步干部调整，黄理胜将到某个连队担任指导员，也有的说他将改任技术级，他大学学的是通信专业，去担任修理技师之类的职务，让他和器材、机器打交道最保险。

只有大功连那些兵依然和他打得火热，连队发生大小事，兵们都要到他那绘声绘色描述一番。有段时间，杨秀山家属来队了，旅里士官公寓正在装修，杨秀山的老婆孩子没地方住，黄理胜就把自己的宿舍腾出来，他自己则抱上被子回到连队排房。住排房啥都好，就是内务标准严格，整理执行起来有点麻烦，他的被子似乎怎么也叠不到原来的豆腐块样了。

调黄理胜去集团军政治部宣传处工作的电话通知是他自己接并记录的，那天他值班。他拿着电话记录去找分管副主任、主任、政委、旅长一一签字。拿着调自己的命令找首长签字，他感觉别扭，怪怪的。他不知道集团军在确定调他之前，曾来旅里考察过，旅领导帮他说了很多好话，就像他离开大功连时一样。集团军军部位于一个偏北的地级市，不像合成旅驻省会城市，尽管官兵一年到头难得出一次营门，但一走出去，抬腿一上公交、地铁，就能感受到大都市的氛围。尤其是年轻军官由于考虑到结婚成家、小孩教育、求医看病、转业就业等，很多人不愿意调到军部去。黄理胜倒是欢天喜地的，唯一的遗憾就是不能经常回大功连坐坐了。

黄理胜把自己的经历讲给武朝晖听时，他的故事还在一直上演，只是很多人读懂了他的"真"，熟悉了他的性格特点后，也就见怪不怪了。武朝晖也觉得黄理胜有点"邪"，他的成长模式不可复制，每个人的成长成熟都不一样，就像世界上没有两片相同的树叶。

早操回来队伍解散后，大部分兵先进排房整理内务，五六个兵站在水龙头前，细致地往脸上涂呀抹呀，哪怕再忙再苦，他们还是讲究"精致的男人生活"，一年到头用洗面奶，海训、驻训要用防晒霜之类的东西。早晨洗漱的人多，武朝晖也经常错峰用水。一群大老爷们在旁边默默地在脸上"精耕细作"，他开始很反感，后来渐渐理解、包容，最后基本可以接受，但对临睡前用面膜的行为举动还是嗤之以鼻。当兵的就应该以粗犷、雄壮、孔武、黝黑、血性为美，和外面大街上招摇而过的"伪娘""小鲜肉"走的不是同一路线。武朝晖很明显地感觉到双臂肌肉隆起，晚上体能训练后冲澡时能看到自己浑身的肌肉疙瘩，他回老家探亲时站在一群腆着肚子、白胖白胖的人中间，心底升腾起玉树临风、鹤立鸡群的骄傲。当然，在营盘里周围每个兵都这样，精瘦精瘦的挺拔。他的两个手掌不知不觉磨出一层厚厚的老茧，满脸胡茬，每天像夏季疯长的杂草，现在一顿如风卷残云能吃几个大馒头，有时候急了，也会蹦出几句脏话，他和士兵好像贴得更近了。白天训练间隙有时望着白云、远方发呆，晚上一挨床就入睡……他还坚持写日记，偶尔翻翻抽屉里的《共产党宣言》，他那本是英文版的，放在几本政治理论书的最下面。

武朝晖把自己想从军事上发展的打算跟李丽娟说了，他提副连、正连后，如果那一天来到，她就可以随军来部队，这有征求她意见的意思。直到晚上九点多，她才回信息，说最好早点转业回来。她依然是他窗前的"边关暖月"，她的生日、七夕或情人节等，他还像往年一样寄礼物给她，但他还是不是她的"春闺梦里人"，他也说不清了，那感觉，就像两人从遥远的异地往一个地方奔跑，很容易疲惫与迷茫。其实，他那个信息发得很唐突，尽管他已经下定决心了，但还是隐隐地希望得到她的理解与支持。李丽娟迟迟而来的回复更是意味深长。干军事，操枪弄炮很有可能当职业军人，在部队干一辈子。

武朝晖打电话回家，和父母随便聊聊，问过家里的近况，说起乡邻的琐事。快挂电话时，父亲照例问他忙吗，要注意身体，注意安全，他随口说下一步可能将调整岗位，具体去哪，干什么还不清楚。当兵后，武朝晖养成每星期打一次电话回老家的习惯，无论再忙再累也做到。"父母在不远游，游必有方"，当兵的人是以孝为忠，尽孝是很难了，只能尽量做到不要让父母担心。

武朝晖父亲放下电话，就把消息向廖老板说了。廖老板备了一份厚礼，去找那个远亲，老将军的秘书。秘书的家人热情接待了廖老板，还让他和秘书通了电话。秘书在电话里说，请放心，他马上打电话，一定会对武排长多关照。后来，秘书回家探亲，廖老板又去了，和秘书本人做了密切深入的交流。秘书对武朝晖从能力素质到言谈举止、待人接物、工作表现，大加赞许，说得廖老板心花怒放，满心欢喜。那时候武朝晖还没有见过秘书，不知道秘书的尊姓大名，更不晓得廖老板去找过秘书。后来，武朝晖调到旅司令部作训科担任副连职参谋，廖老板又去诚心诚意地感谢了秘书。武朝晖和廖美花结婚后，有次休假他陪廖美花回娘家，酒足饭饱后，廖老板剔着牙醉眼蒙眬地说，他对武朝晖是很关心的，对他的成长进步是很上心的，尤其是调到机关去……然后无意中提及他和秘书的交往。开始，武朝晖有点莫名其妙，终于弄明白时，当场发作："老子在部队是凭本事、凭能力苦干出来的，不是托门子、找关系送出来的！"廖美花赶紧拉住他，说他喝多了。其实，廖美花一开始就知道那件事，但她从来不说。"我根本就不认识那个什么秘书，他也没帮过什么！"武朝晖确实喝多了，有点失态。这些都是后话。

老首长挑选一个小同乡当秘书，主要是老首长说话家乡口音重，有几任秘书刚开始时听不太明白。一个小老乡在身边，可以听听乡音，有时拉拉老家的风土民情、趣闻轶事等，顺便帮他整理整理只为自娱自乐、不打算出版发行的回忆录。怎么也想不到，秘书利用老首长的名望、书法作品，四处张扬，请托办事，有坑蒙拐骗之嫌。老首长有所耳闻后，很是生气，打发他回了原部队。当然，考虑到了他的前途，没有做任何不良鉴定，很宽容、妥当地做了安排。那位秘书水平能力一般，但情商出众，做事聪明，为达到个人目的有锲而不舍的精神，善于钻营，善于找机会傍"贵人"。他离开老首长家后，先是调进集团军机关、军区（战区）机关，后进入总部机关，给某位在职首长担任秘书，再后来他和那位首长一起"栽"了。不知道是他害了首长，还是首长害了他。当然，这些也是后话。

老首长在他们那个山区小县，可谓家喻户晓，赫赫有名，乡亲们茶余饭后说起老首长的故事，就如自家一位亲友，满脸自豪。老首长最近一次回乡已是十几年前了，有万人空巷的盛况。关于老首长的带兵打仗的传说很多，有的甚至极富传奇色彩，如用一筐肉包子招降国民党军一个排，用一根扁担俘虏一个连，在朝鲜战场，一天一夜激战下来，从连长晋升为代理团长……武朝晖当兵后，才发现老首长和他住在同一座城市，并且了解到老首长曾在他们部队战斗过，担任过最高军事指挥员。

一个阳光灿烂的星期六上午，武朝晖在廖美花那儿坐了一会儿，当他起身说要去看望老首长时，廖美花有点失望，欲言又止。那天她穿着素色长裙，披散着黑亮长发，脚步轻快，一直笑吟吟的。

武朝晖在一栋质朴浑厚的民国建筑前按响门铃，一位眉清目秀的二期士官出来引导，他屏声静气地走进那座幽静爬满紫藤的小院时，老首长正兴致勃勃地泼墨挥毫。武朝晖喊报告，首长好！用的是家乡话。老首长一愣，哈哈大笑。见老首长一笑，旁边那只低眉顺眼的小黄狗马上配合着摇尾巴，高兴得团团转。在宽敞的客厅里，老首长笑声朗朗地回忆起老家的一些人和事，慈祥得如邻居老大爷，丝毫没有武朝晖想象中的那种高高在上，凛凛威严。武朝晖心里不由得放松了许多，身子轻轻往沙发里靠了靠。

武朝晖向老首长汇报，他现在在某部当排长，快三年了。老首长接过话说，排长就是"排头兵"，那可是锻炼人的岗位，兵头将尾，整天和兵猫在一起，最了解士兵，晓得他们想啥盼啥，知道士兵的冷暖，要设身处地地替他们着想，一个排长都当不好的人，肯定当不了连长、营长、团长，一定要把基础打好，把排长当得响当当的、硬邦邦的、亮堂堂的……老首长还说是他们合成旅的历史，说他们在抗美援朝战场上，有位排长带领全排二三十号人坚守坑道十昼夜，嘴唇干裂，渴得吞不下任何东西，吃饼干都像吃刀子，只能喝尿，舔坑道壁上又苦又涩的水滴，就是在那种情况下，那位排长将全排战士紧紧团结在一起，不断给大家打气，时刻保持昂扬斗志，凌晨四五点派人悄悄去抢水，不断组织战斗小组骚扰敌人……最后终于迎来大部队的反攻，取得战斗的胜利……如果那个排长平时工作吊儿郎当，不关心兵，不了解兵，和自己的士兵没有深厚感情，彼此没有坚定的信念、信心，谁会听他的，他指挥得动谁，只怕有人在背后打黑枪呢，所以战友都是生死之交，带兵就是带生命，带胜利……

第四章　君子于役

快中午了，那边厨房飘来饭菜香，好像是家乡的味道。武朝晖谢绝老首长留下吃午饭的邀请，赶紧告辞。他就那一次匆匆拜访了老首长，后来再也没有去过，也从没见到过那位"传说"中的秘书。后来，他的前任排长黄理胜竟阴差阳错地调去给老首长当秘书。黄理胜和老首长"臭味相投"，都是那种认真性格，组织上可能考虑到了。他还通过黄理胜向老首长求到一幅字：沙场秋点兵。

武朝晖当大功连连长时，几次想请老首长回老部队给兵们讲讲战斗精神、传统故事，可他只是一个小连长，一个连队只有百十号人，他担心场面太小，与老首长的身份地位不符，终究没好意思请。他再次，也是最后一次见到老首长是在殡仪馆。老首长躺在鲜花丛中，身盖中国共产党党旗，还是那样笑眯眯的，好像还有话要说，还有故事没讲完。那天，告别仪式上穿军装的不少，但穿陆军礼服就武朝晖一个人，很扎眼。他也见到家乡市里、县里来的代表，他用老家乡间参加丧礼的礼节，朝对方肩头轻轻一按，对方顿时心领神会，相互凝重地点点头，倍感亲切。

离上班还有半个多小时，武朝晖等在参谋长办公室门口。参谋长只要不出差或下营连检查工作，来办公室都比较早。一会儿，参谋长脚步轻缓地从楼梯边走来，低着头边走边掏钥匙。"参谋长，早！""武……朝晖，大功连的武朝晖！有事吗？"参谋长打开门。武朝晖一路上想好的自我介绍没用上。参谋长说："你对外军很了解嘛，平时看这方面的书应该不少。上次原定的新装备使用与维修比武，准备也得很充分。"武朝晖没想到参谋长对他印象这么深刻，提到的都是他投入很大精力的"高光时刻"。武朝晖有点激动，感觉手心冒汗，喉咙发痒。"有什么事吗？"参谋长又一次问。

武朝晖将夹在腋窝下的那个黄褐色剪报本恭敬地递过去，说请参谋长批评指教。简报本上是这几年武朝晖发表在报刊上的一些"豆腐块""萝卜干"，有的还是上大学时发的。其中，最有分量的应该是发在《东南军事学术》那篇，内容是以通信为例浅谈联合作战，提到海军因为涉及对潜通信和地球曲率原因，使用长波电台或短波电台的低频段；陆军战役规模动辄几百千米以上，通常用短波电台的高频段，战术通信涉及丘陵、山林、楼房的遮挡，要求无线电信号具有一定绕射能力，因此常使用超短波电台的低频段；空军通信对空没有遮挡，使用超短波电台的高频段。这些都是常理性的知识，是无线电通信基本原理所决定的，每个国家的军队都一样，比如北约的制式超短波电台，它的频度范围甚至频率点跟我军是一样的，这并不是什么机密。各军兵种联合作战，硬件软件要兼容兼顾，形成合力，就像一把筷子，上头抓紧了，如果下头散开着，就无法形成力量，所以各军兵种的武器系统建设要做到统筹兼顾，信息系统建设也得放在一起考虑，综合规划建设，如果数据库格式都不一样，系统很难交互，就形成了一个个的信息化孤岛。军事斗争的灵魂是思想，拳头是体系实力，过去有人说"你打你的，我打我的""有什么装备就打什么仗""超限战""极限战""非对称作战""一招鲜""撒手锏",讲什么"奇兵"和"诡道",在绝对体系实力面前都可能成为齑粉,灰飞烟灭……

参谋长随手翻起剪报本,目光锁定那篇文章,看了好一会儿。这时,操课号响起,门外响起轻轻敲门声,有人喊报告。参谋长起身说:"这个就放在这里,我再看看,你先回吧。"

营盘里平淡的日子,似乎被军号声连绵成山川大河一样辽远壮阔。老兵退伍后,转眼迎来新年,马上就是开训动员,接着过年。刚从参谋长那边回来的几天里,武朝晖心里蠢蠢欲动地期盼着什么,有一阵子,连部的电话铃声隐约传来,他都有点激动,坐立不安,渐渐地,他的心情变得平静,想努力忘记那件事,就当什么都没有发生过。

那年,大功连在营盘刚过完年,就带上床板床架战备生活物资及个人携行物品(按照战备要求,士兵个人的东西分为携行、运行、留存),乘敞篷卡车顶着呼啸的寒风赶往几百千米外的皖北山区驻训地。大功连的驻训点又变了,是和兄弟部队互换的。为了适应现代战争,使得训练、战场环境陌生化,得以更好地锤炼部队,连队的驻训点经常变。

大功连的驻训点傍依一道小土坡,旁边有条小溪,一口狭长的池塘,七八栋老营房。听老兵说以前有驻军,是一个靶场,每到秋天就有一队队兵一溜溜炮车来到这里,把这片寂静与空旷挤得热火朝天,轰轰隆隆,兵走后又归于漫长冬眠般的沉寂。土坡上有座碉堡一样的小土坯房,住着老夫妻俩,开个小店,卖点零碎日用品。另外,还有一两户开荒种地的，住的是窝棚，他们像幻影一样，官兵几乎没见过他们。这里的房子比营盘的破旧多了，四处漏风，深夜里听起来吹芦笛一样尖细，房子周围隐约能见几个坟堆。列兵李喆睡下铺，天冷，睡上铺的刘勇把衣服搭在被子上，一只衣袖垂下来，风吹得一晃一晃的，李喆吓得头蒙在被子里，被叫哨的刘长河看到，传为笑谈。早春，那地方依旧水瘦山寒，衰草满目，放眼望去有"塞下秋来风景异"的苍茫寂寥之感。

驻训点没自来水，就一口井，每天轮流帮厨的兵首要任务就是抬水，帮着洗菜淘米。冰冷刺骨的天气，洗澡很是不便，但兵们还是光着身子站在井边，顶着寒风，号叫着往身上一桶又一桶地冲水。大多数夜晚黑灯瞎火的，兵们无处可去，又无事可做，就放羊一样在几栋老房子里乱窜，零星几点光亮处不时传出一阵哄堂大笑，武朝晖有时候组织大家唱歌、拉歌。他请司务长上街时帮他买回一大把蜡烛，晚上他就着烛光看书，写日记。

大功连来到驻训点第一件事就是整治环境，清理垃圾，拔除杂草，将里里外外打扫得干干净净，把房前屋后的一些沟坎，路牙用工兵锹拍打得笔直如线，整整齐齐。"满脸月色"（不是光洁如玉，而是如月球表面粗糙坑洼得让人肃然起敬）的军医老成持重地走在前面，连队卫生员背着个喷雾器紧紧跟随其后，随着军医的指点这儿喷喷那儿洒洒，这样的行动几乎每月有一两次。早操，不像营区那样有领导站在高台上"点操"，也没有固定路线，兵们就顺着大路稀里哗啦一窝

蜂似的跑。在一道缓坡下，武朝晖下达那天早上唯一的口令：解散！大家就站在路边，蔚为壮观地朝草丛里"放水"。大功连三个排长，目前在位的就武朝晖，其他两个休假了。连队值班被武朝晖承包了。

刚进驻时，天还冷着，白天的训练就是在空旷地走队列，一两趟下来，兵们就杵在那神吹海侃直到收操哨响起。武朝晖也懒得说他们，这时如果一抹"颜色"（女孩）从哪冒出或闪过，不用口令，肯定是齐刷刷的"注目礼"。连队和大本营的联系全部靠电台，那滴滴答答的操作，看上去高大上，其实发与译之间，来回折腾，比用手机费事多了。但是铁的纪律，不能含糊。

山野苍茫，刚来时夜晚的风像个疯婆子发出瘆人的叫声，后来渐渐变得像个流浪汉唱着怪腔怪调的歌到处跑，比较起来温顺多了。就在前些日子发生的事，武朝晖感觉像过去几个世纪。由于出发前事多，加上走得匆忙，他很久没有去看廖美花了，很多时候他忘记了她的存在。昨天，他打电话回家，他父亲说美花病了，让他抽空去看看。他马上打电话给廖美花，廖美花说她好着呢，什么事都没有，让他安心工作，她能照顾好自己。他听出来她的声音有些嘶哑。

上午旅机关发来电报，由于译电员晚上受凉拉肚子，由卫生员带着去医院挂水了。医院在十几千米外，是兄弟部队的卫生所。电报被实习译电员磕磕巴巴地翻译出来，大意是让武朝晖即刻回营区，到旅司令部作训科报到，但他不敢签字确认，说可能有误。中午，旅机关的电报又来了，当时译电员刚回来，看起来虚弱得用担架抬。电报翻译出来：命令武朝晖第二天晚饭前赶到作训科。

　　武朝晖火急火燎地报到后才知道，集团军将在合成旅组织召开一次夜训观摩现场会，他就是利用这个契机调进作训科担任作训参谋的。一到机关就进入临战状态，开始没日没夜地加班。

　　一年后，参谋长晋升为旅长。武朝晖调任大功连连长。

第五章
修我戈矛

熄灯号如三月的风拂过营区,阵阵哨声中灯光次第熄灭,刚才还盈盈一池欢声笑语、灯火通明霎时一片寂静,原本响亮清脆的蛙鸣、鸟啼经迷蒙的月色过滤也显得迷蒙,如微醺轻醉般梦幻。

大功连前面是一片落叶水杉林,树叶已冒出鹅黄的嫩芽。月色中,林子里一棵碗口粗的水杉抽筋似的,一下一下有节律地颤动着,在夜色的微风中很不容易觉察。突然,水杉停止颤动,着迷彩服裹得像只绿皮青蛙一样的列兵焦文文猛然一个趔趄,险些跌个嘴啃泥,背包带又断了。焦文文的背包带已断了好几处,上面打着一个个不规则的结。好在他熟稔每一个结的位置,黑暗里紧急集合打背包也不碍事。

宁为百夫长,胜作一书生。武朝晖回到大功连当连长,有踌躇满志的感觉,军营小连队,人生大舞台,他决心以此为起点干一番事业。每年年初的共同科目训练,投实弹比实弹射击更危险,有的连队怕出事,平常投不及格的,或胆小有心理障碍的,就委婉地劝说其不要参加。武朝晖在训练动员时说,大功连必须人人参加,个个过关,包括连部、炊事班等所有勤杂人员。一个士兵连手榴弹都不敢投,怎么上战场,怎么和敌人较量。他也请大家放心,投实弹时,他就在旁边,出了问题他负责，他会挺身而出保护好每一位战士。当连长抓军事训练，他决定从投弹着手。

大功连投弹优秀率达百分之八十以上，及格达百分之九十九，那百分之一就是九班列兵焦文文，每次摇摇晃晃的只能投到二十来米。他在连队第一次投弹，九班长刘长河看到他的扭捏姿势、投出的米数，鼻子一皱："哼，还不如娘们。"通信连的女兵投弹动作比他要标准，她们是二十五米及格。武朝晖悄悄和三排长谈过，三排长找到他班长刘长河，一个意思，让焦文文加强锻炼，不能拖连队的后腿。干部都没有直接找焦文文，看他那斯文、秀气的样子，怕增加他的心理压力。

还是昨晚的月色和蛙鸣。第二班自卫哨上岗了，连队干部已查铺查哨过了。焦文文蹑手蹑脚向小树林走去，把背包带挪了几个地方，先是拴在水杉林旁的一根水泥电线杆上，拉了一会儿臂，好像突然想起什么，忙转移阵地把背包带拴在操场上的篮球架上，没拉几下，远处似乎有人朝这边走来。他匆匆解下背包带，今晚的"夜训"匆匆结束。

这两天，焦文文为拴背包带的地方发愁，虽然不需要太大的场所，可"陪练"的角色难找，需要把背包带的一端固定在一个屹然不动、不知疲倦的物什上。他有些日子把背包带拴在水杉上，可水杉是有生命的呀，像人一样，如果谁在你身上套根绳子不停地用力拉扯，那多难受，尤其在这春暖花开的季节给它制造痛苦。拴在水泥电线杆上呢，那也不是闹着玩的，水滴石穿，绳锯木断，背包带日复一日地拉电线杆太危险啦，它松动了，万一再有什么外力强加于它，那可是事故隐患啊。拴在篮球架上呢，无遮无掩的，目标太大了，有人看到，还以为他在发奋想刷新什么纪录呢。

午饭后，焦文文在水杉林里转悠。他发现一根光秃秃的水泥柱：一人多高，四方形，表面坑坑洼洼的露出一些小石子，以前可能是用来牢固电线杆什么的，现在退役了，正寂寞地等待着什么。焦文文绕着它转了几圈，用力扳了扳，纹丝不动，正好能用上。

大功连九班号称"神勇钢炮班"，以投弹远准狠著称。这是早在抗日战争时期留下来的传统，据说第一任班长是羊倌出身，双臂像长臂猿一样又粗又长，因为长期放羊，甩石子打头羊，规划调整头羊的前进路线，练就了用手榴弹在百米之内指哪打哪的本事。战争年代，连队和营里有意将全连，乃至全营的投弹能手集中在九班，再加以强化训练。每次激战，当敌人蚁涌而至，距前沿阵地百十米距离时，九班弟兄嗷叫着顶上来，一阵密集的手榴弹，大多在敌人头顶形成"空炸"，炸得敌人鬼哭狼嚎、屁滚尿流地四处逃窜。说法之一，连队在多次战斗中累立奇功，获得"大功连"的荣誉称号，就和九班有密切关系。20世纪60年代初，在那次闻名全军的大比武中，九班再次以投弹名扬全军。

行家一出手，就知有没有。在九班随便哪个兵一出手就是六七十米，不需要运气发功，不需要活动身体，他们就那不经意的轻松样，扬手就是六十多米，投实弹十拿九稳空炸，能让那些新兵惊讶得嘴里能塞进一个鸡蛋。九班高手云集，但每年分到九班的新兵并没有经过刻意挑选，有的在新兵连只是勉强及格。但在九班泡上一段时间，他们如有神助，一斤二两左右重的手榴弹握在手里跟玩似的，甩手就是四五十米。焦文文刚分到九班时，刘长河很不满意，怒气冲冲地找到武朝晖："连长，给我们班分来这么个兵，这不是准备砸我们的牌子吗？""你刚进九班时又怎样，还不是才勉强投及格。"刘长河是武朝晖一手带出来的班长，脾气性格知根知底，说话轻了重了不在意，"去，带不好，我剥你的皮！"

焦文文是体检、政审合格，正正当当入伍的兵，再说了，入伍检测也没有投弹这一项。他投弹不行，并不是说他干什么都不行，平时大小工作任劳任怨，还写得一手好粉笔字。自从他下连队后，大功连每周一期的黑板报都出自他的"纤纤十指"，耗材都是物美价廉的粉笔。周末，兵们自由活动自得其乐时，他吹着口哨或哼着不知名的曲子在黑板前或弓步或马步或站立，一番凝神地精耕细作，一期图文并茂、简洁明快的黑板报就呈现在大伙儿面前。他还煞有介事地开设了几个栏目，如《时事快递》《练兵场上》《士兵心声》等。为了让这巴掌大的地方真正能反映大家的心声，他还煞有介事地刊出征稿启事，并与几个爱提意见的兵"约稿"。也有几个兵当作一回事，认真写几句。现在班排有强军网，涂鸦几句，鼠标一点，全军皆知。但黑板报有它的好处，兵们进进出出，随时能看到，有时候能解决"墙里开花墙外香"的问题。

合成旅过年前举行了一次黑板报评比，在众多用水彩描绘、色彩鲜艳的黑板报中，只有大功连的黑板报一副清水芙蓉、超凡脱俗的样子。旅政治部主任在大功连的黑板报前驻足许久。最后评谁是第一，评审组在大功连和通信连之间举棋不定，《解放军报》一位记者插话说，黑板报就是要短、平、快地反映连队生活，否则它作为连队的宣传阵地就失去了意义。那次军报记者正在旅里采访，也参加了黑板报评比，记者把大功连黑板报上的一首"枪杆诗"稍加改动"转载"在军报上，署名大功连。《战士的第二故乡》这首歌的诞生，据说是一位艺术家在舟山群岛的东极岛上体验生活，看到守岛战士写在黑板报上的一首词，他被官兵以苦为乐、以苦为荣的精神感动，即兴谱曲，这首歌由此而传唱不衰。没想到相似的故事在大功连上演，可惜大功连上报纸的只是几句打油诗，不能传唱。焦文文将那张报纸小心翼翼地收藏起来，一时感觉如走在追光灯下。黑板报只是短暂的话题，在大功连，尤其是在九班议论得最多的还是手榴弹。

在手榴弹占领绝对话语权的九班，投弹牛说话才硬气。平日里大家三句话不离"弹"，经常在一起"扯弹"，什么67式木柄弹，67式加重木柄弹，反3式防坦克弹，像个话筒样的77-1式塑柄弹，82-2式弹；什么徒手投，持枪投，跪姿投，卧姿投，甩手投，抛掷投；什么窗户靶，地壕靶；等等，兵们闲聊时，也常以手榴弹为参照物，如形容某个女明星的身材，嘿，那身段像流线型弹柄；说某人平时闷声不吭，关键时刻一踹屁股就能顶得上，说他的性格是"手榴弹"型。

如果步兵也分族的话，他们就是手榴弹一族。

焦文文投弹"屎"，有先天因素，也有后天原因。你看他皮肤白净，细胳膊细腿，说话轻声细语的，整个一副文弱书生。后天养成，就是他父母惯的。当兵不到半年，他父母就来过几次了，每次来大包小包，吃的喝的，那架势就像恨不得每天给他送早点过来，让带兵骨干看得直皱眉。武朝晖私下里和他父母谈过，小孩当兵了，成年了，该放手了，把孩子交给部队，班排骨干、连队干部会像对自己亲兄弟一样带好他，请他们放一百个心。焦文文父母嘴上答应得好好的，可没几天又来了，有时满脸堆笑解释说是出差顺道看看，有时干脆说是孩子爷爷奶奶不放心，前几天做了一个不好的梦，硬逼着他们来。他父母来也谈不上多影响连队正常工作，一般就在营盘附近找个小旅馆住下，起床号到熄灯号这段时间，他们就待在会议室、学习室或其他没人的地方，随时瞄一眼他们的孩子，这就是他们的全部目的。武朝晖也找焦文文谈过，能不能做工作不让你父母来？你家庭条件好，离部队不太远，你父母经常来，其他战士怎么想，这个队伍怎么带？焦文文听了，带着哭腔咕哝着，他们要来，我也管不住，腿长在他们身上。

武朝晖知道自己作为连长，手下百十号人，必须一碗水端平，对谁都不能表现出过于亲近，当然，负伤生病的除外。对于能力弱小的战士，很多时候只能默默地关心关注。武朝晖悄悄观察焦文文，他更像父亲，话不多，斯斯文文的。他母亲看得出来是个厉害角色，说话像"点射"，一扣动扳机，别人根本插不上嘴。她向班排长和连队干部介绍她儿子，说她家文文从光屁股满地爬到入伍前，都是乖孩子，从幼儿园到中学毕业都得"小红花""三好学生"，听话，安静，干净，心善，不调皮，从没有和小朋友打过架，没有和同学红过脸，没有接触过危险的事物，过马路都是红灯停绿灯行，没有爬过树翻过墙，没有下河游过泳，偶尔游泳也只是在游泳池的浅水区里戏戏水，没有玩过火，没有溜过冰，没有放过鞭炮之类的东西……刘长河听了，笑着说："阿姨，您这是养儿子吗？古时候的'大家闺秀'也不过如此呀。"

焦文文的"胆小乖巧"，刘长河是有所领教的。新兵头一回实弹射击，首先每人发五发子弹体会练习，尽管大家对手里的枪和射击理论都已经很熟了，可要让每发子弹命中目标，还有一个漫长的过程。焦文文后来回忆说，只觉得手心汗津津的，抖得厉害，旁边的兵突然率先开火，他心慌意乱，眼睛一闭，一嘟噜，五发子弹全不知跑到哪儿去了。现场指挥员只得又给他压上五发子弹，让他加入下一轮，再体会一次。

焦文文的父母说，他们对孩子没有别的期待，就是希望他尽义务，当两年兵，锻炼得结结实实，说话走路干脆利索，做人做事像条汉子，平平安安地来，平平安安回去。武朝晖很想说，你们一方面这么想，可另一方面又往反方向使劲，帮帮忙，配合一下好吗？

武朝晖知道对于一名战士，手榴弹爆炸的轰响具有某种非同寻常的意义，无论是生理上还是心理上，可能就像阳光下的影子伴随你一辈子。大功连组织投掷训练近两个月了，武朝晖带全连官兵把引弹、蹬地、转体、挺胸、送胯、挥臂、扣腕等一系列动作，结合物理学上的初速度、抛物线、自由落体，以及声学、光学、力学，再牵扯到人体肌肉骨骼构造，再到心理学，每一个动作反复训练不知多少遍了，早已熟记于心。很多兵说，没想到一个简单的投掷动作有这么多学问。武朝晖又说投弹的时候不要想得太多，想得太多了就像走路决定先迈哪条腿一样，反而别扭得不会走路了，就像新兵走队列偶尔有同手同脚的现象。

每天下午体能训练时间，营区里到处是奔跑的身影，空气中仿佛弥漫着浓烈的汗意。大功连的兵跑一阵后，就抬着一柳条筐教练弹来到投掷场，扔出去又捡回来，捡回来又扔出去，反反复复，有个山东口音在懒洋洋地报米数，一切看起来单调枯燥、索然无味。就是在这周而复始、循环往复的训练中，兵们饭量更大了，嗓门更粗了，手臂更壮了，当然，大多数兵手一扬，手榴弹就飞出大几十米。

按照训练计划该进行实弹投掷了，一种紧张兴奋的情绪像流行感冒一样在新兵中间感染传递。老兵说，投弹可不是打枪，打枪只需要枪口向前扣动扳机，子弹不会拐过弯来，投弹时心一慌手一抖动作一迟缓，就有可能将你的人生画一个句号加惊叹号，说不定还殃及旁边的指挥员。报纸上不是偶尔有指挥员因掩护投弹的兵而牺牲的报道吗？

这几天，兵们盛传一个说法，比网速还快，说三排长右耳下面那道像细蜈蚣一样的疤痕，就是为掩护一个吓愣了的新兵留下的纪念。听到这种说法，排长脸上那道伤疤又一次牵动焦文文的目光。疤痕呈淡褐色，细长，两旁淡淡的针脚像蜈蚣两侧的腿，乍一看活如一条蜈蚣趴在那儿和他说悄悄话，尤其是他大声说笑或咀嚼东西时，那蜈蚣一下一下地蠕动，让人不由得一惊一乍，浑身起鸡皮疙瘩。焦文文从新兵中队下大功连那天，排长热情地拽过他肩上的背囊那一刻，他就注意到了那条蜈蚣，一路上偷偷打量好几回，不知不觉间觉得自己右耳下和脊背上也爬有一条货真价实的蜈蚣，不由得阵阵发凉发麻发痒。后来日子久了，熟视无睹，也就自然了，好像排长从来就是这个样子，本来就应该是这个样子。

　　现在焦文文再看排长那道疤痕，觉得它极富个性，比街上那些"愤青"的文身美多了，甚至像军功章一样闪着光。兵们还传说排长就是因为那道疤痕，女朋友谈一个崩一个，差不多能编一个排了。她们的说辞几乎统一，连语气和神态都差不多，说如果和他过日子，半夜里醒来，猛然见一条蜈蚣爬在他脸上，还不把人吓得尖叫。排长已经三十多岁，老大不小了，在他们老家同龄人的孩子早就满地跑、能打酱油了。可他连目标都没有出现在他的准星口，更谈不上锁定目标，集中火力打击。焦文文忽然觉得排长举手投足间每一个动作都是那么可爱，富有魅力。他将他所认识的异性在脑海里过了一遍。他没有姐妹，堂表姐妹里也没有合适的，女同学呢，也一个个被否决。如果有合适的，他一定要给排长介绍一个，他要告诉她，不要老盯着他们排长的伤疤看，要看他的全身，他身上99.9%的皮肤是好的，即使要看，也要把它欣赏成精美的纹饰、秀美的花。

明天就要投实弹啦。好些兵像顽童盼望过年玩鞭炮一样，摩拳擦掌，跃跃欲试的。刘长河望着一个个兴奋得满脸通红如麻雀叽喳的兵，淡淡地说，其实投实弹没啥意思，还不如投教练弹，教练弹投出去还可以看看它在空中的抛物线，是像高射炮一样投高了，还是像坦克炮一样投低了，投多远，弹着点有没有偏，以便修正下一次投掷。投实弹就不同了，你站在高坡上的壕沟里把手榴弹朝前方用力扔出去，然后头一埋，后面的情形就全靠你想象了。班长越是轻描淡写，兵们越觉得那是班长曾经沧海，经历多了，也就平淡了。

晚点名，武朝晖站在队列前郑重其事地宣布明天实弹投掷的纪律：一切行动听指挥。没有轮到的在指定区域休息，不准随意走动，不准站起来东张西望；叫到谁的名字谁上场，投掷时严格按照操作要领，沉着冷静，不慌不乱，如果你把投实弹也视为刺激的网络游戏，那么你那百十斤可能连裹尸袋都不需要，只要一个脸盆把你散布在四周像碎布一样的肉片捡捡就行了。焦文文双腿紧绷，心跳得怦怦地响，手心满是汗。武朝晖似乎感觉到了下面的气氛有些异样，临了补充说大家也不要紧张，没有什么好紧张的，投实弹比投教练弹还轻松，把弹投出手就行。

临睡前的讨论不可谓不热闹，主题词是：投弹。焦文文察言观色了一番，排房里就山东兵车前进的情绪和他差不多，好像对这个话题不太热衷，趴在床沿磨磨叽叽地写着什么，看起来就半页纸。焦文文凑过去，起初车前进不给他看，捂在怀里，比保护和他有点意思的女同学的来信还要紧。车前进的性情脾气和焦文文相近，经不住几句好话，一阵软磨，焦文文看到了那封短信。那是车前进写给他母亲的，大意是连队明天要组织投实弹，如果他不幸"光荣"了，只怪他自己，不能怪班长、排长、连长，不能怪任何人，更不要向部队提任何要求，最大的遗憾是他不是在战场上或见义勇为而"光荣"，"光荣"得有点窝囊，"光荣"得并不光荣，唯一欣慰的是他在尽一个公民的义务，一个士兵的义务，"光荣"在练兵场上，在自己的岗位上。最后一句话是：孩儿不孝，请娘不要悲伤。焦文文看了看这封煞有介事说不上味的"遗书"，开始想笑，但忍住了，一种淡淡的悲壮感像湖面上的水雾缓缓升腾、弥漫。焦文文把信还给他，说了几句宽心话，默默上床睡觉了。

那一夜，焦文文仿佛又回到高考的前夜。明天又要参加"高考"，另一种形式的"高考"。整个晚上他躺着，侧着，趴着，好像每一个睡姿都感到难受，越强迫自己入睡，越不能入睡，天亮时刚迷糊，起床号就响了。

早晨太阳鲜亮升起。由于要进行实弹投掷，连队提前半小时开饭。饭后，炊事班喊灌开水。这几天，大功连的热水器又坏了，报修了，人还没来修。尽管炊事班烧的开水油腻腻的，有股烟火味，但总比到时候嗓子干得冒烟强。于是，有兵提着一大串水壶叮叮当当地向伙房跑去。当然也有兵昨晚就悄悄从军人服务社买来矿泉水，已装进水壶里了。

焦文文觉得头有点儿沉，几次想向值班干部提出由他担任连值日。那天的连值日是五班长刘勇，手榴弹投掷他能做到"合格免检"。刘勇见焦文文像只猫一样在值日台前徘徊，笑着拍了拍他的肩说，好好投，这是他人生第一声具有血腥味的轰响，意义不同寻常。焦文文一听"血腥味"三个字，顿时一哆嗦。

集合哨响起，"一个兵就是一份战斗力。决不能流失一份战斗力，决不能让老百姓的血汗钱养一个一听到枪炮声就尿裤子的废物！"焦文文随着队伍朝实弹投掷场走去，他一脚深一脚浅地走着，老想着连长说这话时咬牙切齿、斩钉截铁的样子。

实弹投掷场设在一座绿油油的青草坡上。两边的山梁上长满了马尾松，大的碗口粗，冠如华盖；小的也有锹柄粗，亭亭玉立。那是兵们年年植树造林、绿化驻地的结果。队伍逶迤顺着山坡往上走时，焦文文发现脚下有许多鸡窝一样的坑坑洼洼，周围散落着零星草皮、草茎，有的还沾有新鲜的泥土。每个"鸡窝"边沿长草的地方有一圈黑褐色的细土，底部是一层像黄色炸药一样的沙石，由此可见这片山坡土地贫瘠，土质坚硬，很不利于植物生长。树木在这种地方枝繁叶茂，种树的兵和被种的树都不容易。队伍像条巨蟒无声无息地向前移动，兵们一个个神情庄重，如临大敌，似乎谁也没在意脚下，又似乎谁都觉察到了脚下的异样。焦文文一下子反应过来,那些坑坑洼洼是手榴弹爆炸留下的杰作,是前面的连队投掷时留下来的。看样子手榴弹的威力也不过如此,只能在稍硬一点的地上炸一个窝窝。焦文文的脚步轻快了些。

接近坡顶的地方有一堆新鲜的泥土,很显眼。爬近一看,原来那儿挖有一道半人多高壕沟,人站在壕沟里,居高临下,只要把手榴弹拉燃,往外扔就可以了。队伍在坑边集合,武朝晖宣布方法秩序后又强调了一遍投掷纪律。全体人员在北山坡休息等候,叫到谁的名字谁就跑步上来,没有叫到的不准轻举妄动,不准屁股像猴子一样坐不住,脖子伸得像长颈鹿一样探头探脑。

大功连官兵坐在北坡的松树林里,样子不甚整齐,有点儿像游击队。有人窃窃私语,有人仰着脖子喝水,有人在伸懒腰调整坐姿,准备好好休息一会儿。焦文文身后正好有棵小松树,他随手掐起一根草茎,含在嘴里,身体顺势向小松树靠去。值班排长开始叫名字了,人群一阵骚动。随着一名新兵脆亮地答到、起身,大家的目光锁定他的身影,直到拐弯处。片刻,山那边传来"轰"的一声,焦文文一骨碌挺起腰,小树晃了晃,一会儿他又向后靠去。

每一个完成投掷的兵回来,大家的注目礼像迎接凯旋的英雄。从"火线"上下来的兵手里都握着一个拉火环,拉火环上拴着一根细黄线。拉火环很普通,甚至有些粗糙,可兵们视若珍宝,放在手里端详、摩挲、把玩，被周围的兵一个接一个传看。有的说要用它做书签，有的说要把它串在钥匙扣上，有的说要用它做台灯的开关，还有的说要把它缠成相思扣送给某一个女孩。总之它意义不同寻常，它是某一时刻、某段生活的见证。即将上场的兵像关进笼子里的野物，比临上赛场的运动员还激动，红着脸站起来又坐下，坐下又站起来，揉揉腕，甩甩臂，蹬蹬腿。听投掷回来的介绍：上去后，连长就站在旁边，会告诉你把手榴弹柄上的后盖拧开，戳破防潮纸，把里面的拉火环取出并套在小拇指上，然后握弹，朝坡下用力扔出去。手榴弹在坡下爆炸，拉火环自然留在你手中。以前是每个排长负责组织各自班排的投掷，现在全部由连长指挥。

车前进手握着个拉火环，脸上饱满的青春痘又红又亮地回来了。焦文文挺了挺腰，信心大振。

"焦文文，焦文文。"那天值班的是一排长，叫了两声，焦文文才答应，他突然觉得自己的名字很陌生，汗水顺着作训帽檐洇下来，已爬上脸颊。焦文文只感到膝盖有点晃，顶不上劲，他回头看了看坐在最前面、他们排的排长，一入眼就是他脸上那条蜈蚣状的伤疤。排长微笑着朝他做了个胜利的手势，一笑那条蜈蚣好像又在蠕动，直往焦文文心里钻。

武朝晖紧扎腰带满脸严肃地站在壕沟里，样子像严厉的教练，又像临阵指挥的将军。他吩咐焦文文从后边不远处已撬开的箱子里取一枚弹，拧开后盖，戳破防潮纸，掏出拉火环，套在小拇指上，握紧，然后朝坡下扔。一切简单明了。

真手榴弹拈在手里沉甸甸的，似乎比教练弹沉实些（其实一样重），模样也比经历无数次投掷磕碰的教练弹好看，乌黑的弹头泛着油光，木柄微黄细滑，整个线条看起来很别致。这物什如果能用来钉钉子或砸核桃什么的该多好呀，可惜它是一个嗜血的令人胆战心惊的精灵。

焦文文按连长的吩咐，手榴弹已握在手上了，右脚后退，弯腰，引弹，就在那一瞬间，手榴弹竟然从他手里滑下，落在他的后脚跟边，咝咝冒着蓝烟。焦文文大脑一片空白，呆若木鸡地高举着右手，小拇指上套着拉火环。千钧一发之际，武朝晖一声断喝，一把将他推出壕沟，然后顺势扑在他身上，"轰！"手榴弹在壕沟里爆炸。

几秒钟时间，仿佛天地静止。"哎哟！"连长感觉后背一阵麻木，紧接着一阵刺痛，顿时血流如注。指导员、副连长等一听响声不对劲，带着卫生员风一样冲上来。卫生员三把两把简单包扎止血后，大家轮流背着浑身鲜血的武朝晖往山下跑，救护车早已等在路口。一上车，立即呜啦呜啦叫喊着向医院奔去。

旅长、政委等赶来了，急诊室门口挤满了人。片刻，里面的医生出来说，目前没有生命危险，初步检查有八块弹片嵌入后背，需要动手术才能取出。旅长问："有没有伤及神经，会不会留下后遗症？""这是我们最优秀的连长，请你们组织最强的力量，尽最大的努力保护他的生命安全和身体健康！"政委补充说。

"有没有伤到神经，目前还不好说，需要进一步检查，背部神经比较多，如果伤到脊椎……"医生说话时神色凝重。

离急诊室不远处是门诊注射挂水的地方，很安静，突然门砰的一声打开，一位个子高挑、体格健壮的护士咚咚咚跑过来，直往急诊室撞，被保安拦住。护士急了，说自己就是那边门诊的。"门诊的也不能进，你不懂规矩？"保安见医院领导都在，更加严肃认真。"我是武朝晖的……"护士脸一红，眼泪哗地滚落下来，"我是……他的……亲戚。"合成旅一位副参谋长见了，上前和医院院长耳语了几句，院长朝护士点点头，让她进去了。那位副参谋长分管军务，营区里进进出出的人他了然于心，能做到过目不忘，武朝晖在作训科当参谋时，他们住一个单元，他经常看到这个护士出入武朝晖住处，知道他们关系不同寻常，但具体是什么关系，也不好意思问，甚至招呼都没打过。

那个护士正是廖美花，原来她在医院门诊上班，主要负责打针、挂水等。她刚听人说，某某部队一个连长受伤了，正在急诊室抢救，又听说那个连长叫武什么的，她大脑一热，就跑了过来。

经过反复细致的周密检查，武朝晖的伤势不轻也不重，还好没有伤及重要血管和神经，用不了多久就能康复出院，只是有几块弹片很有可能将和他终身相伴，因为太靠近脊椎，不敢轻易动手术，稍有不慎就会造成重大事故。当医生把检查情况告诉武朝晖时，他已经转移到普通病房，脸色平静地接受了这个结果。

转眼，武朝晖住院一个多星期了，管床医生、探望者任何时候进来，他都安静地趴在病床上，在看诸如《步兵攻击》《制空权》《制脑权》《电子战》《信息战哲理》之类的书。他说，平时在连队太忙了，两眼一睁，忙到熄灯，两眼一闭，还要提高警惕，现在终于有大把时间看书了，这真是意外收获。

周六上午，刘长河领着焦文文来看他。一进门，焦文文就拉着武朝晖的手呜呜地哭，说都是自己不好，太无能了，差点害死了连长。武朝晖笑着说："哭什么呢，我不是好好的吗？你又不是八戒，怎么叫无能呢，快别哭了，让人看到多不好意思。"刘长河在一旁想调节下氛围，饶有兴趣地说起连队这些日子发生的事，有的他故意夸大其词，说得很搞笑。焦文文还是一声不吭，一副心事重重的样子。武朝晖扭头叮嘱他，不要放在心上，平时该干啥就干啥，不要有任何心理负担，特别是不要告诉他父母，不能让他们担心。我们当兵的出门在外，对父母要报喜不报忧，不要让家里亲人为我们牵肠挂肚。

他们临回去时，刘长河突然想起什么，递给武朝晖一个牛皮纸包裹。刘长河说，听文书讲，寄来几天了，是你老家来的，担心你有事需要急用，就带来了。武朝晖一看上面的字迹，就知道谁寄的，一摸，那厚厚的几大本，不用打开，就晓得是什么东西。

武朝晖的心猛一沉，浑身如浸在冰水里，他想过他们之间也许是这种结局，但没想到来得这么突然、这么快，那威力比手榴弹爆炸大多了，几乎让他灵魂出窍。一晃，他和李丽娟好多天没有联系了。她在这个时候，用这种方式向他道别，或许她自己也没想到。

武朝晖向管床医生提出申请，马上出院。医生说："你疯了，我没疯，你身上的弹片要动好几次手术才能取出呢，给我老实待着吧！"武朝晖说："不取了，一片都不取了，就让它们跟我一辈子，只有它们不会离开我！"医生说："在这里，必须听我的，你不能走，任何情况、任何人来都不能让你走。"可是，接下来几天，武朝晖表情木然，整天像只冬眠的乌龟，一个姿势，趴着或站着，一动不动，不看书，不看手机，也不说话，病号饭端来是什么样子，端走还是什么样子，几乎没动。

身上的病好医，心上的病可不好办，医生甚至连病因都不知道。医院把廖美花调到武朝晖住院的病区，并特地作为他的管床护士。武朝晖住院的两个多月里，他没有写日记，也很少刷手机，大部分时间还是看书。廖美花像只飞舞的蝴蝶又像只欢快的小鸟，出入病房，他有时望着她的背影出神，有时和她说说话。真是神奇了，眼看着武朝晖如一棵生机勃勃的树渐渐变得枯萎焦黄，在廖美花轻言细语和恬静微笑中竟然又活泛起来，焕发原来蓬勃的生命力。

大功连和营里向旅、集团军政治部提出申请给武朝晖立二等功。武朝晖本人坚决反对，说这是训练事故，应该深刻检讨反思，还好意思表功？但是指导员和营教导员说，在危急时刻挺身而出，这种牺牲自己保护战友的精神应该宣传、提倡，这是我军克敌制胜的法宝，也是尊干爱兵的精髓所在。可在总结武朝晖的先进事迹时，大家都感到纳闷，他个子不高，身体也不是很强壮，居然刹那间把一个一百多斤重的兵推出半人高的壕沟，并且自己也跳了出去，然后趴在战士身上。当时投掷点安装有监控镜头，后来回放多次，各级领导围观，分析，赞叹，武朝晖对情况的处置几乎无懈可击，其果断坚决堪称"教科书"级别。让人百思不解的是他那一刻哪来那么大的力气？武朝晖事后回忆起，自己也很吃惊，他在旅文化活动中心的健身房里试过，那一百二十斤重的杠铃，只能提得动，举过头顶很勉强。有报道说，一位母亲看到自己的孩子压在车下，她发出一声撕心裂肺的叫喊，眨眼间竟然用柔弱的双手把数吨重的汽车提起，救出孩子。人在极端情况下爆发的力量，有时无法用物理常识解释，那是情感如火山喷发一样的奇迹。

　　武朝晖荣立三等功的批复下来时，他也出院了，又回到连长岗位上，精神状态很好，就如休了几十天探亲假，唯一的区别就是变得白胖了些，还有每当天气变化，他就感到背部麻麻的，比中央台的天气预报还准，那是两块弹片在提醒它们的存在。

　　周六，刚吃过早饭，焦文文坐在深绿色的折叠板凳上，目光散淡，车前进伸手在他眼前晃了晃，他好一会儿才缓过神来。车前进动员起脸上的肌肉先笑了，焦文文仍一副苦大仇深的样子，一脸严肃。自从那次实弹投掷后，焦文文像丢了魂似的，目光常定格在某个地方，像被胶水粘住似的，反应明显慢半拍，饭量也变小了，黑板报虽然还坚持出，但已不是那个味儿，以前他的粉笔字是灵动可爱的小蝌蚪，现在变成了甲壳虫，内容设置和版面编排也不那么用心了。

"走，钓龙虾去。"排长让焦文文去炊事班讨要一点瘦肉、猪肝，他去找两根竹竿。他俩提着塑料桶、扛着竹竿，顺着每天早上跑操的路向营区后面走去，那儿有好几个长满花生草的水塘。排长说什么，焦文文都不吭声，隔一会就看一眼排长的脸，直看得排长不好意思。突然，他莫名其妙地冒出一句："排长，你脸上的伤疤是怎么搞的？"排长一愣，摸了一下伤疤，大笑，说这是有一年在野外驻训时不小心被树枝划了一下，由于驻训点偏僻，医疗条件有限，当时只是简单处理了一下，没太在意，没想到后来伤口感染，留下这么一个让人过目难忘的标记。"它很难看吗？"排长又摸了一下。

其实，排长脸上的疤痕是在一次投实弹中留下的。当时他担任连值班，山坡上实弹投掷已经开始了，大家都安静地坐在那儿，就他大大咧咧地站在那儿讲笑话，想搅动沉闷的氛围。没想到众目睽睽下，他即刻就成为"笑话"，一块弹片飞来，在他脸上留下刻骨铭心的印记。等待区距离投掷点有近两百米远，无论从理论到实际，以前兵们都认为是安全的，没想到概率很小的事偏偏让排长"中彩"了。从那以后，手榴弹一响，再也没有人乱走乱晃了。这事就几个老兵知道，排长不愿意说，更不想向焦文文提起。

武朝晖和指导员几次密谋后，连队掀起一股看老电影热，节假日、自由活动的晚上电视房里军歌响亮，屏幕上"五星"闪耀，金光万道，

20世纪六七十年代风靡一时的战争影片扎堆上演。这些电影大部分是"八一"电影制片厂摄制的,以现在的眼光来看,剧情简单,人物形象脸谱化,情感爱憎分明,非正即反,非此即彼。尽管如此,兵们还是看得有滋有味。

这些祖辈、大叔辈的影片是指导员从旅文化活动中心音像室借来的,成批成套成系列的DVD碟片,看完一摞,指导员让文书去换一摞。现在很多电影可以直接下载到电脑、电视上看了,但有的老电影还是以碟片,甚至胶片形式保存。音像室的碟片其他连队也可以去借,但不能像大功连一样"批发"着借。大功连指导员以前是政治部宣传科文化干事,负责保管音像资料的那个士官就是他调进机关的。兵们饕餮如此丰盛的精神大餐,也不是免费的,得结合影片写观后感,经过评选,张贴在阅览室的"读书栏"里,让大家评头论足指点一番。指导员说古人"发表"作品,就是把自己的得意之作题写在人流量大的驿站、岔路、楼亭、酒肆、要道等处,让通文懂墨的旅客一睹为快,作品随着他们的脚步广为流传。当然,兵们写电影观后感可以不拘形式、不拘文体,不一定非要和"战斗精神"捆绑在一起,可以写通过看哪部影片勾起童年的回忆,可以写年迈的奶奶,也可以写儿时的伙伴,甚至可以写看电影时的场景,可以长篇大论,也可以三五句话,顺口溜、打油诗、段子都行,只要是真情实感。

指导员还以老电影为由头给大家上了一堂政治课,讲革命战争年代我军武器的来源及使用情况,重点介绍步兵必备武器手榴弹。内容拉拉杂杂的像漫谈。

指导员说，抗日战争和解放战争时期，我军武器的主要来源是以战养"战"，靠敌人"送"，所以那时候我们手里的武器堪称"武器博览会"，有我们自己国家的汉阳造，有小日本的三八大盖，有美国的汤姆逊，有苏联的水连珠等。那时新兵入伍没有配发武器一说，要武器得自己从敌人手里夺。蒋介石就是我军没有任命没有编制的"运输大队长"。我们在太行山区也有少量设备简陋生产能力低下的兵工厂，很长一段时间我们自己生产出来的手榴弹，一炸成几瓣，烟很大，杀伤力很小，只能听个响，一场战斗下来，战士们个个像从煤窑里爬出来的一样，满脸乌黑。

那时候，我们的革命先辈真勇敢呀，手榴弹一摞一摞地堆在身边，战斗间隙把盖子一个个拧开，敌人蜂拥而上时，牙齿咬住拉火绳，手一扬，手榴弹就在敌群中开了花，比我们扔石子、耍弹弓还轻松⋯⋯还有，那时候极少有专门装手榴弹的弹药袋，突击队为了多带弹药，尤其是杀伤力大、适合近战的手榴弹，战士们用篮子提，用家织布包，脱下衣服裹，把衣服撕成布条把手榴弹拴成一串串披挂在身上⋯⋯我们的前辈就是凭着这种玩命的精神，打败那些武装到牙齿的敌人的。

大功连指导员上课很少念报纸、杂志上的文章，把上级的指示精神传达完后，就绕着那个意思信马由缰地讲，由于留在记忆里都是最精彩、最感人的故事，所以指导员讲课也很精彩，兵们都喜欢听，每次上课，连长武朝晖端坐最前排，是一个优秀的"领掌者"，即引领掌声的人，这是指导员给连长的称号。那次指导员说了好一会，发现离下课还早，就说，下面请连长上来说说。武朝晖起身，和指导员坐在一起，随手把手表摘下来，放在桌子的左上角，说今天讲一个我们连队九班在抗美援朝战场上的一次精彩战斗。

那是第五次战役二阶段我军在战略转移途中，以美国为首的"联合国军"趁机以坦克、装甲车组成"先遣队"，沿公路快速楔入，占据交通要点，企图阻止我军后撤。敌人13辆坦克边朝两边山头打着机枪边急吼吼地攻上来了！上级命令大功连阻击敌坦克前进。怎么对付敌人的"乌龟壳"呢？反坦克手雷和爆破筒早就用完了，工兵班迅速用炸药炸路边的岩石，无奈炸药太少，只炸下一些小碎石，敌坦克咆哮着碾了过去，根本形成不了障碍。在这危急时刻，九班长王银娃挺身而出，向连长、指导员报告："把任务交给我们九班，我们坚决完成！"连长吹哨全连集合，大家为九班壮行就是把各自的炒面袋抖一抖，凑一点吃的，让九班填填肚子再上去与敌搏斗，结果把全连的炒面集中起来，分到九班每个人手里还不到一小把。这时部队已全面断粮两天了。九班顶了上去，班长王银娃和副班长李金贵看了看周围的地形，当即决定把打坦克阵地设在靠山崖的拐弯处，那儿一面临江，一面紧靠山崖，敌坦克不能掉头，后面的不能支援前面的，且敌坦克开到这儿必然减速，便于我发起攻击。连长说得抑扬顿挫，从情节铺垫、环境描述、氛围烘托，几句话就描绘出硝烟弥漫十万火急的战争场景，不由得让人神经紧绷。

九班刚进入阵地，敌坦克就耀武扬威如入无人之境地开过来了，王银娃轻轻一扬手，放过第一辆。当第二辆放心大胆地爬过来时，李金贵怀抱五枚一捆的集束手榴弹，利用山坡顺势跃上坦克，他发现敌坦克炮塔上的盖子没有盖好，当即毫不客气地拉燃手榴弹往里一塞。敌人发现坦克上有人，迅速旋转炮塔，李金贵被摔了下来，恰在这时一声沉闷的巨响，第二辆坦克哗啦一声，冒着浓烟，瘫了下来。第一辆坦克听到爆炸声，停车观察，王银娃手持集束手榴弹，同样利用山势跳上坦克，像只壁虎紧紧地趴在上面，两眼死死盯住炮塔上的顶盖。敌坦克乘员推开顶盖观察外面的情况，正好和王银娃脸对脸，敌人吓得头一缩，急欲把顶盖关上，可惜已经迟了，头还没缩回去，王银娃的手榴弹已冒着烟紧随敌人的头顶落进坦克里。王银娃猛一滚到山崖边，又是一声巨响，第一辆坦克紧步第二辆坦克的后尘。两辆坦克一炸，敌人"先遣队"的道路被堵得严严实实，后面的坦克见此，手忙脚乱连滚带爬地后撤。九班歼敌两辆坦克，扼守住了公路，顺利掩护大部队撤离，战后荣立集体一等功。

　　武朝晖说完，提出让大家自由讨论。有人说现在军事科技这么发达，光战争的种类就有电子战、信息战、太空战等等，武器有石墨弹、集束弹、精确制导导弹等，实施打击的手段更是多元化，常常鼠标一点，决胜千里，而我们还在练这种近乎冷兵器时代的手榴弹，有意义吗？这不是在浪费物力财力兵力吗？手榴弹主要用于近战、巷战，现代战争可能连敌人的面都没照着，就已经胜负已定……课堂上如炸开一锅粥一片嘈杂，听得出大多数兵认为战争形式已发展得如此魔幻，而我们还在苦练手榴弹，不值得。

　　武朝晖那天的讲评显然是经过深思熟虑的。他说，前段时间他在住院时对这个问题作了"让上帝发笑"的思考，愿意与大家分享。长期以来，某大国军队被视为实力型军队，而我们人民解放军被视为谋略型军队。我军自诞生以来，长期处于装备差人数少的劣势状态，但屡屡能克敌制胜，从军事角度来说，我们靠的是谋略。《孙子兵法》有云：凡战者，以正合以奇胜。你藤甲兵刀枪不入，我用火攻；你有连环马，我有钩镰枪。从古至今，"诡道"军事思想深入人心，成为一代又一代中国军人的信仰。20世纪80年代，某国军队提出了空地一体战，海湾战争后又提出了陆、海、空、天、电五维一体联合作战，这是对二战以来传统战法的彻底颠覆，而且他们在实战中获得了极大成功。曾经横扫大陆无坚不摧的坦克部队，遇到了武装直升机，会被挨个"点名""见马克思"。我军擅长打夜战，现在装备有了夜视仪；我军擅长大范围迂回秘密穿插，如今在侦察卫星之下，所有军事行动都一览无余。在上甘岭战役中，我们靠坑道硬是撑了四十三个昼夜，现在有了钻地弹、云爆弹，这招也不灵了。我们曾创造在敌人阵前秘密潜伏三千人，身上披上树叶子，等到总攻时同时攻击，打敌人个措手不及。现在有了红外夜视仪，视觉伪装变成了心理安慰。通信车拉上伪装网防敌发现，而敌人的无线电侦察很强悍，无线电信号怎么也藏不住了。后方动员老百姓支前，现在是大纵深非线式作战，哪有前后方？后方被导弹轰炸更危险。我军在长期斗争中总结的经典战法，如麻雀战、破袭战、车轮战、地雷战、地道战、穿插、渗透、迂回、一点两面、四快一慢、四组一队……今天在卫星、导弹、云爆弹、隐形轰炸机面前不再适用了。"同志们，现在的仗到底怎么打，和我们普通官兵有没有关系，和我们练手榴弹有没有关系，我要斩钉截铁地说，有！并且关系很大！"武朝晖突然提高嗓门说。

我国著名科学家钱学森对人类战争形态分为：徒手战争、冷兵器战争、热兵器战争、机械化战争、大规模机械化战争、信息化战争。这个分类有两大显著特征，一是新形态比旧形态具有碾压式的战斗力优势，苦练三十年武艺的武士，会被持枪小孩轻松干掉。二是更新换代之际，就是上一代战力最强之时，除非有极强洞察力和极大决心，否则很难主动升级。清朝作战，两军距离三百米，对方马队冲锋，弓箭手可发四箭，火枪手最多开两枪，弓箭完胜。在冷兵器向热兵器升级这件事上，西方人比我们有洞察力，马队冲锋三百米放四箭是人类极限，而火枪迅速升级为马克沁机关枪，战斗力呈现碾压之势。"奇兵"和"诡道"是我们的传统军事思想，可是在信息战中不灵了，可为啥不灵了呢？这得从战争形态入手分析，古代军事思想诞生于冷兵器时代，持续时间长达几千年，同时代的敌我战斗力相差不大，"奇兵""诡道"就成了取胜的关键。冷兵器时代形成的军事思想，遇到战争形态的升级，就不灵了。我们老祖宗传下来的军事兵法、谋略，只有当敌我双方综合实力相当，才能发挥作用，如果军事思想、武器指挥系统存在代际差异，对方能够进行"降维"打击，所谓的"奇兵"和"诡道"是没有多大用处的。我军即将进行的改革就是由谋略型向实力型转变，做到机械化和信息化一起升级，两步并作一步，实现历史性跨越。但无论怎么改，我们传统的战斗精神和意志力必须在，军人英勇顽强、一往无前的血性必须在。现代战争需要精确制导、精准打击，也需要刺刀见红的常规武器，尖端武器有尖端武器的妙处，手榴弹有手榴弹的实在。作为一名战士就是要让你手中的武器灵活得像你身上的部件，实现人与武器的最佳结合，最大限度地发挥武器的性能，实现攻击、攻击、再攻击。过去有"战士要提干，苦练手榴弹"的说法，今天战场要取胜，仍然需要苦练手榴弹。

这堂课一开始焦文文像患重感冒似的，虚弱得满脸通红，低头不敢看人，偶尔抬头，能看到他额上一层细密的汗珠。课后讨论阶段，焦文文身上的虚寒仿佛被一剂猛药逼了出来，他勇敢地抬起头，眼睛亮晶晶的，但还是一言不发。

晚饭后，兵们像傍晚时分聒噪的鸟群一样呼叫着或打篮球，或踢足球，或下棋，或看球赛，自由组合离开排房。刘长河问焦文文，一起走走？焦文文点点头。两人不紧不慢地顺着林荫道往前走，道路两旁是高耸入云的泡桐树。人间四月天，大多数树木已绿叶成荫，只有泡桐树还没舒展叶子，但吹开着一嘟噜一嘟噜紫色的喇叭花，吹面不寒杨柳风，微风中泡桐花香得醉人，香得独特。

"今天，连长讲得好吧。"刘长河说。

焦文文说:"我明白了投手榴弹过去对于一名战士来说很重要,今后还很重要。"

"喂,麻烦把球踢过来。"那边绿茵场上有人喊,一个足球慢腾腾地停在离他们不远处。刘长河上前飞起一脚,足球又回到奔跑尖叫的人群中。

"我们现在投实弹主要是练心理素质,手榴弹的杀伤半径就七米五,而且还是站在山顶的壕沟里投的,可以说只要把手榴弹扔出去就没事了……"刘长河紧盯着焦文文。焦文文如忽然被人抓住致命处,脸白得像张纸。

刘长河望着林荫深处,像是自言自语地说:我们班投弹最远的纪录是九十四米,是我们第一任班长创造的,至今没有人打破。老班长是陕西人,放羊娃出身。他放羊不用鞭子,眼看羊群快跑出他的控制范围了,随手捡起一颗石子或一块土疙瘩甩过去,不偏不倚正中头羊。让羊群往右边走,打左边;往左边走,打右边;回头走,打正前方,那身手比牧鞭还管用、还自如,石块和土疙瘩就是他延长的牧鞭。十六岁那年他被国民党抓壮丁,在国民党军队里糊里糊涂地当了三年"大头兵"。解放入伍后,这身本事才"展露"出来。战斗中,他投弹扬手就是七八十米,而且指哪打哪,又狠又准,由于投得远,手榴弹不时在敌群上空数米处凌空爆炸,俗称空炸,杀伤力呈几何级发挥。面对冲到阵地前沿四五十米处的敌人,他把手榴弹拉燃后,在头顶转三圈再扔出去,恰到好处地形成空炸,打得敌人鬼哭狼嚎，连滚带爬。大伙儿送他美称"小钢炮"。在老班长的培养带动下，我们九班的投弹技术突飞猛进，随便哪个兵随便一出手至少是优秀（四十五米以上）。

我们九班"神勇钢炮班"的美称就是这么来的，战争年代一直被当作"杀手锏""秘密武器"，由营里直接掌握，在战斗最激烈最关键的时候顶上去，常常扭转战局，起到意想不到的效果。那时候我们的重火力少得可怜，真是手榴弹顶大炮呀。淮海战役中，合围黄维兵团，最后我军以壕沟推进，层层剥皮，敌人就在数十米外，没有枪炮声时，双方说话咳嗽都能听得清。这时上级把我们九班拉上去，一阵轰轰隆隆的手榴弹炸得敌人昏头转向，抱头鼠窜。接连几次打击，敌人发现了这个秘密，恼羞成怒，几乎集中一个炮兵阵地的火力向我们九班阵地倾泻弹药，那次我们九班仅王银娃和李金贵两名新战士幸存下来，他俩保住了九班的火种，留住了一种精神。后来我们九班经过补充在朝鲜战场上再一次"雄起"。

"我们九班苦练投弹，善于投弹的种子是第一任班长播下的，从此代代相传，没有间断过。"刘长河停住脚步，目光从远处收回，落在焦文文脸上。这时已暮色四合，露天的地方温热温热的，树荫下还透着丝丝寒意。焦文文感觉如听传奇故事一样，"班长，你说的这些怎么旅史、连史上没有记载？""旅史、连史只记下一些地名和数据，哪有这么生动，有的故事是口口相传的。"

一脉血缘延续一个家族的基因，一种传统赓续一个团队的精神。

铁打的营盘流水的兵。流动的是兵，传递的是精神。一支有着钢铁般硬度的队伍肯定有看不见摸不着用化学仪器分析不出来的东西在一茬茬个体中流传，这种东西影响着每个士兵的气质，左右着每个兵的言行，经常让每一个士兵浑身骚动，热情似火，激情澎湃。焦文文突然感觉到这种东西在自己身上的存在，浑身的细胞顿时如蚁群涌动，在奔跑、呐喊，手臂渐渐发热、肿胀。那一刻他真想大喊大吼，跳上几跳，甩上几甩。

焦文文练投弹先是悄悄地，像武林高手一鸣惊人前那样躲起来偷偷苦练。他选择大家不在意的时间，如午休时、晚饭后、熄灯后、起床前、节假日，等等；选择大家不在意的地点，如后山的荒草坡、废弃猪圈旁的瓦砾地、连队前的水杉林，等等。他从拉背包带开始，拉背包带是一代代传下来的老法子，据说很管用。新兵训练时，班长敦促投弹不及格的兵"加餐"，就是拉背包带。拉背包带动静小，受场地限制小，只要有个固定背包带的地方就行。营盘里对训练跟不上趟的兵有一段戏谑的顺口溜：投弹二十五（三十米才及格），单杠像跳舞（拉不上去），双杠腿打鼓（腿乱蹬），木马坐屁股（跳不过，骑在木马上），打靶不用糊（子弹跑靶，连糊弹孔都免了），只有吃起饭来像老虎。这顺口溜也算是军营文化吧，属集体创作，谁也没有独立版权，它的使用权大多数时候在那些"媳妇熬成婆"的老兵。焦文文记得新兵班长说这段顺口溜时恨铁不成钢的神情，无奈、关切。还好，虽然训练方面不行，吃饭还可以，能吃就能长劲，能吃就能干，能吃就说明思想没问题，不想家。

背包带，顾名思义是用来打背包的，三横压两竖，几声哨响，一声令下打起背包就出发。焦文文的背包带已经打了好几个结，为了不使它完全丧失战斗力而退役，他从通信连一个老乡那儿讨来一小捆废旧的电话线，把它打成一条粗重的绳子，正好可以练拉臂。焦文文和那老乡是一个镇上一个火车皮拉来的，新兵训练结束后，那老乡分在隔壁的通信连，焦文文常看到他背着一大捆电话线在营区笔直的大道上喘着粗气奔跑。收放线，焦文文也练过，咬牙坚持下来，成绩还可以，这是大功连的共同（基础）科目，对于通信兵来说是必须熟练掌握的专业科目。焦文文决定寻找背包带的替代品时，马上想到电话线。那玩意儿通信兵称为被复线，结实柔韧耐用好使，在战场上能抗炮弹炸，抗坦克装甲车碾压。当焦文文说出自己的想法时，老乡答应得很爽快，并马上付诸行动。中午，午睡的兵在打呼噜，没午睡的兵像犯大烟瘾一样犯困，老乡抱来一大捆电话线，说这些都是残废品，在他们连队不受待见，杂物间、工具间堆得到处都是，平常大家在整修花坛、道路时用来拉线。

粗实的电话线绳被焦文文几经改进，一端织成"Y"形，便于拴在树干或水泥桩上；另一端织成一个拉环，缠上毛巾，很好使，比背包带结实多了。拉背包带发出来的是"嘭嘭"声，拉电话线是"噗噗"声，像水开了冲动壶盖一样。一个星期坚持下来，焦文文只觉得关节、韧带和肌肉酸痛酸痛的,吃饭举筷像举重似的,早上盘子里的花生米左躲右闪仿佛在捉弄他。最初的不适硬挺过来后,焦文文明显地感觉到右臂的肌肉发酵般肿胀,好像他摄入食物的营养成分都在救火般地往右臂输送,全力保障它的高能消耗。右臂在变壮变粗。为了使身体各个部件、区域均衡发展,达到共同壮实,不至于长成畸形,焦文文制订了一套训练计划,并卧薪尝胆似的时时提醒自己严格执行。如早晚坚持五千米长跑练耐力,坚持短跑练爆发力。跑得大汗淋漓时做单、双杠,感觉身轻如燕,平时完成得有点勉强的动作,此时一挥而就。为平衡锻炼双臂力量,做俯卧撑;锻炼腰部力量,做仰卧起坐;锻炼双腿弹跳力,做远距离蛙跳;锻炼全身的协调能力反应能力,打篮球踢足球。一次次汗水迷离双眼,身上的迷彩服仿佛刚从水里捞出来似的,紧贴着脊梁,脚上沉重得如坠着两坨铅,步子变得拖沓,但一想到身上的脂肪在呲呲燃烧,在转变为雄性的健美,转换为爆发的能量,坚持,坚持,再坚持!

繁花褪去,羞涩的青果掩藏在渐渐浓绿的树叶间,恣意奔跑在林荫道如穿越隧洞般阴凉,饱满炽热的阳光下蝉已经开始鸣唱了。水真是个奇妙的东西,至柔至刚。汗水也一样,经历汗水的浸泡冲刷,焦文文感觉自己像块普通的石头,渐渐变得圆润透亮如"通灵宝玉"似的;又像一条蛹,已蜕化成蝉,试着振翅在枝头歌唱。焦文文不仅饭量变大了,而且睡觉变香了,皮肤变黑了,身体变壮了,喉结更加突出了,走路步子变大了,做事的动作幅度变大了,变得果断有力了,说话嗓门变粗了，大笑时像鸭子叫一样嘎嘎响，老远就能听见，这在以前是不可想象的。

焦文文的性情也大变，心胸如穿过一道逼仄的门洞后豁然开朗，和大伙儿一起玩，一起闹，不再为一句无心的玩笑话计较怄气。劳动改造人，训练改造兵。晚点名后，焦文文在灯光昏黄的洗漱间冲凉水澡，看着手臂上的肱二条肌、肱三条肌及胸大肌等一些叫不出名字的肌肉，他学着健美运动员的样子握紧拳头摆出个造型，样子很酷。用手指轻弹坚硬的肌肉似乎有金属之声，一盆透凉的水浇下去，水珠滑过肌肤如露珠滚动在荷叶上。

下午体能训练，大功连的兵像鸟群一样扑扑啦啦奔跑一阵，还是投弹。这个时候的兵轻松散漫得如一群南极企鹅，一堆堆地坐在草坪上。文书像根杆子站在前面报数。报弹着点是文书的活，也曾有兵怀疑，文书是在"拈轻怕重""藏愚守拙"，有一次训练间隙，文书站在原地试着扔了几枚，每一枚都落在五十米开外。这时有兵说，真不愧是九班副，威风还在。文书当过九班副班长。投弹练习，每人三枚，投完后坐到最后面，周而复始，一直投到开饭前十五分钟带回。轮到焦文文了，他从柳条筐里随意捡起三枚弹，走到投掷的石灰线前，把三枚弹立在一起，然后拎起一枚，掂了掂，他没有助跑，就那么定定地站着，机械而笨拙地扔出去，手榴弹在空中划出优美的弧线，"53！"文书报数的声音似乎格外大。"嗷——"兵们一阵惊呼。"54！""嗷——""52！""嗷——"焦文文每投出一枚，兵们配音似的发出嗷嗷声，一次比一次大。焦文文能投出这个成绩，大家感到很意外。以前，他每次亮相都郑重其事地活动身体，还助跑，都不能及格，就在刚才他还像冬日里蹲在墙根晒太阳的老农，一副萎靡不振的样子，没想到眨眼之间"骟鸡变雄鸡"。

焦文文像匹黑马闪亮登场，兵们一阵惊艳、赞叹后，很快归于平淡，开始熟视无睹。好像他在九班，就应该是这个样子，如果不这样反而不对头。班长刘长河告诉他，下一步训练必须投教练弹，不能再搞拉臂训练了。如同婴儿到了一定的月份必须断奶，母乳已不能满足他（她）成长的营养需求。瞄准实战练兵，投教练弹已经隔了一层了，拉臂训练隔得更远。以后，他的成绩每提高一点都很难，要付出更多的辛勤和汗水。这些话，班长以前也说过，但那时他似懂非懂，现在好像明白了。

"手榴弹，向鬼子们的头上炸去！全国武装的弟兄们，抗战的一天来到了，抗战的一天来到了……"焦文文将《大刀进行曲》改编成《手榴弹进行曲》，亮开嗓门，甩开手臂的感觉真好。让手榴弹在空中如闪电，像流星一样地飞吧，越快越好，越远越好，让它唱响生命的绝响，在敌人的头上开花。它是勇士挥舞的铁拳，只有胆小鬼才在它的轰鸣中战抖。

刚开始投掷教练弹时，焦文文常以饮料零食等小恩小惠请车前进给他捡弹、报数。还有一个原因，就是有人做伴好像理直气壮些，大

家也不会很好奇。后来，他改成自己投，自己捡，投完了再去捡，捡好了继续投，报数就免了，反正每一次都铆着劲儿投。一有空，焦文文就用半大不小的化肥口袋叮叮当当地装上十来枚教练弹，一甩手搭在肩上向训练场走去。教练弹平时就堆放在一楼的杂物间里，与胸环靶、漂浮器材、铁锹、粪桶之类的东西堆放在一起，门敞开着，任何人随意取、随便用，不用报告。粗糙沾有零星泥巴的化肥口袋晃荡在焦文文背上，从背影看他很像背着种子或化肥下地的农民。风卷着裤管，脚步并不趔趄，放眼望去一片翠绿。

中午，营区很静，一切都似乎迷离着眼，连太阳都在打盹。焦文文捡起一袋手榴弹从杂物间探身出来，见连长下穿迷彩裤，上穿迷彩圆领衫从洗漱间走出，"我们一起去。"武朝晖说着转身进屋取衣，边穿衣服，边和焦文文一起走。焦文文刚才还如午后阳光平静的心情，很快像着了火一样，有些激动和不安，浑身的肌肉不由得收紧，走路脚尖着地。

"连长，我能投好了。"

"我知道，你已练了一段时间了吧。"

"连长，上次让您……"

"别放在心里，都已经过去了。"

焦文文和武朝晖并肩走在去训练场的路上，四周很静，只有风晃动着浓绿的树叶，卷起阵阵黄尘，半空中偶尔飘舞着一两只白色塑料袋，像风筝一样。这个季节风真大。

武朝晖报数很认真，弹道高了，低了；弹着点偏了，斜了，一一提示，有时还来几句点评。一投完，他和焦文文一起跑去捡弹。

投投捡捡几遍下来，武朝晖和焦文文坐在槐树下，那儿是兵们训练间隙休憩的地方，裸露的黄土已被踩成细碎的粉末。当兵的不惜衣，训练场上就不用说了，拉练，演习，施工，救灾，一声原地休息，就一屁股坐下，即使晾晒衣服也没有人翻过来。训练场上先护着衣服会被人讥笑，认为你婆婆妈妈，不洒脱，不像爷们。也真是的，当兵的有时候连命都不顾了，还顾衣服干什么呢？坐在树荫下，武朝晖好像随意问起，你父母有些日子不来了吧？焦文文头一低，沉默了会儿说："我跟他们讲了，上次投实弹，你为了掩护我负了重伤。"

为了让焦文文找到投实弹的感觉，武朝晖凑了十几枚实弹拉火环，用透明胶把拉火环上的细线粘在教练弹木柄上，拉火环套在小拇指上，如此投出去贴近于投实弹。受此启发，刘长河还在前面的铁壳上绑一个小鞭炮，点燃后再投出去。感觉是有了，可惜操作性差了点。

烈日炎炎，共同科目训练已经结束了，各专业兵种已进入专业训练。大功连向上级提出，再组织一次实弹训练。这事，首先是在连队支部会议提出的。当时会议已经接近尾声，有的支委在收拾笔和本子，挪凳子准备离座，突然连长、支部副书记武朝晖说，大家再留一下，有个事商量一下，连队还想再组织一次实弹投掷。大家都僵在那儿，眼望着他，这太敏感了。武朝晖说，上次我们有个别同志没投好，差点酿成事故，幸好影响不大，后面还有一些兵没有完成这个训练科目，这在有的同志心里可能有阴影，进而会影响下一步训练，只有让他们成功完成一次实投才能消除影响。实弹的炸响对于一个战士来说是醍醐灌顶的，拉响的是英勇自信，炸飞的是胆小怯懦，意义不可小觑，这将影响他的军营生活，乃至一生；对于我们连队来说，将影响整个连队战斗力的生成与提高。一个兵就是一份战斗力，我们绝不能浪费战斗力，不能用老百姓的纳税钱养一个不能打仗的熊兵。

会议继续进行，大家低垂着眼睑不吭声，隔了好一会儿，"指导员，你先说说。"武朝晖相信指导员和他是一条心的。"实弹投掷组织起来很危险很复杂，从布置警戒到安全保护每一个环节要周密细致，慎之又慎，即使这些环节准备考虑得很充分，能做到万无一失，还要看投掷者，最主要看他的心理素质……"看得出，指导员对上一次的事故还心有余悸，认为要缓一缓。副连长一直对武朝晖那套"战斗力论"有点不以为然，他说："现在是平时，不是战时。作为个人，生存才能发展；作为一个单位，在安全稳定的基础上才能发展。强调战斗力没错，但如此高危训练，万一闪失，全连官兵用汗水和心血凝结起来的成绩将被一棒打碎，不但战斗力倒退，而且荣誉扫地，几年都爬不起来。还有投实弹牵涉到方方面面，即便我们大功连通过了，上级也不一定同意。"

几个人一时谁也说服不了谁，那就举手表决吧。副指导员略一迟疑举起手，表示和武朝晖站同一条阵线。副连长和陷入沉思的指导员表示反对。一排长支持连长，司务长支持指导员和副连长，三比三，最后大家的目光齐刷刷落在士官支委刘勇脸上。他那一票顿时显得举足轻重，他好像在摆谱，强调自己支委的身份，他不慌不忙举起手，投了连长一票。

大功连将再一次实弹投掷的报告送到营里，再送到旅里，在几位旅领导的办公桌上游历一圈后，旅长批示：同意！

还是上次那个投掷场，一切都还是老样子，只是草木浓茂了许多，坡上那些像鸡窝一样的坑坑洼洼已被野草啃得只剩下一个小印痕，坡顶那个投掷壕沟似乎积了不少雨水，这从堆在一旁新挖出来湿漉漉的泥土可以看出，打前站的同志先是把坑里的水舀干，然后把面上的一层湿土挖去，再用锹拍打平整。两边山梁上插有警戒的红旗，绿树掩映中让人滋生出许多想象，好像那儿藏有伏兵。

山上的风很大，吹得草木起伏，很是凉爽。大功连百十号人像上次那样坐在山坳里，不过这次更安静，谁也不说不笑。兵一个接一个上去，又一个接一个下来，默默地，谁也不打听投得怎样，感觉如何。山坡上不时传来炸响，依稀有硝烟味飘来。

"焦文文！"焦文文临上去时看了看排长，又看看班长。班长擂了他一拳："你肯定行！"排长朝他做着胜利的手势，微笑着，右耳下那道疤痕仿佛一朵青色的核桃花。焦文文突然想起核桃花开就是这个样子。这个季节核桃树该开花了吧。

三枚实弹。现场指挥员还是连长武朝晖，还是以前一样的操作提醒。当焦文文投出的第三枚弹在坡下炸响时，他把头埋在胸前潮湿的泥土里。那枚弹仿佛不是他投的，是放羊娃出身的老班长投的，那枚小小的土制手榴弹从烽烟缭绕的太行山上一道不知名的山坡上飞出，穿越历史的天空，在今天平静的阳光下，在一道碧绿的青草坡上炸响。当焦文文抬起头时，脸上的泥土泡在泪水里。

第六章
踊跃用兵

沙场秋点兵

左边山坳的松树林里枪声乍响，股股淡淡的硝烟随风飘来，武朝晖像一只闻到猎物胯下腺味的狼一样兴奋地嚎叫："别让刘鹏跑了！"蓝军士兵人手一张"三国杀"，上面印有红军司令的标准像，战斗间隙能玩又能当"通缉令"，照片是从强军网上下载的。"攻下大梁山，活捉刘鹏！""捉到刘鹏，三等功！"蓝军一举突破红军前沿防线，向纵深追击前进……

战斗才打响，红军就遭受沉重打击，蓝军的坦克烟尘滚滚直扑红军的指挥所，红军仓促组织火力，指挥所才狼狈转移。蓝军用的是什么秘密武器，红军百思不得其解。综合所有情报线索，也理不出一个头绪。

某合成旅由于军事思想超前，战场意识敏锐，战略战术尖锐，奉命组建蓝军。作为红军的"磨刀石"，每年要和多支红军部队对抗，用蓝军士兵的话说，就是把他们当沙袋，让红军跃跃欲试地练拳头。大功连是蓝军的尖刀连，响当当的"铜豌豆"，让红军吃尽苦头。蓝军提出口号：不当沙袋，要当拳头。其中，大功连打仗不按招数"出牌"是出了名的，如按规定只需四米宽、三米深的反坦克壕，他们挖上六米宽、四米深，前面再垒一堵高墙，红军坦克冲到这儿，望壕长叹，随车带的木梱根本不够填，呼叫工兵上来又延误战机，真是进退维谷；有时候他们干脆不辞劳苦，引来水源，制造出一两千米"沼泽"地，让红军的坦克深陷其中，频频掉链，苦不堪言，然后再施以精确打击。红军官兵一提起大功连就牙痒，恨不得吃他们的肉，抽他们的筋，扒他们的皮。红蓝双方官兵都叫大功连长武朝晖为"小蓝狐"。当然，语气不一样。开始武朝晖以为是"小湖南"的倒装句，后来得知是"蓝狐"两个字，有点生气，但很快又暗自许之。

战斗还在进行，有时激烈紧张，枪声炮声爆炸声乱成一团；有时又漫不经心，一片寂静，让人怀疑这"仗"是不是结束了。静下来的时候，武朝晖的心思就游走，回想起他和廖美花的交往，弄不清他俩谁是猎手，谁是狐狸。

她来南京的第一个周末，他去看她，快到她租住的地方了，他才发现自己晃着两手，什么都没带。他在路边的水果摊上买了一些苹果和香蕉。她见到他，如在学校里寄宿了一星期的学生见到家长一样，眼睛亮晶晶的。在她租住的房子里，刚住进来时的那股霉味已被缕缕淡淡的清香取代，粗糙的水泥地面水洗过一样干净，窗前那张布满划痕的三合板桌子已铺上一张洁白的桌布，桌子中央一个矿泉水瓶里插着几朵不知名的小花，床铺熨斗烫过一样平整，蓬松的被子旁是一个崭新的憨态可掬的布娃娃……武朝晖的目光落在她脸上，她如陶醉在

第六章　踊跃用兵

一个游戏中，突然被人发现，不好意思地笑了。他在她屋里坐了一会儿，她用一次性纸杯倒了杯白开水，放在他面前的桌子上。

快到呷午饭的时间了，他问她想呷什么。她歪着脑袋想了一下说："我们去呷三鲜面吧，我知道哪一家做得好。"他们来到一家路边小店，外面不时有汽车、拖拉机、三轮车扬着烟尘轰隆隆开过。直到这时，廖美花的话才像春雨过后的小溪涨了起来，她说起身边的见闻，新单位的情况，新结识的朋友，她用的是只有他能听懂的家乡话，叽叽喳喳的，兴奋得像麻雀落在谷堆上。三鲜面热气腾腾地端上来了，先是一碗，他把它推到她面前，她没动。又一碗端了上来。她把她碗里的鸡蛋拨到他碗里。她说她在减肥。他推让，他们的手碰到一起，荡出一摊乳白色的汤漂着几片葱花凸现在桌面上。她脸红了，说等她在这儿拿第一个月的工资了，请他呷饭，点他喜欢呷的。

他和她往回走，一条在垃圾堆里找食物的野狗打破了他们之间的沉默。那条毛色暗黄的小狗听到响动，低吼，后退着，似乎将以退为进向他们扑来，廖美花啊的一声，双手紧紧抓住武朝晖一只胳膊，躲在他身后。武朝晖脚一跺，那条似曾相识的狗很快钻进角落，窜远了。

红军又一次战败。其指挥人员冥思苦想，对演习过程每一个细节反复推演，才发现破绽。

皖北大梁山地区土地贫瘠，遍地荒草，少有树木，秋天有北方大漠的荒芜旷远苍凉。那儿在开辟为演习场兼野外驻训场之前，荒无人烟，后来不知从哪儿冒出一些拖家带口的在演习场周边开荒种地，据说他们是从当地村委会租的，很便宜，十几块钱一亩。早些年，他们住的大都是低矮的土坯茅草房，后来零星出现几座砖瓦房，再后来竟形成一个炊烟袅袅的自然村落。据说上一次人口普查时，他们的户口都登记上了。每逢国家有大的政策法律法规出来了，如全国开什么大会，参加演习训练的官兵到处喊着喇叭宣传，偶尔有战士坐在小板凳上读报给几个老头老太听的大幅照片，刊登在报纸、网页上。

这儿尽管像我国广大农村一样被纳入村民自治管理，但人口流动性还是很大，人们来自不同地方，说话南腔北调，风俗五花八门，来到这儿的原因也各不相同，早些年有躲避计划生育的，现在有投资失败的、家里遭了灾的，有老家地太少的，还有一些原因他们吞吞吐吐的不愿意说，开始他们见到当兵的躲躲闪闪，后来发现当兵的虽然穿着公安、城管一样的制服，但并不管他们，他们有什么难事还可以找当兵的帮忙。近些年，那儿跟眼下很多农村一样，年轻人少，留守的大多是老人孩子。日子一久，人们把当兵的脾气摸透了，知道一个个机灵得跟猴一样的社会青年到了部队就进化得老实巴交，他们有条条框框的"紧箍咒"管着，好拿捏，好说话，经不住缠，于是就开始一点一点地蚕食演习场，即使自己不种，有机会用来"土地扭转"也好呀。于是，就常有一些哭笑不得的闹剧上演。

红、蓝双方在向战役结集地开进途中，其实战斗就算开始了。红军左翼的后勤保障车在勉强能走牛车的土路上，低吼着小心翼翼地前行。峰回路转处，前面高坎边突然冒出一块巴掌大的三角形菜地，地里种满了绿油油的生菜。一边是菜地，一边是高坎，红军保障车的车头如探雷一样慢慢地过去了，尽管驾驶员握方向盘紧张细致得如走钢丝绳，内侧的后轮还是从菜地一角碾过，驾驶员一急，猛打方向盘，整个后车厢全部扭到地里了，好像一个神经紧绷的人，突然失手，一屁股瘫坐在地上。几十棵半大不小的生菜顿时香消玉殒，菜容顿失。

刚才四周还寂静得闹鬼，这时，不知从哪儿强盗剪径般窜出一位壮汉堵在车前，只见那壮汉戴一顶像狗抓啃过的破草帽，脸黑得如乡村里炕的腊肉，淌着油，敞穿一件皱巴巴分不清是白颜色还是黄颜色的衬衣，软塌塌的衣领内侧一层汗泥，如搭着一张山蛇皮，走近了，浑身的异味比兵们两天没洗澡的味道还大，口水沫子四溅，满嘴半懂不懂的土话，听口音应该是本地人，不是外来户。红军驾驶员心一沉，本地人更难缠。

黑脸汉子愤怒地指着沾有菜汁的车轮，连比画带说，一个意思，就是让赔钱。红军带车的排长刚从地方大学分来不久，爽快地从口袋里掏出一张绿票子，五十块钱递过去，黑脸汉子瞥了一眼，用鼻孔发出一个音节，头扭在一边。五十块钱就是在省城的菜市场也能买一大筐菜了。带车排长又加二十元，耐心地说，我们是人民子弟兵，不拿老百姓的一针一线，损坏东西要赔是应该的，但我们是一家人，请你不要让自己家人为难。黑脸汉子不住地咕哝着，仔细听，他在说，他种地怎么辛苦，小孩上学、老人治病就指望卖菜的钱等。

"磨蹭什么呀，婆婆妈妈的！"红军二期士官驾驶员把车门一摔，大步上前，口气比坦克车的履带还硬，我们在执行军事任务，几点必须赶到什么地方，有多少人等着吃饭。误事了，你担得起这个责任吗？到时候告诉你们派出所，告诉你们镇里市里领导，说你妨碍公务，把你像"钉子户""上访户"一样关起来，让你婆娘送饭去。黑脸汉子根本不呷这一套，转身和士官激烈争吵起来。士官还说了些什么过火的话，他自己也记不得了，要不是带车的排长拉着扯着挡在中间，双方可能发展到肢体语言。最后，黑脸汉子收下两百块钱，骂骂咧咧地让开了。

这种场面在演习、训练过程中时有发生，大家见怪不怪。越是驻军少，甚至没有驻军的革命老区，老百姓偶尔见到演习部队路过，那份热情像滚烫的红糖。营盘附近的老百姓，或经常和部队打交道的，他们摸准了部队的纪律、脾气，很多事是得理不饶人、胡搅蛮缠地对着干。红军指挥所的作战参谋后来特地去看过那块菜地，泥土呈颗粒状新鲜的黄颜色，一看就知道是新开辟的，不是种过几茬的熟土。那黑脸汉子是武朝晖精心挑选，并且经过反复排练，由一个入伍前号称"老江湖"的士兵扮演的。"老江湖"在和士官争吵过程中就把红军的作战计划、保障方案套了个八九不离十。

后来，红军的指挥人员一见到武朝晖就骂，现在都基于信息化了，你们这群"土鳖"还在玩冷兵器时期的伎俩，创新能力也太弱了吧。武朝晖说，我们这是导弹上刺刀，创新与继承一起上，过去国民党军

被打得溃不成军、抱头鼠窜，当了俘虏反而怪共产党军队不会打仗，不按常理打。晓得吗，打胜了就是王道，就是真理！

那时武朝晖还在大功连当排长，有个星期天晚上，他吹哨子，喊班长骨干到连部集合准备开连务会，这时文书跑过来说有他的电话，听口音和口吻好像是他家里打来的。武朝晖接过电话，一听是廖老板，他一时想不起该如何称呼，就说哦，哦，是您，我是武朝晖。廖老板说："美花在那儿给你添麻烦了，让你操心了，如果她有什么做得不对，爱使小性子、不懂事，你就说她。"班长骨干们都到齐了，武朝晖捂住话筒嗯嗯啊啊的。放下电话，他才想起，忙着训练、战备，有好多天没和廖美花联系了。

下午四点半，连队体能训练，武朝晖估摸着廖美花该下班了，他来到她租住的地方，发现门开着，她一头秀发蓬松在脑后，穿一套白色碎花睡衣坐在门口看着屋顶蛋黄一样的夕阳发呆，人整整瘦了一圈，下巴由圆桃变得像黄杏。他把手里的白色透明塑料袋随手放在板凳上，没去上班？嗯。她看了一眼塑料袋，里面是一个运动耳机和一个电子书阅读器。她趿一双粉红色的塑料拖鞋起身，进屋，从窗前桌子上拿起一个一次性纸杯，倒了一杯白开水，连同一股馨香的气息递过来，他喉结一滑动，嘴唇轻轻一翕合，他刚才跑了几千米，还没顾得上喝水，这时才感到有点儿渴。

武朝晖说，这段时间很忙。她哦了一声，没问他忙什么。她说，她发工资了。没提上次许诺请客的事。她脸上忽的两团红晕，迟疑了一下，弯腰，手伸向双人床靠墙的一侧，一抹白得耀眼的肌肤从她睡衣下摆露出，武朝晖扭过头去，待他再回头时，她手里捧着一件红色的毛衣说，这是给他织的，他身材看起来和她父亲差不多，她是照着她父亲的身材织的，不知道合不合身，她让他试试。他双手在衣服上搓了搓，接过，呵呵地笑，没动。她又说试试吧，不合身，她好改。他穿上毛衣，走了几步，她像时装设计师一样，围着他也是围着她的作品转了一圈，大小长短刚好，就连样式颜色都好像比画着给他织的。夏天织毛衣，是他们老家年轻女性打发时间，也是编织思念的一种方式。武朝晖隐约知道些，心跳得比刚才奔跑时还快。

廖美花在看一本精美时尚杂志，突然没头没脑地问，你读过一首题目叫"取暖"的短诗吗？不待他回答就用家乡话，动情地读了起来：小妹／到南方去打工／她在粤语里／先是迷了路／后又受了寒／每夜／她只能和同伴／回到出租屋里／围着乡音／取暖。念完，又问读过吗？他摇摇头。认识马萧萧吗？不认识。那听说过吗，也没有。这首诗就是他写的，听说是位军旅边塞诗人。武朝晖说，他只读过李白、杜甫的诗，不知道马萧萧。廖美花低头闷声不吭，秀发遮住她大半张脸，看不出表情。哪儿来的？武朝晖随手翻了翻杂志。她低低地说，路边报亭买的，现在报亭难得一见，卖报纸杂志的更少见。那天她路过一个报亭，见里面的老人很像她妈妈，就买了本过期杂志。

她说，她想家了，想回去，在这儿没意思，不想在这儿干了。说着哭了起来，越哭越激动，伴随着阵阵咳嗽，白色碎花睡衣下柔弱的肩膀剧烈地颤动。武朝晖如刚才还在把盏言欢突然一碗汤打在身上，慌了，不知如何是好。他从床头柜上抽出纸巾递给她，不住地问有难处吗？谁欺负你了？哪儿不舒服？生病了？廖美花埋头从臂弯里接过纸巾，在浓密秀发地隐蔽下处理眼睛鼻子的分泌物。后来，从她抽抽搭搭的哭诉中得知，原来她已经生病好几天了。武朝晖起身，看了看屋外已暮色四合，拉亮灯，细细品味起他刚才并没有认真听的诗。她的抽泣声渐渐止住。这时，他发现她其实很单薄纤秀。

晚上，武朝晖回营区时已是第二班岗，班长刘勇给他打的饭菜摆在桌子上，早凉了。那个星期他值班，按规定第二班岗是必查，他顺便走了他们连队负责的几个哨位，哨兵厉声问口令，他才想起出发前没有问文书今晚的口令，他继续往前走，哨兵又问，随着有拉枪栓的声音。他说，某某查哨的。偶尔有机关干部夜间督查时事先没了解口令，就是这么回答的。

有些日子武朝晖去廖美花那儿稍稍勤了点，不再一定是周末，有时候她哪样电器坏了，他过去帮忙看看，有时候是她下班晚了，他用保温饭盒送饭给她，有时候是她做了好呷的东西叫他，只要抽得开身，他向连长或指导员请个假，就奔袭一样跑过去，好在不算远，以一个武装越野五千米的时间和精力，能跑个来回。

廖老板给廖美花寄来猪血丸子，让武朝晖转收。武朝晖问过好多人，猪血丸子只有他们那地方有，就是把豆腐、猪血搅拌成泥状，拌

上肉丁，捏成一个个比鹅蛋略大的团，在火塘上炕得黑乎乎的，像他们曾投掷过的手雷，外地人见了不敢下筷子，他们却感觉是世界上最佳的美味。

武朝晖去给廖美花送猪血丸子时，廖美花用一个洁净的玻璃杯给他倒了杯白开水。她说杯子是给他新买的。武朝晖瞟了一眼桌上装在塑料袋里的一次性纸杯，接过。

位于数百千米外的一支红军已向战役结集地开进，蓝军已启动航空、侦察、雷达、工兵、无人机等各种手段，设置障碍，进行层层阻拦，尽管如此，预计几小时内双方将火力接触。

真枪实弹拉开了，演习场方圆数十千米内已经戒严，不准任何无关人员进出。在紧邻戒严区，进入演习场的一条要道旁有一土坯小屋，开一扇仅容一人弓身进入的小门，里面逼仄得最多能放两张床，屋顶长满半人高的蒿草，墙面坑洼斑驳如人造地球卫星拍摄的月球表面，四个墙角已被风沙磨圆，在装甲车卷起的漫天烟尘中，小屋像一个废弃的碉堡，又像一个风烛残年的老人。

每到部队驻训或有大规模的演习，就有一位脸色酡红的中年人背来方便面、火腿肠、榨菜、咸鸭蛋、饼干、薯片、饮料、电池、蜡烛等，天晴就在小屋门口铺一块塑料布摆摊；下雨就在屋里，小屋没有窗户，光线很暗，如果有人堵在门口，里面就黑咕隆咚的，就是白天也得点蜡烛或开应急照明灯，三五个人挤进去，就让人喘不过气来。

沙场秋点兵

土屋小店呈季节性，与兵群伴生。部队驻训期间，常有三三两两的兵从坡坳里冒出向小屋走来，离开小屋时兵们边走边往嘴里塞着东西，含糊不清的笑声、喊声、唱歌声像白色、红色、黑色的塑料袋在大风中翻滚，飞向天空。演习那几天，小屋的生意出奇地好，红蓝双方宣布"阵亡"的士兵拖着疲惫的步伐逶迤而下，接连呷了几顿压缩饼干，小屋就成了他们补给的第一站。尤其是雨天，小屋门口经常排着队，外面的空地像被许多四足动物踩过，泥泞已到脚踝处。

战斗发起前一天，演习场周边呼呼啦啦的警戒红旗招来了红脸汉子和他的季节性小店，也招来了一个神秘的顾客，那顾客戴一副遮住半个脸的大墨镜，穿一件黑色风衣，在小店周边溜达一大圈后，闪进小店。红脸汉子一愣，马上亮着能与炮声媲美的嗓门说，您要点什么？神秘顾客一声轻嘘，小声问，老板在这做生意多长时间了？好多年了，部队一来，我就来了，这土坯房还是我一手一脚垒的呢。哦，那附近有几个进入里面的路口都晓得么？晓得。生意怎么样，演习这几天里能赚多少钱？

谈到生意，红脸汉子从摊满货物的土台子上拿起一包烟，手一转拆开，抠出一支递过去，说，见笑了，小本生意，糊个口，主要是方便解放军。到底能赚多少？神秘顾客板着脸。就赚点脚力钱，一天一两百吧。神秘顾客从上衣内口袋掏出钱包，点了五张百元大钞，接着又从风衣口袋里掏出三个精致的灰色小匣子，说，明天演习就要开始了，我查看过了，附近有三条道路进出演习场，到时候你只要把这几个小匣子的开关打开，在路口附近找个隐蔽点的灌木或芦苇丛放好就行了，这点小意思是你的酬劳。神秘顾客边演示边说，说完把钱往红脸汉子面前一推。红脸汉子忙推却，这咋成，不买东西怎能收您的钱呢。你帮我把这东西放好，我就得好好感谢你。哎呀，不就是走几步路么，用不着这么客气。

神秘顾客转身欲走，红脸汉子突然想起什么，脸色一沉，问，你莫不是台湾那边派来的？或者是外国间谍？我可当过兵，这点意识我还有。神秘顾客哈哈大笑，说，难怪老板能在这儿做生意，国防意识、保密意识这么强。说着摸出一个红本本。红脸汉子接过，像鉴别古董一样认真地看了看，又将信将疑地还了回去说，现在办假证的太多了，有些假的比真的还像。神秘顾客在手掌上拍了拍红本本说，我就是解放军，真正的解放军。红脸汉子说，对不住，养成习惯了，我在福建当兵那会儿，常有小商小贩在营区边转悠，那时候我们的内部报纸听说能卖到五十美元一张呢，害得我们保管报纸比保管枪弹还严。神秘顾客上前一步，对待同志般掏心掏肺地说，不瞒你，我就是即将参加演习的一方，我们这样做只是想随时掌握战场上的情况而已。哦，那是解放军内部的事，我就不多管了。

阴雨连绵，红军派出的数架无人机，要么被蓝军俘获，要么被强电磁干扰，要么被烟幕弹遮掩视线，侦察效果很不理想。

蓝军的电子侦察捕捉到红军指挥所的准确位置，呼叫最近的坦克分队发起冲击。蓝军坦克以破障车打头，将一道道防坦克障碍推平，

第六章　踊跃用兵

怒吼着,向红军指挥所冲去。

眼看红军败局已定,红军个别指挥员竟然命令士兵以血肉之躯挡在蓝军的坦克前,说,你们不用怕,谅他们的坦克也不敢冲过来。蓝军坦克乘员眼睁睁地看着红军参谋人员在百十米外仓皇转移指挥所,又气又急,跳下坦克和红军士兵干了起来。坦克乘员平时的训练以坦克代步,坦克就是他们打击敌人的手臂胳膊拳头,步兵呢,整天奔跑滚打跳跃,生猛得跟野人一样。蓝军坦克乘员被红军步兵打得抱头鼠窜,大声呼救。武朝晖他们大功连也接到命令,从侧翼赶过来端红军的指挥所,他们一冲上来,只见一部分蓝军已和红军扭打在一起,蓝军明显处于弱势。此时,双方手中仅能打空炮弹、发射激光电子的枪械连烧火棍都不如,刺刀、匕首、大刀等近战武器没有装备,彼此面对的毕竟不是真正的敌人,是阶级兄弟。武朝晖站在一辆坦克旁一愣神,后背重重挨了一拳,一个趔趄几乎跌倒,他大吼一声:"弟兄们,上呀!"……演习导调组紧急叫停。

演习导调组裁判红军战败,并对其不遵守演习规则进行通报批评。蓝军虽然取胜,但付出的代价太大了,担架抬下来一大串,大都挂的是蓝色臂章,有打伤的,跌伤的,扭伤的,还有好几个满嘴血污,说是红军士兵上来一个前扑动作把他们放倒在地,门牙就"牺牲"了。演习总指挥站在土坎上,看到蓝军的"惨状",恨恨地说,这群小子下手够狠的,指挥员能力屄,兵还是个顶个。

红军战后总结,有的指挥人员感到很纳闷,他们的高科技武器有

"克星"，没有发挥多大作用可以理解，但寄托很大希望的"常规武器"竟然也没有冒泡。演习部队撤离前，红军一位参谋人员去土坯小屋找那红脸汉子，那儿只剩下傍晚菜市场收摊后般的狼藉和一片衰草秋色，向周边村庄打听红脸汉子住哪家，村民听了描绘，摇摇头说，没见过，肯定不是他们这儿的人。

关于红军的消息，通过打着口哨的秋风、叽喳着忽然呈自由落体的鸟群、哞咩叫唤有时盯着远处出神的牛羊传到蓝军营地，武朝晖和连部几个人笑得前仰后合，直不起腰来。原来，武朝晖早就注意到了，演习场边上那个土屋小店是一个"漏洞"，是一个敌我双方容易做文章的点。一年多前，他就做了防范。

连队有一个河南籍的上等兵，工作还可以，人也比较本分，就是他爹在部队驻地打工，来连队看过他好几次。上级有规定不提倡也不介绍亲属来部队驻地打工。上级说得很委婉，不提倡，其实就是反对，害怕亲属在驻地打工影响战士安心服役。

一个星期六的上午，上等兵的父亲来连队看他时，被武朝晖撞见了。这个规定武朝晖在连队军人大会上讲过几次，上等兵知道，可能也跟他父亲说过，所以每次他父亲来见他像做贼又像特务接头。那次武朝晖叫住他父亲，到连部坐了一会儿，说了说上等兵的工作表现，中午还叫炊事班加了两个菜，一起在连队食堂吃饭。午饭后，送他父亲离开时，武朝晖委婉地把上级的意思说了。上等兵的父亲一听，急得哭丧着脸说，俺在这打工好多年了，娃还没到这儿来当兵俺就在这

儿，现在娃在这当兵，俺还不能在这儿啦，还影响娃的前程啦。武朝晖看着他酡红的脸渐渐涨紫成猪肝色，心里很不是滋味，不知这是哪级机关哪个领导拍脑袋想出来的"王八屁股"——龟腚，现在农村外出务工人员像打翻一筐梨一样，散得到处都是，谁能保证不到自己亲属当兵的地方去打工呢？过了好一会儿，上等兵的父亲的过激反应平息下来，小心地问，这是什么时候制定的规矩，他也当过兵，在福建当的海防兵，他们那个时候好像没有这一条。武朝晖安慰他说，让他别往心里去，只要多鼓励娃在部队好好干就行了。

武朝晖开始琢磨土屋小店时，想起的第一个人就是上等兵的父亲，当武朝晖准备把土屋小店盘下由他来经营的想法一说，上等兵的父亲爽快地答应了，并且感到能为娃部队做事而高兴。在蓝军的人民战争中，红军打的如意算盘自然陷入汪洋，成了肉包子打狗。

周末，上等兵的父亲挺着腰杆来到连队，见兵就发烟。中午，武朝晖让炊事班加几个菜，还准备了几瓶饮料。开饭时上等兵的父亲一进食堂，见桌上菜还可以，就是没酒，说中午我请大家喝两杯。武朝晖说，上级有禁酒令，不能喝，以后上您家喝吧。"好咧！"他端起满满一杯饮料，伸到武朝晖面前，小声地说，俺娃年底转士官请连长多费心。武朝晖端起饮料一饮而尽，好好干，好好干，群众说了算。

两个多星期了，没有武朝晖的任何消息，廖美花打电话，对方提示关机，发信息，没有回，莫不是……她的手机整夜不关机，放在枕头边，一有响动，一把抓起，都和武朝晖无关，她开始胡思乱想，晚上睡不好。廖美花听武朝晖说起过一个故事，他们部队有个排长谈了个女朋友，两人好得连王母娘娘拿金钗划条银河都分不开，一次激情之下吃了"禁果"，第二天排长突然接到命令外出执行一项紧急任务，由于需要严格保密，近两个月时间女孩没有排长的任何消息，女孩恼羞成怒，一怒之下告到部队。后来他们结婚了，这成了他们夫妻的一个经典笑话。

周末，廖美花来到武朝晖部队的大门口。有次，她和武朝晖一起坐车路过那儿，武朝晖指着站得笔挺的哨兵说，那就是他们营区。一次她就牢牢记住了。哨兵登记下她的身份证号，问了问简单情况后，给武朝晖他们连队打了个电话，不一会儿，一个黑脸敦实的上等兵晃晃悠悠地走了过来，见营门值班室就她一个人。你是？廖美花。我们排长，武参谋的……同学？廖美花把一路上想好的话说了。上等兵听了，嘴角弯了一下。

营区里很静，难得见几个人影，几只麻雀在屋檐下欢快地打闹，转眼飞向金黄的梧桐树梢。从大门口到他们连队没多远，上等兵只顾低头在前面走，廖美花小跑着跟上问，贵姓？姓王，您就叫我小王吧。廖美花扑哧一笑，"王小王"，把他的名字重复一遍。王小王说，小王是我的名，也是我的姓前面加一个小字。王小王，你老家哪儿的？山东。哪年当兵的？去年。为什么当兵呢？父母让来的。你们排长对你们怎样？好——他头一晃，拖长着声音，懒洋洋的。

第六章 踊跃用兵

247

在连队门口，一个自称是副指导员的上尉领着几个精神状态不是很好的兵迎了上来，副指导员一个劲地说对不起，武排长，不，武参谋执行任务去了。看他那一脸歉意的样子，好像武排长不在是他造成的。

廖美花打量起眼前这座四层楼房，屋外绿色的草坪修得很平展，门口种满了月季花，一块呈"△"形的大石头掩映在花木丛中，上面刻有"大功连"三个遒劲大字，字被红漆描得闪闪发亮，走廊全部被玻璃窗封闭，好些房间门上贴有白色封条，上面盖的红色印章已经暗淡。

副指导员把廖美花让进二楼一间挂有"会议室"牌牌的房间，问，您来之前难道没有和武参谋联系吗？廖美花脸一红，说，没有，她不问他部队上的事，他也不说。副指导员哦了一声，说武排长刚调到机关当参谋，一上任就碰到这次大演习，忙得团团转。廖美花一听说武朝晖调走了，脸上顿时有点挂不住了。细听下来，他还在这座院子里上班，并且目前还住在连队，脸颊又柔和温暖些。但是这么大的事，她居然不晓得，心里总感到不那么熨帖，一时不说话。副指导员心里透亮，马上就知道怎么回事，一个劲地夸武参谋，说他平时对待工作像夏天一样热情，对待同志像春天一样温暖，对待不良风气像秋风扫落叶一样冷酷无情，坚持原则……副指导员描绘的那个人应该叫"雷锋"，她觉得他很逗，想笑，不敢喝水，怕笑喷了。

这期间，刚才接她的上等兵王小王进来一趟，说，副导，中午加两个菜吧。副指导员说好的，然后冲廖美花笑笑，说，我们留守的是一些不是这儿痒就是那儿痛的老弱残兵。廖美花附和着笑笑，拎起放在旁边椅子上的坤包，抬腕看了看手表。副指导员说，武参谋应该在这几天回来，要不您住下来等等。廖美花说，不了，她就在市里上班，离这儿不远，有时间再来。走出营门，廖美花的脚步不由得轻快起来。

星期六傍晚，当武朝晖又黑又瘦地出现在廖美花面前时，廖美花脸上掠过一丝惊喜，但马上板着脸转过身去，埋头整理堆放在床上的衣服，有几件衣服还挂在衣架上，散发着太阳味，估计刚从外面收进来。武朝晖扭头看了一眼桌子上他那个洁净光滑的专用茶杯，喉结做了个吞咽动作，说，都怪我，走得匆忙，事先没有和你打招呼。廖美花像没听见一样，叠好衣服转身又去擦桌子，收拾碗碟，一副很忙的样子，武朝晖像尾巴一样跟在她身后，我们演习去了，演习期间是不能和外界联系的，上次有个排长的女朋友来队了，他熬不住，用演习指挥部配发的卫星电话和他女朋友说了几句悄悄话，结果被上级监听到，结结实实挨了个处分……武朝晖说起这个嫁接来的故事，大脑已经走神了，像是另一个人。廖美花一转身，肘部碰到了武朝晖的腰，武朝晖吸了口凉气，弓着身子，缓缓蹲了下去。廖美花手里的碗碟啪的一声落在地上……她看到武朝晖腰上乌青的一块，廖美花才知道他被演习撞了一下腰，"敌人"下手很重的，"演习"并不是"演戏"。

廖美花给他倒了杯白开水，轻轻地吹了吹，喝了一口才递给他，说，都是自己人，好像谁不是爹娘养的，对仇敌也不能这样呀。武朝晖说，还有更重的，有的连队光受伤住院的就有五六个，大部分兵走

第六章 踊跃用兵

249

路一瘸一拐的,像"铁柺李"。一场仗打下来,兵们穿着作战靴,几天几夜地跑,脚底的血泡磨破了,坐在地上打个盹,再次上路需要鼓起很大的勇气,脚底才敢着地,打完仗,战友之间得相互帮忙才能把脚上的靴子拔下来,袜子得用盐水泡软后,用剪刀小心翼翼地剪……

廖美花说:"我去过你们连队了。"

"听说了。"

"我还要去。"

"欢迎。"

"你们连那个肩上扛书名号(上等兵军衔)黑脸山东兵王小王说起你时怎么阴阳怪气的?"

"唉,别提了,那小子军事素质不赖,就是集体荣誉感不强,上次演习派他去摸红军的哨,他见那哨兵是他一起当兵一个村的老乡,竟然手下留情,没有一招制敌,以致情况暴露,害得我们整个行动计划受挫。兵是个好兵,磨一磨、熬一熬准能成材。"

星期天上午,阳光明媚,廖美花走进营区,足音像踩在钢琴键上一样,迎着齐刷刷的"注目礼"再次来到武朝晖他们连队。可能是人多的原因吧,这次那四层小楼看起来像农贸市场,门口、走廊上、房间里,包括连队前后的草坪上,到处如小贩摆摊般铺着一张张墨绿色的油布,兵们坐在小板凳上三五成群地围在一起,像小孩摆弄玩具一样,把一件件武器噼噼啪啪地捣鼓成一个个零件,又把一个个零件弄得油乎乎的……偶尔有兵站起来走动,臀部夸张地一扭一拐,样子很

好笑。房子一侧的晒衣场上晾着一大片迷彩服，风吹得晃晃悠悠的，像是在开会，又像是在列队。武朝晖领着廖美花从一个个"地摊"间走过，说，趁天晴保养武器，洗洗刷刷。廖美花低垂着眼睑径直往前走，感觉到一束束目光像柳条一样从脸上身上拂过。

营房科一位助理员跟武朝晖说，机关干部公寓已腾出一套，正在检修水电，粉刷出新，不用多久就可以搬了。合成旅家属区的公寓房过去都是"私下交易"，谁转业、调走了，就交给平常关系比较好的老乡、战友。有的转业几年了，本人搬走了，就让给亲戚朋友住，甚至不是军人。合成旅的营区以前驻的是个正军级单位，一次又一次军改，最终缩编成旅，干部住房相对比较宽松，如果这样下去，再多的房子也不够住。现任旅长曾当过副参谋长、参谋长，分管过军务，熟悉营区人员进出情况。于是规定任何人转业或调离，编制、工资关系不在旅了，房子必须统一交给营房科，如果是私相授受，就不予办理相关手续。

大功连副连长外出学习了，要大半年才回来，这段时间武朝晖就住副连长那，二楼靠楼梯那间。武朝晖和廖美花在房间说话，门敞着，不断有人打门口经过，有的兵为一点小事也来找武朝晖问问，他知道他们那点小伎俩，就是找借口来看看廖美花。王小王站在门口喊了声报告，她冲他一笑，他犹豫了一下走进来，拎起开水瓶往她面前的茶杯里续上水，说，嫂子，我就知道你还会来的。廖美花一愣，脸红到脖子根，不知如何回答。叫嫂子也是兵们玩的小把戏，已婚的军嫂自然叫嫂子，未婚的异性，诸如表妹呀、同学呀等关系，兵们只要看出一点"苗头"都冠以嫂子之称。王小王出去后，屋外不一会儿传来哄笑声，兵们在火热地说些什么她听不清，也许是职业敏感性吧，"下药"两个字她听真切了。武朝晖接完电话回来，廖美花问他，下药是什么意思？武朝晖问，刚才谁来过？廖美花说，王小王。武朝晖说，没什么意思，连队最近耗子比较多，兵们可能是在商量怎样消灭耗子吧。说着，武朝晖走了出去，当他再回来时，外面的笑声没有了，"下药"两个字也没有人再提起。

廖美花后来才知道"下药"的出处。武朝晖他们连队有个士官学校毕业的中士班长，小伙子很优秀，是连队的技术骨干兼思想骨干，他在上士官学校时谈了一个女大学生，女大学生毕业后进了一家银行上班，一直以为他是军官，他在上学时只是笼统地说上军校。谈了数年，快瓜熟蒂落了，她第一次来部队，才知道士官不是官，是兵。她很彷徨，中士呢又很爱她，害怕失去她，才一直含含糊糊，不敢说明。那几天整个连队都像被一片名叫"被踹"的阴云笼罩，兵们一有空就猫在一起召开"小诸葛亮"会议，有苦肉计、金钱计、下跪真情打动计，有的兵说干脆到网上购买"春药"，蒙她呷了，生米煮成熟饭再说。当然，最后还是连长、指导员找姑娘谈心，把中士的良好素质、优缺点以及取得的成绩摊在桌面上说开了，这才让姑娘决心上中士的"贼船"。有政工干部总结经验，一般来说，人家姑娘能来部队就说明有希望，有做工作的余地，如果我们主场作战都不能拿下"高地"，那么我们的战斗力真值得怀疑。武朝晖那天听到"下药"的说法后，在一个个"地摊"边转了一圈，没头没脑撂下一句：没出息！一个有本事的男人喜欢一个女人，还用得着那种"下三滥"的手段吗？

中午饭是连值日打回来的，廖美花坐在武朝晖房间里，听饭堂那边传来番号声、歌声，猫舔食一样数着饭粒，直到武朝晖回到房间她还没呷完。她问他，呷过了吗？他说在饭堂里呷过了。他这么一说，她很快就呷完了。晚饭，她跟着他在连部的桌子上呷，七八双筷子伸伸缩缩，听取咀嚼声一片。大伙儿围在一起呷饭，就是香甜些。

傍晚，一个下士端坐在走廊上挽起衣袖拉开杀猪般的架势，用廉价的白酒给一个列兵揉扭伤的脚。下士手握酒瓶仰头含一口酒，噗的一声嘴里的酒呈雾状，喷洒在列兵红肿的脚踝处，下士脸红扑扑的，估计是有些酒漏进他肚子里了，要不就是他实在不胜酒力，沾酒就醉。

下士揉脚的动作像是在揉面，列兵微闭着眼，下士每用力一下，列兵歪咧一下嘴，倒抽口凉气。廖美花站在一旁，有一个观众，还是漂亮异性，下士好像揉得更起劲。廖美花终于忍不住了，说，你的方式不对，这样只会让他的伤越来越重。说着，她坐在下士的位置上，把列兵像红烧猪蹄一样的脚放在膝盖上。列兵睁开眼，有点不知所措，想抽回，廖美花用力一按，一个眼神就让列兵变老实了。

列兵双手扶着受伤的腿，眼看着廖美花细白的双手像冰冷的羽毛，在灼热的扭伤处轻揉拂过，脸上露出享受的笑容，说，姐姐，你的手真好看。下士狠狠地说，叫什么呢，叫嫂子！廖美花头一低，鬓间一绺头发垂在额前，低低地说，叫什么都一样。

廖美花给列兵揉脚，引来很多兵围观。列兵成了他们中最幸福的人。指导员建议，把全连官兵集合起来，由廖美花上一堂怎样防止扭伤以及扭伤后怎样处理、治疗的课。武朝晖红着脸，怎么说都不同意。指导员说，你不会这么小气吧。说完狡黠一笑。还有，下一步你很可能回到连队当连长，这些可都是你托付生死的兄弟。武朝晖见话说到这份上了，只得同意："那你们就跟她讲，她答应了，我没意见。"没想到廖美花居然答应得很爽快。上课时，廖美花发现武朝晖不在，待她讲完，后排一个浑厚的掌声最先响起，紧跟着一阵热烈的掌声。原来武朝晖坐在后排一个不起眼的角落里。

武朝晖喝茶的搪瓷杯里结有一层深褐色的茶垢，廖美花淘汰了武朝晖一支几乎毛都秃了的牙刷，消耗了近半管牙膏，才让它露出庐山真面目（顺便把牙刷也换新的了）。

武朝晖的迷彩服肘部和膝盖上都缀有补丁，他还敝帚自珍，洗得勤，一天高强度训练下来，白天过几遍咸水，傍晚时扔进洗衣机里过一遍淡水。廖美花跟着他到靠卫生间的洗衣房里去看过，那个全自动名牌洗衣机好像一天二十四小时不停歇，待洗的衣服有外衣、内衣，还有袜子、裤头等，一堆一堆的在旁边的桌子上排着队，前面的洗好了，兵们顺手就把后一堆扔了进去，晾衣服时告知它的主人一声。

那个日夜操劳的转桶黑乎乎的，不像是洗衣服，倒像是洗煤。廖美花说，这怎么成呢，这是重复污染，反复污染，首先内衣、外衣不能混在一起洗，袜子、裤头最好手洗，然后洗衣机得定期清洗保养，滤网得随时掏干净，转桶得用酒精擦拭，或搬到太阳底下曝晒等。廖美花把她的意思向武朝晖说了，武朝晖听了哈哈大笑，说，都是大老爷们，哪有那么多讲究，况且我们都活蹦乱跳没痒没痛的比牛还壮，也用不着讲究。廖美花转身和副指导员说了，副指导员在星期五党团员生活会上宣布，以后每个人的袜子、裤头不准丢进洗衣机里搅，内衣等尽量用手洗，星期三各排的洗衣机休息，由连值日进行清洗保养。廖美花后来才知道星期三一般是上政治教育课，只有早晚有体能训练，训练强度相对较小。武朝晖听了这个煞有介事的宣布后，像有人挠他的胳肢窝一样，直乐。

　　武朝晖占据的临时住处（副连长房间）看起来整洁，但丝丝缕缕有股异味，廖美花像猎犬一样皱着鼻子闻了好几个地方，才发现是床上叠得方方正正的被子发出的。利用一个艳阳天，她把他的被子拆洗了。她洗得很认真细致，晒干后缝棉胎时发现被面上还是有油浸一样的团块没洗干净。廖美花问武朝晖，这上面沾的是什么，怎么洗不掉，武朝晖支支吾吾，再问，说是枪油。廖美花听她父亲提起过，连队里应该有一个专门管收发跑腿干杂活的兵，武朝晖接过话说叫通信员。他们大功连以前有的，现在没有通信员，只有文书，文书不干杂事，更不帮连队干部干私事，只干墙面上规定的文书职责范围内的事。他们文书是上海兵，地方大学生入伍，挑他当文书时就说好的，不用他干侍候人的活。

那一个多月，廖美花几乎每个星期都要去武朝晖连队，连队很多兵她都能叫得出名字，有的兵的"小秘密"，武朝晖不一定知道，她知道。兵们都亲亲热热地喊她嫂子，她也习惯成自然地应着。

小雪那天下着小雪。红、蓝军首长机关带通信工具和部分实兵进行年度最后一次演习，一星期后老兵就要退伍了。所谓部分实兵，就是两军带侦察、电子、通信、航空、步兵、装甲等规定数目的精粹人员参战，主要以沙盘推演、网上作业为主。

红军指挥所设在一个三面环水的半岛上，环水的三面只是派出固定哨与流动哨警戒，重点防守力量放在与陆地相连的一侧，这样正好省出兵力对蓝军发起进攻。

战斗持续快两天了，双方你来我往强攻、佯攻、骚扰等交手多个回合，兵们疲惫不堪。小雪那天夜里出奇地冷，红军指挥所环水的湖面上结着一层厚厚的冰，只有靠近岸边芦苇荡里的冰层薄些，上半夜红军哨兵还不时往结冰的湖面上扔冰块、石头，感觉比溜冰壶还过瘾。蓝军的反攻是在凌晨三时打响的，一支小分队突然出现在红军指挥所周围，引得红军方寸大乱，蓝军趁机发起猛烈攻势，最终以微弱优势险胜红军。

蓝军小分队突然出现在敌指挥所，并没有什么特别手段，就是以"蛙人"从冰层下穿过，以达到突击效果。麻痹大意的红军哨兵得知情况后气得跺脚，冷得那么邪乎，把狗都能冻死，蓝军比狗还狠！武朝晖在总结这次战斗时说，现代战争水面比陆地情况更复杂，更难对付，你们看在上海召开重要国际会议，其实黄浦江上的安保比陆地上的更暗流汹涌。

蓝军"蛙人"突击小分队带队的就是上次没有参战的上等兵王小王。战后总结，论功行赏，很让武朝晖伤脑筋，连队年终总结已经过了，王小王又马上面临退伍，奖励他什么东西最有意义呢？征求他自己的意见，王小王很认真地说，连长，就提前呷你和嫂子的喜糖吧。武朝晖说，没问题。他买了一盒巧克力外加一台爆款游戏机。王小王当兵前就喜欢打游戏，入伍时包里带着当时最新款的游戏机，他下哨后，被窝里常"半夜机叫"，弄得白天训练学习跟犯毒瘾一样，后来连队把他的游戏机收了起来，答应他退伍时还给他，两年下来，那款游戏机已经老成古董了。现在，尽管他对打游戏已不再感兴趣，但还是百感交集，说，这是最有纪念意义的礼物。

武朝晖调到作训科担任副连职参谋，搬家那天，廖美花去了，还有好几个兵在帮忙。武朝晖当兵几年，全部家当还装不满一板车。那辆板车平时兵们用来拉菜，有时候还用来施工拉土、拉砖、拉垃圾等，可以说是连队里最主要的生产生活用具之一。武朝晖的被褥、书籍、洗漱用具等物品用几张报纸垫着，装在脏兮兮的板车里，三五个兵有说有笑地推着，离开连队时，廖美花频频回头，很是舍不得的样子。

武朝晖搬进那套粉刷得十分粗糙的两居室，廖美花像小狗撒着欢每个房间转一圈，每个角落细细打量一番后，他们俩开始打扫布置，甚至连窗帘的花色、样式都是她去挑选定制的。

武朝晖搬进"新房子"一晃几个月了，那天他在作训科办公室站在一幅两万五比一的大幅军事地图前比画，正把自己想象成一个运筹帷幄的将军，手机突然响起，吓他一跳，一看，是廖老板。廖老板已经得知他调进机关搬新家了，很高兴，让他千万不要翘尾巴，人们都不喜欢看别人的屁股，要像过河卒子一样在部队好好干，别担心家里，家里有他们相互照顾。廖老板说话的口吻像是他叔叔，又像是舅舅，还像……反正是长辈。武朝晖以前随他爷叫廖老板，这次恭恭敬敬地改称廖叔叔了。聊了一会儿，武朝晖以为对方该挂电话了，没想到廖老板换了一种犹犹豫豫的口气说，美花的工资不太高，在外面租房子开支大，还有她一个姑娘家，在社会治安不是很好的城乡接合部住，她娘老子一看电视上这个抢劫，那个凶杀的，经常晚上做噩梦，白天眼皮直跳。听说城里不是时兴男女合租吗？你现在房子大，又是老乡、熟人，你看……武朝晖马上接过廖老板的话，说，明天就去帮廖美花搬家，他们一起住，他住一间，她住一间。

早晨，起床号响过，武朝晖还赖在床上。昨晚他又加班了，旅机关有个不成文的规矩，晚上加班到十一点半后，可以不出早操。廖美花站在门外敲了一下他的房门说，早餐热在炉子上啦。武朝晖哦一声，翻过身继续睡，楼道里很快传来廖美花赶去上班的匆匆脚步声。武朝晖直至被丁零零的闹钟彻底吵醒，才爬起来，穿衣，洗漱，抓起炉子上蒸锅里还热乎的包子或馒头边呷边往办公室赶。

晚饭，有时候是武朝晖从食堂里用饭盒打回来，有时候是廖美花下班早，武朝晖回来时只见廖美花像小蜜蜂一样在热气漫开的厨房里忙乎着。很多时候武朝晖视自己为君子，"君子远庖厨"，他系着围裙出现在厨房里是难得的一景。武朝晖换下来的衣服，甚至他塞在角落里床铺下的臭袜子、脏裤头，"库存"已消耗一空，没的换了，才想起来洗，这时发现它们已经被洗干净晾晒在阳台上。武朝晖不时提些牛奶、水果回来，放在客厅茶几上的果盘里，看着牛奶、水果一天天变少，他心里窃喜。

好几次，和武朝晖住同一单元的机关干部看到廖美花从他屋里鲜鲜亮亮地进出，开玩笑地说，女朋友来啦，也不找个机会向大家隆重介绍一下？武朝晖脸一红，小声说，是亲戚临时来住些日子。有一次下班时，一位副参谋长磨蹭着落在后面和武朝晖走在一起，若有所指地说，现在老百姓对我们当兵的印象还可以，那是我们在抗洪抢险、抗震救灾等重大任务中用汗水鲜血甚至用生命换来的，我们时时处处要珍惜爱护，要注意自身形象、群众影响，如今生活作风对社会上的人是小事，但对于我们当兵的来说不是小事，一个男人在这种事情上栽跟头不值得。

武朝晖一方面感觉廖美花温润周到体贴；另一方面，他每天上下班进出家门像是有无数目光如针一样扎在他后背上，他很后悔答应让她住进来，现在是裤裆里的黄泥巴，说不清了呀，还有请神容易送神难呀！好在没过多久，他就回到大功连当连长。他给廖美花办了家属区的出入证，房间几把钥匙全部给了她，他再也没有踏进房间一步。

丹桂飘香，快中秋了，廖老板来电话，语气很是慈爱地对武朝晖说，你是革命军人，你和美花在一个屋子这么长时间了，让大家说闲话，也不是办法……武朝晖知道廖老板，不，廖叔叔误会了，他们在一套房间里住的时间很短，他早就不住那儿了，而且他们的关系是他那次受伤住院期间才定下来的。

武朝晖没有解释，也不需要解释。他很快就向政治部上交申请，往女方户籍地发函等办理一大堆手续。军人结婚就是比老百姓烦琐些。

武朝晖和廖美花看天气预报，选了一个阳光灿烂的日子，到驻地民政部门捧回两本大红证书。去时，廖美花打扮得花枝招展，骄傲地走在前面，武朝晖像个小媳妇一样落在后面，拉开几丈远的距离；回来时，武朝晖像个凯旋来的将军昂首挺胸地走在前面，廖美花拎个坤包不时几步小跑跟上，那样子好像他们已经做了几十年的夫妻。晚上，武朝晖把房间里所有的灯都打开，亮堂堂的，他俩配合着烧了好几个香辣可口的家乡菜，还开了一瓶红酒。那一夜，所有的灯光都荡漾着幸福的波纹。

春天的脚步近了，年味儿浓了。武朝晖递交请假报告，休年度探亲假，这是他当兵以来第一次回家过年。当然，这次不再是他孤独的背影拖着行李箱淹没在熙熙攘攘的人流中,而是树上的鸟儿成双对,绿水青山带笑颜,夫妻双双把家还。

回到老家,在廖老板的极力要求下,武朝晖和廖美花还是按老家的风俗热热闹闹地举办了婚礼,合八字、看地方(主要是女方到男方家看家庭环境、居住条件和家境情况等)、订婚等礼节已经被他们跨越了,但举办宴席,改口叫爸爸妈妈(男女双方都存在改口,但女方改口公婆需准备大红包)、回门(指女方在婚后第二天或第三天带上隆重彩礼回娘家)等这些还能补救的礼数绝对不能少。廖老板说,他们家是黄花闺女,武家是光明正大地迎娶,一定要风风光光、红红火火,不能让别人看笑话。

恰逢年底,长年在外打工的人们都回来了,男女双方走动得勤的至亲,平时来往疏一些的远亲,在举办这种大喜事时都来了,众乡亲都来了。武朝晖家院子里摆了十几桌,顿显局促,院子外还摆了好几桌,笑声、喊声、问候声、鞭炮声、搓麻将声、小孩哭闹声、锅碗瓢盆声响成一片。武朝晖父母请来多位能干的妇女洗菜、烧火、摆放碗碟等,请来几位十里八乡小有名气的大师傅掌厨,把准备过年的猪杀了,羊宰了,鱼捞了,另外还用机动三轮不住地往家里拉酒拉菜……武朝晖的父母身材本来就瘦小单薄,那几天,劳累过后变得像发蔫的猴子,笑容如同戴着一个面具挂在脸上,尽管浑身疲惫,脚步沉缓,但心里还是蛮高兴的,对于他们来说,小儿子结婚了,成家了,忙完这件大事,人生就了无牵挂了。

第六章 踊跃用兵

武朝晖的哥哥嫂子还是在附近打工，过年前停下来的，从头至尾都在帮着张罗。热闹过后，他嫂子因为武朝晖结婚比他们结婚还热闹、排场大、花钱多，好几天脸拉得比丝瓜还长，私下里像只斑鸠不停地朝他哥哥嘀嘀咕咕。那天中午，武朝晖的哥哥可能喝多了，在桌子上戳着筷子，瞪眯着发红的眼睛说，朝晖呀朝晖，你是名牌大学生，一个堂堂的军官，是我们全家的骄傲，竟然找个中专生，一个服侍人的小护士，还不是正式的，你最少也应该找一个镇长的女儿，最好是县里哪个局长的女儿，以前你那个叫什么的同学，对，对，叫李丽娟，想起来了，人家不是很好的嘛……如果不是武朝晖的父亲厉声喝住，他哥哥还不知有什么难听的话拍砖一样说出来。

　　武朝晖半晌没吭声，哥哥的话触及他遥远而伤感的记忆。他隐约听说了，她还单着。过年前，高中几个同学小聚，听说他回来了，请他参加。他不去，怕遇见她。后来，他为别的事进城，凡是他们一起走过的地方，或者她可能出现的地方，他都绕着走。就那次，他还是远远地看到了她，穿白色长款羽绒服，像只丹顶鹤孤傲地站在那儿，可能在等人，他赶紧躲开了。

　　怎么不见廖美花呷饭呢，武朝晖喊了几声，没人应，刚才她还在灶房里忙乎呢。他走进灶房，没人，找了一圈，发现她和衣躺在床上。武朝晖一进房间，她马上转过身，给他一个冷脊梁，叫她，不应，武朝晖蹲在床前，小声地替他哥哥赔不是，她始终不吭声。武朝晖把饭菜端到床前，凉了，也没见她动筷子。晚饭她还是没有起来呷。第二

天一早，她起来梳洗打扮一番就回娘家了。武朝晖他们家乡有风俗，新过门的媳妇一定得在婆家过年，不然就会认为儿子没能力，撑不起家，让人看不起。他们那儿只有"倒插门"才在女方家过年。还有两天就要过年了，武朝晖的爹娘很急，不住地催武朝晖把他婆娘接回来。

武朝晖在去廖美花家的路上又看到一条狗，鼻子几乎嗅着地上，尾巴紧夹在胯间，颜色暗黄，很像以前咬伤他娘那条狗。武朝晖弯腰捡起一块石头扔过去，没打到，那狗呜地叫了一声，跑远了。